W0417660

Liebesdichtung der Antike

Liebesdichtung der Antike

Zweisprachige Ausgabe
Griechisch / Latein – Deutsch

Herausgegeben von Horst Gasse

Anaconda

Die Übersetzer der einzelnen Gedichte werden im Quellennachweis genannt.

Ungekürzte Lizenzausgabe der Anaconda Verlag GmbH
© Aufbau Verlagsgruppe GmbH, Berlin 1963
(die Originalausgabe erschien erstmals 1963 unter dem Titel *Liebesdichtung der Griechen und Römer* in der Sammlung Dieterich, Band 141; Sammlung Dieterich ist eine Marke der Aufbau Verlagsgruppe GmbH)

Die Deutsche Nationalbibliothek verzeichnet diese Publikation in der Deutschen Nationalbibliografie; detaillierte bibliografische Daten sind im Internet über http://dnb.d-nb.de abrufbar.

© dieser Ausgabe 2007 Anaconda Verlag GmbH, Köln
Alle Rechte vorbehalten.
Umschlagmotiv: François Pascal Simon Gerard (1770–1837), »Amor und Psyche« (1798), Louvre, Paris / Bridgeman Giraudon
Umschlaggestaltung: Druckfrei. Dagmar Herrmann, Köln
Printed in Czech Republic 2007
ISBN 978-3-86647-121-4
info@anaconda-verlag.de

INHALT

INHALT

INHALT

Die Liebesdichtung der Griechen und Römer bildet einen wesentlichen Teil ihrer gesamten Lyrik und gibt uns einen Einblick in die Vielfalt antiken Lebens, seine Eigenart und die Beziehungen der Menschen jener Zeit zueinander. Ihr besonderer Reiz liegt in der Unmittelbarkeit und Natürlichkeit, mit der diese ihren Gefühlen Ausdruck verleihen; ohne Zurückhaltung und falsche Scham bekennen sie ihren Liebeskummer und jauchzen auf in der Gewährung ersehnter Liebeslust. Das geschieht in formvollendeten Gedichten von großer Schönheit, die bis heute lebendig geblieben und in die Weltliteratur eingegangen sind. Seitdem in der Renaissance auch die antike Liebesdichtung wieder bekannt geworden war, hat sie die europäische Literatur stark beeinflußt, zunächst in Italien und Frankreich in der Form der Hirtenpoesie und der Anakreontik, dann auch in Deutschland zur Zeit des Barock und des Rokoko. Im 17. und 18. Jahrhundert ist die deutsche Dichtung reich an Schäfern und Schäferinnen mit griechischen Namen, und der Kreis um Gleim singt in anakreontischer Manier von Liebe und Wein. Nachhaltiger noch als die Griechen wirken die Römer. In Goethe hat die Lektüre des Properz ›eine Erschütterung in seiner Natur‹ hervorgerufen und ihn zu seinen ›Römischen Elegien‹ angeregt. Den größten Einfluß aber hatte Horaz; seine

Oden sind unendlich oft übersetzt und nachgeahmt worden. Ein Beweis für ihre Verbreitung und Beliebtheit ist, daß Christian Morgenstern eine Travestie dieser Lieder herausbringen konnte (›Horatius travestitus‹). In freien Übertragungen hat Herder antike Liebesdichtungen weiteren Kreisen bekannt gemacht; im 19. Jahrhundert folgen ihm Platen, Mörike, Geibel.

Die Liebeslyrik der Griechen und Römer umfaßt, soweit sie uns bekannt ist, ungefähr ein Jahrtausend geschichtlicher Entwicklung, deren jeweilige gesellschaftliche Zustände wie die moralischen Anschauungen der einzelnen Epochen sich in ihr widerspiegeln: kultische Handlung und festliche Feier, Adelsgesellschaft und Knabenliebe, höfische Kunst und Lob des natürlichen Lebens, Weltstadttreiben und Hetärenwesen, eine ganze Kulturgeschichte, die sich vor uns auftut, eine Fülle lebendiger Bilder, in Formen von unvergleichlicher Schönheit gegossen. Dabei haben wir aus der älteren Zeit kaum ein vollständiges Gedicht, nur wenige Bruchstücke aus einer umfangreichen Literatur, oft nur einzelne Zeilen sind uns erhalten. Aber schon dieses wenige zeigt uns eine Tiefe des Empfindens, eine Meisterschaft der künstlerischen Komposition, eine souveräne Beherrschung der Form, wie sie nur ganz großer Poesie zu eigen sind. Das gilt vor allem für Sapphos Gedichte. Und doch können wir uns nur einen unvollständigen Begriff von ihrer Wirkung machen. Zum Wort gehörten ursprünglich und untrennbar Tanz und musikalische Begleitung. Zur Lyra gesungen wurden die kleinen Einzellieder, während die Flöte zur Elegie ertönte; auch die Melodie erfand der Dichter. Daß die Dichtungen des Ibykos von Chören gesungen wurden, kann man sich kaum vorstellen. Die Musik ist verloren; geblieben sind oft nur wenige Worte, doch selbst diese Fragmente sind Kleinodien im Schatz der Weltliteratur. Aphrodite und ihrem Sohn Eros zu Ehren wird gesungen an Götterfesten, bei Mahl und Wein; das ganze Leben ist noch religiös gebunden und durchpulst.

VORWORT

Mit dem Schwinden des alten Götterglaubens schwindet auch das gesungene Lied; seit der Zeit des Hellenismus (von 300 v. u. Z. an) wird nur noch rezitiert. Die Dichtung ist kunstvoll, aber auch gekünstelt; man arbeitet mit den verfeinerten Mitteln psychologischer Durchdringung, sucht das Entlegene, Neue, pflegt die subtile Kleinkunst des Epigramms. Man wendet sich der wirklichkeitstreuen Darstellung kleiner Liebesszenen des Alltags zu, in denen oft Töne echten Gefühls aufklingen, teils in der Form der Elegie, teils in wilden, unerhörten Rhythmen.

Durch die Römer erhält dann die Liebesdichtung frische Impulse. Rankt sich auch zunächst ihre Poesie an den griechischen Vorbildern empor, so wird sie doch bald selbständig durch persönliches Erlebnis, Durchdringung mit römischem Leben, meisterhafte Umgestaltung alter Motive und Formen: die Gattung der Liebesdichtung wird für die lateinische Sprache gewonnen. Catull mit seinen in Herzblut getauchten Versen gibt den Auftakt, und nun folgen all die großen Dichter der ausgehenden Republik und der Augusteischen Zeit: der starke, glutvolle Properz, der träumerisch weiche Tibull, der elegante Ovid, Kenner und Bekenner der Liebeskunst, Vergil mit seinen Hirtengedichten, Horaz mit seinen ausgefeilten, formvollendeten Liedern. In der Kaiserzeit ebbt der Strom bedeutender Liebesdichtungen ab. Geschrieben wird mehr denn je; aber nur hier und da findet sich ein wirklicher Dichter, ein geistreicher Scherz, das Bekenntnis eines übervollen Herzens.

So stellt ein Längsschnitt durch die Liebesdichtung des Altertums im Hinblick auf ihre Bedeutung einen solchen durch die antike Lyrik schlechthin dar. Darüber hinaus vermittelt er uns die unvergänglichen Werte einer Dichtung, die unsere Herzen ebenso berührt wie die ihrer Zeitgenossen. Ganz erschließen wird sich aber ihre Schönheit nur in der Sprache des Originals; jede Übertragung ist bloß Ersatz, und sei sie noch so gelungen.

Darum ist in diesem Buch der Originaltext neben die deutsche Übersetzung gestellt.

Auf *eine* Voraussetzung für das Eindringen in die antike Liebesdichtung muß noch hingewiesen werden: Man sollte sich frei machen von den hergebrachten Anschauungen bürgerlicher Moral. Das Altertum empfand und dachte anders, und die Natürlichkeit antiken Lebens fand ihren Ausdruck auch in der Lyrik. Man sprach aus, was die Seele bewegte, vor allem dort, wo ein freieres Leben herrschte, wie in Lesbos, der Heimat Sapphos. So gelten ihre Lieder fast durchweg der Liebe zum gleichen Geschlecht, zu den ihr zu musischer Erziehung übergebenen Mädchen, die sie mit Inbrunst in ihr Herz geschlossen hatte. Auch in der im ganzen Altertum verbreiteten Jünglings- und Knabenliebe sahen die Alten nichts Verwerfliches, ja Gesetzgeber bezogen sie in ihre Erziehungspläne ein, und Staaten nutzten sie als Ansporn zum Einsatz im Kampf. Gerade die Liebe zum Knaben hat, vor allem in hellenistischer Zeit, Epigramme von einer Zartheit und Innigkeit, von einer Wärme und Tiefe der Empfindung hervorgebracht, wie sie kaum ein einem Mädchen gewidmetes Gedicht aufzuweisen hat (Asklepiades, Kallimachos). Die spätere Zeit hat dann diese Beziehungen vergröbert und entarten lassen.

Die Frau nimmt in den griechischen Staaten eine unterschiedliche Stellung ein. In Sparta genossen die Mädchen eine freie Erziehung: sie lernten tanzen, singen, ringen, wettlaufen, speerwerfen, übten sich gemeinsam mit den Knaben und jungen Männern und erhielten die gleiche Bildung wie diese. Das ergab eine sportliche Interessengemeinschaft der Geschlechter und die Möglichkeit eines freieren Verkehrs untereinander: der Mann fand in der Frau eine Gefährtin, die Verständnis für sein Leben und Gemeinsinn besaß. Anders in Athen, wo die Frau, vielleicht unter orientalischen Einflüssen, abgeschlossen im verborgensten Teil des Hauses lebte, in der Öffentlichkeit kaum in

Erscheinung trat und nur eine geringe Bildung besaß. In den meisten Fällen bestimmte der Vater den Ehemann für die Tochter; Aufgabe der Frau war nur die Hauswirtschaft und die Sicherung des Nachwuchses. Unter solchen Verhältnissen blühte das Hetärenwesen. Was der Mann in den eigenen vier Wänden nicht fand, geistige Anregung und Gemeinschaft und Befriedigung seines Verlangens, suchte er außerhalb – bei einem Mädchen, das musisch gebildet und mitunter in Literatur und Philosophie ebenso bewandert war wie in der Liebe. Diese Hetären (›Gefährtinnen‹) sind nicht mit Prostituierten im heutigen Sinne gleichzusetzen. Der Umgang mit ihnen galt nicht als anstößig, insbesondere nicht für die unverheirateten jungen Männer. Vielfach waren es feste Bindungen, die man einging, eine Art Ehe auf Zeit. Ähnlich war es auch in Rom. Mit den gesellschaftlichen Veränderungen, die der wachsende Handel und das Entstehen der Großstädte in hellenistischer und römischer Zeit mit sich brachten, wandelte sich auch das Hetärenwesen und sank immer tiefer, ein Vorgang, der auch in der Liebesdichtung seinen Niederschlag fand.

Schließlich seien noch ein paar Bemerkungen zur Art der Auswahl und der Übertragung gestattet. Von den homerischen Götterhymnen spannt sich ein weiter Bogen bis zu Ausonius und den Ausläufern antiker Literatur. Was dazwischenliegt, ist von ungleichem Wert. Die vorliegende Auswahl will daraus das Schönste und für seine Zeit Charakteristischste bieten; maßgebend dafür mußten Echtheit der Empfindung, Witz und Grazie, künstlerische Gestaltung und Vollendung der Form sein. Darum ist Sappho, Catull und Horaz der meiste Platz eingeräumt. Liebe gibt es auch bei Homer; aber sie bleibt noch in der epischen Form objektiver Erzählung. Mit Archilochos beginnt die individuelle Lyrik; drei Fragmente, die wir von ihm in unsere Sammlung aufgenommen haben, sind Bekenntnisse seiner

Liebesqual. Im übrigen ist Wert auf die Buntheit der Motive und die Vielfalt der Situation gelegt, wie sie das antike Leben in reicher Fülle bietet.

Die gute Übersetzung muß auf der Grundlage größter Werktreue, die möglichst wenig hinzusetzt oder wegläßt, Sinn, Ton und Stimmungsgehalt eines Gedichts wiedergeben, dabei unserm heutigen Sprachgefühl und Sprachgebrauch entsprechen. Die älteren Übersetzungen sind daher fast durchweg für uns ungenießbar. Wo gute, den angegebenen Grundsätzen gerecht werdende Übertragungen vorlagen, sind sie in unsere Sammlung aufgenommen; anderes habe ich selbst zu übersetzen versucht. Dabei habe ich die Frage, ob das Versmaß des Originals beibehalten oder durch neue, dem besonderen Charakter des Gedichts und unserm rhythmischen Gefühl entsprechende Maße ersetzt werden soll, von Fall zu Fall entschieden. Mit Recht hat Ulrich von Wilamowitz in seiner Abhandlung ›Was ist Übersetzen?‹ darauf hingewiesen, daß ›jedes Metrum in jeder Sprache sein eigenes Ethos hat‹, daß der Homerische Hexameter anders klingt als der Goethes und daß die Wiedergabe von Chorliedern der Tragödie in den ursprünglichen Maßen geradezu Zerrbilder des Originals hervorbringt. Vor allem aber beruht der antike Vers auf der Quantität der Silben, der unsrige auf dem Wortakzent, ein Unterschied, der die Beibehaltung des ursprünglichen Metrums in vielen Fällen fast unmöglich macht. Hexameter und Distichon sind durch Goethe und Schiller eingedeutscht und klingen unserm Ohr in der neuen Form nicht mehr fremd. Sie sind daher von mir für die Epigramme beibehalten; in längeren Gedichten wirken sie leicht monoton und sind deshalb mehrfach durch andere Maße ersetzt. Griechen und Römer haben für jede Dichtungsgattung ihre feste Stilform; *wir* lieben Abwechslung und Mannigfaltigkeit. Dagegen führt der Reim, den man um 1900 mit Vorliebe auch bei Übersetzungen antiker Gedichte verwandte, fast immer zu Entstellung und Entfremdung; ich habe solche Übertragungen nur in Ausnahmefällen übernommen.

Meine eigenen Versuche erscheinen ohne Namensnennung. Fast jeder Übersetzer betont die Schwere der Aufgabe. Ist in den vorliegenden Übertragungen etwas von der Schönheit und dem Geist antiker Liebesdichtung eingefangen, so haben sie ihren Zweck erfüllt.

Horst Gasse

ΌΜΗΡΟΣ

Εἰς Ἀφροδίτην

Μοῦσά μοι ἔννεπε ἔργα πολυχρύσου Ἀφροδίτης
Κύπριδος, ἥ τε θεοῖσιν ἐπὶ γλυκὺν ἵμερον ὦρσε
καὶ τ᾽ ἐδαμάσσατο φῦλα καταθνητῶν ἀνθρώπων,
οἰωνούς τε διιπετέας καὶ θηρία πάντα,
ἠμὲν ὅσ᾽ ἤπειρος πολλὰ τρέφει ἠδ᾽ ὅσα πόντος·
πᾶσιν δ᾽ ἔργα μέμηλεν ἐυστεφάνου Κυθερείης.

Τρισσὰς δ᾽ οὐ δύναται πεπιθεῖν φρένας οὐδ᾽ ἀπατῆσαι
κούρην τ᾽ αἰγιόχοιο Διὸς γλαυκῶπιν Ἀθήνην·
οὐ γάρ οἱ εὔαδεν ἔργα πολυχρύσου Ἀφροδίτης,
ἀλλ᾽ ἄρα οἱ πόλεμοί τε ἅδον καὶ ἔργον Ἄρηος,
ὑσμῖναί τε μάχαι τε καὶ ἀγλαὰ ἔργ᾽ ἀλεγύνειν.
Πρώτη τέκτονας ἄνδρας ἐπιχθονίους ἐδίδαξε
ποιῆσαι σατίνας καὶ ἅρματα ποικίλα χαλκῷ·
ἡ δέ τε παρθενικὰς ἁπαλόχροας ἐν μεγάροισιν
ἀγλαὰ ἔργ᾽ ἐδίδαξεν ἐπὶ φρεσὶ θεῖσα ἑκάστῃ.
Οὐδέ ποτ᾽ Ἄρτέμιδα χρυσηλάκατον κελαδεινὴν
δάμναται ἐν φιλότητι φιλομμειδὴς Ἀφροδίτη·
καὶ ρὰρ τῇ ἅδε τόξα καὶ οὔρεσι θῆρας ἐναίρειν,
φόρμιγγές τε χοροί τε διαπρύσιοί τ᾽ ὀλολυγαὶ
ἄλσεά τε σκιόεντα δικαίων τε πτόλις ἀνδρῶν.
Οὐδὲ μὲν αἰδοίῃ κούρῃ ἅδεν ἔργ᾽ Ἀφροδίτης

HOMERISCHER HYMNUS

An Aphrodite

Nenne mir, Muse, die Taten von Aphrodite, der goldnen
Kypris, die die Götter mit süßem Sehnen beseligt
und auch die Geschlechter der sterblichen Menschen bewältigt,
ja, auch alles Getier, die luftdurchfliegenden Vögel,
alles, was da rings dem Land und dem Meere entsprossen:
Kythereia gehorchen sie alle, der prächtig bekränzten.

Drei nur kann sie niemals bewältigen oder betören:
Pallas, des donnernden Vaters hellaugenleuchtende Tochter.
Liebt sie doch nicht die Taten der goldenen Aphrodite,
nein, ihr sind nur Kämpfe vertraut und Taten des Ares,
Schlachten und Männergewühl und köstliche Künste zu treiben.
Lehrte doch sie zuerst auf Erden die bildenden Menschen,
erzgeschmückte Wagen zum Streit und zum Fahren zu bauen.
Und auch in den Häusern die zarten, blühenden Jungfraun
lehrte sie und begabte ihr Herz zu köstlichen Künsten.
Artemis auch, die Göttin der Jagd mit den goldenen Pfeilen,
kann sie zur Liebe nicht zwingen, die lächelnde Aphrodite.
Liebt doch jene den Bogen und Jagden auf Tiere im Bergwald,
Leier und Reigentänze und lautes, hallendes Jauchzen,
schattige Haine dazu und rechtliche Männer in Städten.
Histia aber auch, die züchtige Jungfrau, verachtet

Ἱστίῃ, ἣν πρώτην τέκετο Κρόνος ἀγκυλομήτης,
αὖτις δ' ὁπλοτάτην, βουλῇ Διὸς αἰγιόχοιο,
πότνιαν, ἣν ἐμνῶντο Ποσειδάων καὶ Ἀπόλλων·
ἡ δὲ μάλ' οὐκ ἔθελεν ἀλλὰ στερεῶς ἀπέειπεν,
ὤμοσε δὲ μέγαν ὅρκον, ὃ δὴ τετελεσμένος ἐστίν,
ἁψαμένη κεφαλῆς πατρὸς Διὸς αἰγιόχοιο
παρθένος ἔσσεσθαι πάντ' ἤματα, δῖα θεάων.
Τῇ δὲ πατὴρ Ζεὺς δῶκε καλὸν γέρας ἀντὶ γάμοιο
καί τε μέσῳ οἴκῳ κατ' ἄρ' ἕζετο πῖαρ ἑλοῦσα.
Πᾶσιν δ' ἐν νηοῖσι θεῶν τιμάοχός ἐτι
καὶ παρὰ πᾶσι βροτοῖσι θεῶν πρέσβειρα τέτυκται.

Τάων οὐ δύναται πεπιθεῖν φρένας οὐδ' ἀπατῆσαι·
τῶν δ' ἄλλων οὔ πέρ τι πεφυγμένον ἔστ' Ἀφροδίτην
οὔτε θεῶν μακάρων οὔτε θνητῶν ἀνθρώπων.
Καί τε παρὲκ Ζηνὸς νόον ἤγαγε τερπικεραύνου,
ὅς τε μέγιστός τ' ἐστί, μεγίστης τ' ἔμμορε τιμῆς·
καί τε τοῦ εὖτε θέλοι πυκινὰς φρένας ἐξαπαφοῦσα
ῥηιδίως συνέμιξε καταθνητῇσι γυναιξίν,
Ἥρης ἐκλελαθοῦσα κασιγνήτης ἀλόχου τε,
ἣ μέγα εἶδος ἀρίστη ἐν ἀθανάτῃσι θεῇσι,
κυδίστην δ' ἄρα μιν τέκετο Κρόνος ἀγκυλομήτης
μήτηρ τε Ῥείη· Ζεὺς δ' ἄφθιτα μήδεα εἰδὼς
αἰδοίην ἄλοχον ποιήσατο κεδνὰ ἰδυῖαν.

Τῇ δὲ καὶ αὐτῇ Ζεὺς γλυκὺν ἵμερον ἔμβαλε θυμῷ
ἀνδρὶ καταθνητῷ μιχθήμεναι, ὄφρα τάχιστα
μηδ' αὐτὴ βροτέης εὐνῆς ἀποεργμένη εἴη
καί ποτ' ἐπευξαμένη εἴπῃ μετὰ πᾶσι θεοῖσιν
ἡδὺ γελοιήσασα φιλομμειδὴς Ἀφροδίτη
ὥς ῥα θεοὺς συνέμιξε καταθνητῇσι γυναιξὶ
καί τε καταθνητοὺς υἱεῖς τέκον ἀθανάτοισιν,
ὥς τε θεὰς ἀνέμιξε καταθνητοῖς ἀνθρώποις.

Aphrodites Taten. Der listige Kronos erzeugte
sie zuerst und zuletzt nach Zeus', des donnernden, Ratschluß.
Und die heilige Göttin umwarben Poseidon und Phoibos,
aber sie wollte nicht, und, hart und trotzig sich weigernd,
schwur sie den mächtigen Eid, der sich auch wirklich erfüllte,
während sie das Haupt des donnernden Vaters berührte:
Jungfrau wolle sie bleiben, die heilige Göttin, auf immer.
Zeus aber gab ihr anstelle der Ehe herrliche Ehre:
mitten im Hause zu thronen und sich von Opfern zu nähren.
So ist sie hoch gefeiert in allen Tempeln der Götter,
gilt auch als würdigste Göttin bei allen sterblichen Menschen.

Diese drei kann sie nicht bewältigen oder betören,
aber kein anderer kann sich Aphrodite entziehen,
weder der Seligen einer noch auch der sterblichen Menschen.
Ja, sie berückte sogar den donnererfreuten Kronion,
der doch der Größte ist, der größten Ehre teilhaftig.
Wenn sie es will, verblendet sie seine bedächtigen Sinne
und führt ihn gar leicht mit sterblichen Weibern zusammen,
daß er Here sogar vergißt, die Schwester und Gattin,
die an Gestalt die schönste im Kreis der unsterblichen Götter,
sie, die Erhabenste, die der verschlagene Kronos erzeugte
mit ihrer Mutter Rheia. Und Zeus, des Ewigen kundig,
machte sie zur keuschen und treugesinnten Gemahlin.

Zeus aber weckte in Kypris selber süßes Verlangen,
sich einem sterblichen Mann zu ergeben, damit sie aufs schnellste
nicht getrennt mehr bliebe vom sterblichen Lager der Menschen;
daß sie sich nicht rühme im Kreise der ewigen Götter,
Aphrodite, die liebliche Göttin mit fröhlichem Lachen,
Himmlische habe sie ja mit sterblichen Weibern vereinigt,
die dann sterbliche Söhne den ewigen Göttern geboren,
Göttinnen habe sie gar gesellt zu sterblichen Männern.

Ἀγχίσεω δ' ἄρα οἱ γλυκὺν ἵμερον ἔμβαλε θυμῷ,
ὃς τότ' ἐν ἀκροπόλοις ὄρεσιν πολυπιδάκου Ἴδης
βουκολέεσκεν βοῦς δέμας ἀθανάτοισιν ἐοικώς.

Τὸν δὴ ἔπειτα ἰδοῦσα φιλομμειδὴς Ἀφροδίτη
ἠράσατ', ἐκπάγλως δὲ κατὰ φρένας ἵμερος εἷλεν.
Ἐς Κύπρον δ' ἐλθοῦσα θυώδεα νηὸν ἔδυνεν
ἐς Πάφον· ἔνθα δέ οἱ τέμενός βωμός τε θυώδης·
ἔνθ' ἥ γ' εἰσελθοῦσα θύρας ἐπέθηκε φαεινάς.
Ἔνθα δὲ μιν Χάριτες λοῦσαν καὶ χρῖσαν ἐλαίῳ
ἀμβρότῳ οἷα θεούς ἐπενήνοθεν αἰὲν ἐόντας,
ἀμβροσίῳ ἑδανῷ, τὸ ῥά οἱ τεθυωμένον ἦεν.
Ἑσσαμένη δ' εὖ πάντα περὶ χροὶ εἵματα καλὰ
χρυσῷ κοσμηθεῖσα φιλομμειδὴς Ἀφροδίτη
σεύατ' ἐπὶ Τροίης προλιποῦσ' εὐώδεα Κύπρον,
ὕψι μετὰ νέφεσιν ῥίμφα πρήσσουσα κέλευθον.
Ἴδην δ' ἵκανεν πολυπίδακα, μητέρα θηρῶν,
βῆ δ' ἰθὺς σταθμοῖο δι' οὔρεος· οἱ δὲ μετ' αὐτὴν
σαίνοντες πολιοί τε λύκοι χαροποί τε λέοντες
ἄρκτοι παρδάλιές τε θοαὶ προκάδων ἀκόρητοι
ἤισαν. Ἡ δ' ὁρόωσα μετὰ φρεσὶ τέρπετο θυμὸν
καὶ τοῖς ἐν στήθεσσι βάλ' ἵμερον, οἱ δ' ἅμα πάντες
σύνδυο κοιμήσαντο κατὰ σκιόεντας ἐναύλους.
Αὐτὴ δ' ἐς κλισίας εὐποιήτους ἀφίκανε·
τὸν δ' εὗρε σταθμοῖσι λελειμμένον οἷος ἀπ' ἄλλων
Ἀγχίσην ἥρωα θεῶν ἄπο κάλλος ἔχοντα.
Οἱ δ' ἅμα βουσὶν ἕποντο νομοὺς κάτα ποιήεντας
πάντες, ὁ δὲ σταθμοῖσι λελειμμένος οἷος ἀπ' ἄλλων
πωλεῖτ' ἔνθα καὶ ἔνθα διαπρύσιον κιθαρίζων.
Στῆ δ' αὐτοῦ προπάροιθε Διὸς θυγάτηρ Ἀφροδίτη
παρθένῳ ἀδμήτῃ μέγεθος καὶ εἶδος ὁμοίη
μή μιν ταρβήσειεν ἐν ὀφθαλμοῖσι νοήσας.
Ἀγχίσης δ' ὁρόων ἐφράζετο θαύμαινέν τε

Nach Anchises weckte er ihr ein süßes Verlangen,
der auf den ragenden Höhen der Gipfel des quelligen Ida
weidete seine Rinder, so schön wie einer der Götter.
Wie die lächelnde Göttin nun diesen erblickte, da liebte
sie ihn gleich, ihre Sinne befiel eine brennende Sehnsucht.
Und sie eilte nach Kypros und schritt in den duftigen Tempel,
wo ihr Bezirk und Altar voll Duft im Haine von Paphos.
Eingekehrt, verschloß sie dort die schimmernden Türen,
und es badeten sie die Chariten und salbten die Göttin
mit ambrosischem Öl, dem Schmelz der ewigen Götter,
das ambrosisch und süß ihr immer duftend bereitlag.

Herrlich sodann den Leib gehüllt in köstliche Kleider,
goldgeschmückt verließ die lächelnde Aphrodite
das schön duftende Kypros und schwang sich nach Trojas Gefilden.
Hoch mit den Wolken durchschritt sie schnell die himmlischen Pfade,
und so kam sie zum Ida, der quelligen Mutter des Wildes.
Schnell gelangte sie da zu dem Hof in den Bergen; ihr folgten
wedelnd graue Wölfe und Löwen mit funkelnden Augen,
Bären und schnelle Pardel, die unersättlich nach Rehen
gierig; und dieser Anblick erfreute die Sinne der Göttin,
und sie erweckte in ihnen so süße Begierde, daß alle
paarweis sich zueinander in schattige Lager gesellten.
Selber gelangte die Göttin indes zu den trefflichen Hütten,
und, allein von den andern gelassen, fand in den Hürden
sie den hehren Anchises in gottgespendeter Schönheit.
Jene waren hinaus auf die grasigen Wiesen den Rindern
alle gefolgt, doch er, allein bei den Ställen geblieben,
wandelte hin und her und spielte tönend die Leier.
Und da trat vor ihn hin die Tochter des Zeus, Aphrodite,
als eine reine Jungfrau gestaltet an Größe und Ansehn,
daß er am Ende nicht gar beim Anblick der Göttin erschräke.
Als Anchises sie sah, da faßte ihn wunderndes Staunen

εἶδός τε μέγεθος καὶ εἵματα σιγαλόεντα.
Πέπλον μὲν γὰρ ἕεστο φαεινότερον πυρὸς αὐγῆς,
εἶχε δ' ἐπιγναμπτὰς ἕλικας κάλυκάς τε φαεινάς,
ὅρμοι δ' ἀμφ' ἁπαλῇ δειρῇ περικαλλέες ἦσαν
καλοὶ χρύσειοι παμποίκιλοι· ὡς δὲ σελήνη
στήθεσιν ἀμφ' ἁπαλοῖσιν ἐλάμπετο, θαῦμα ἰδέσθαι.
Ἀγχίσην δ' ἔρος εἷλεν, ἔπος δέ μιν ἀντίον ηὔδα·

Χαῖρε ἄνασσ', ἥ τις μακάρων τάδε δώμαθ' ἱκάνεις,
Ἄρτεμις ἢ Λητὼ ἠὲ χρυσέη Ἀφροδίτη
ἢ Θέμις ἠυγενὴς ἠὲ γλαυκῶπις Ἀθήνη
ἤ πού τις Χαρίτων δεῦρ' ἤλυθες, αἵ τε θεοῖσι
πᾶσιν ἑταιρίζουσι καὶ ἀθάνατοι καλέονται,
ἥ τις νυμφάων αἵ τ' ἄλσεα καλὰ νέμονται,
ἢ νυμφῶν αἳ καλὸν ὄρος τόδε ναιετάουσι
καὶ πηγὰς ποταμῶν καὶ πίσεα ποιήεντα.
Σοὶ δ' ἐγὼ ἐν σκοπιῇ, περιφαινομένῳ ἐνὶ χώρῳ,
βωμὸν ποιήσω, ῥέξω δέ τοι ἱερὰ καλὰ
ὥρῃσιν πάσῃσι· σὺ δ' εὔφρονα θυμὸν ἔχουσα
δός με μετὰ Τρώεσσιν ἀριπρεπέ' ἔμμεναι ἄνδρα,
ποίει δ' εἰσοπίσω θαλερὸν γόνον, αὐτὰρ ἔμ' αὐτὸν
δηρὸν ἐὺ ζώειν καὶ ὁρᾶν φάος ἠελίοιο
ὄλβιον ἐν λαοῖς καὶ γήραος οὐδὸν ἱκέσθαι.

Τὸν δ' ἠμείβετ' ἔπειτα Διὸς θυγάτηρ Ἀφροδίτη·
Ἀγχίση, κύδιστε χαμαιγενέων ἀνθρώπων,
οὔ τίς τοι θεός εἰμι· τί μ' ἀθανάτῃσιν ἐίσκεις;
Ἀλλὰ καταθνητή γε, γυνὴ δέ με γείνατο μήτηρ.
Ὀτρεὺς δ' ἐστί πατὴρ ὄνομα κλυτός, εἴ που ἀκούεις,
ὃς πάσης Φρυγίης εὐτειχήτοιο ἀνάσσει.
Γλῶσσαν δ' ὑμετέρην καὶ ἡμετέρην σάφα οἶδα·
Τρῳὰς γὰρ μεγάρῳ με τροφὸς τρέφεν, ἡ δὲ διαπρὸ
σμικρὴν παῖδ' ἀτίταλλε φίλης παρὰ μητρὸς ἑλοῦσα.

über ihr Ansehn und auch ihre Größe und lichten Gewänder.
Trug sie doch ein Kleid, das hell wie Feuer erstrahlte,
reich umwunden mit Schmuck und leuchtenden Ohrgehängen.
Ihren zarten Nacken umschlang ein köstlich Geschmeide,
goldig und schön und schimmernd in Buntheit, und über den zarten
Brüsten glänzte es gleich dem Mond, ein Wunder zu schauen.
Liebe erfüllte das Herz des Anchises, und also begann er:
»Heil, o Herrin! Wer von den Seligen naht meinem Hause?
Artemis, Leto oder die goldene Aphrodite
oder die edle Themis, die augenleuchtende Pallas,
oder kam von den Chariten wohl eine, die sich zu allen
Göttern gesellen und die wir auch Unsterbliche nennen?
Bist du eine der Nymphen, die hausen in lieblichen Hainen,
oder von denen, die hier das schöne Gebirge bewohnen
oder den Lauf der Flüsse und bachdurchflutete Auen?
Einen Altar will ich auf rundumschauender Warte
dir erbauen und will dir heilige Opfer verrichten
jederzeit im Jahr; du aber gib mir in Gnade,
daß ich als trefflicher Mann mich unter den Troern beweise
und ein blühend Geschlecht hinterlasse, aber mir selber
gib, daß ich lange und glücklich das Licht der Sonne erblicke
und gesegnet im Volk des Alters Schwelle erreiche.«

Ihm erwiderte drauf die Tochter des Zeus, Aphrodite:
»O Anchises, Erlauchter der erdgeborenen Menschen,
nein, ich bin kein Gott. Was läßt du mich Himmlischen gleichen?
Sterblich bin ich, mich hat eine irdische Mutter geboren.
Otreus ist mein Vater, und seinen rühmlichen Namen
hörtest du wohl: das ganze befestigte Phrygien beherrscht er.
Aber eure Sprache und unsere kenn ich aufs beste,
nährte mich doch daheim eine troische Amme, und gänzlich
übernahm sie gleich von der Mutter die Pflege der Kleinen.
Daher verstehe ich nun auch eure Sprache aufs beste.

Ὡς δή τοι γλῶσσάν γε καὶ ὑμετέρην εὖ οἶδα.
Νῦν δέ μ' ἀνήρπαξε χρυσόρραπις Ἀργειφόντης
ἐκ χοροῦ Ἀρτέμιδος χρυσηλακάτου κελαδεινῆς.
Πολλαὶ δὲ νύμφαι καὶ παρθένοι ἀλφεσίβοιαι
παίζομεν, ἀμφὶ δ' ὅμιλος ἀπείριτος ἐστεφάνωτο·
ἔνθεν μ' ἥρπαξε χρυσόρραπις Ἀργειφόντης,
πολλὰ δ' ἔπ' ἤγαγεν ἔργα καταθνητῶν ἀνθρώπων,
πολλὴν δ' ἄκληρόν τε καὶ ἄκτιτον, ἣν διὰ θῆρες
ὠμοφάγοι φοιτῶσι κατὰ σκιόεντας ἐναύλους,
οὐδὲ ποσὶ ψαύσειν ἐδόκουν φυσιζόου αἴης·
Ἀγχίσεω δέ με φάσκε παραὶ λέχεσιν καλθέεσθαι
κουριδίην ἄλοχον, σοὶ δ' ἀγλαὰ τέκνα τεκεῖσθαι.
Αὐτὰρ ἐπεὶ δὴ δεῖξε καὶ ἔφρασεν ἦ τοι ὅ γ' αὖτις
ἀθανάτων μετὰ φῦλ' ἀπέβη κρατὺς Ἀργειφόντης·
αὐτὰρ ἐγὼ σ' ἱκόμην, κρατερὴ δέ μοι ἔπλετ' ἀνάγκη.
Ἀλλά σε πρὸς Ζηνὸς γουνάζομαι ἠδὲ τοκήων
ἐσθλῶν· οὐ μὲν γάρ κε κακοὶ τοιόνδε τέκοιεν·
ἀδμήτην μ' ἀγαγὼν καὶ ἀπειρήτην φιλότητος
πατρί τε σῷ δεῖξον καὶ μητέρι κεδνὰ ἰδυίῃ
σοῖς τε κασιγνήτοις οἵ τοι ὁμόθεν γεγάασιν·
οὔ σφιν ἀεικελίη νυὸς ἔσσομαι, ἀλλ' εἰκυῖα.
Πέμψαι δ' ἄγγελον ὦκα μετὰ Φρύγας αἰολοπώλους
εἰπεῖν πατρί τ' ἐμῷ καὶ μητέρι κηδομένῃ περ·
οἱ δὲ κέ τοι χρυσόν τε ἅλις ἐσθῆτά θ' ὑφαντὴν
πέμψουσιν, σὺ δὲ πολλὰ καὶ ἀγλαὰ δέχθαι ἄποινα.
Ταῦτα δὲ ποιήσας δαίνυ γάμον ἱμερόεντα
τίμιον ἀνθρώποισι καὶ ἀθανάτοισι θεοῖσιν.
Ὣς εἰποῦσα θεὰ γλυκὺν ἵμερον ἔμβαλε θυμῷ.
Ἀγχίσην δ' ἔρος εἷλεν, ἔπος τ' ἔφατ' ἔκ τ' ὀνόμαζεν·
εἰ μὲν θνητή τ' ἐσσί, γυνὴ δέ σε γείνατο μήτηρ,
Ὀτρεὺς δ' ἐστὶ πατὴρ ὄνομα κλυτός, ὡς ἀγορεύεις,
ἀθανάτου δὲ ἕκητι διακτόρου ἐνθάδ' ἱκάνεις
Ἑρμέω, ἐμὴ δ' ἄλοχος κεκλήσεαι ἤματα πάντα·

Nun aber raubte mich Hermes, der Gott mit dem goldenen Stabe,
aus der Artemis Kreis, die mit goldenen Pfeilen dahinjagt.
Viele bräutliche Mädchen und heißumworbene Jungfraun
spielten dort, umkränzt von einer gewaltigen Menge;
dorther raubte mich Hermes, der Gott mit dem goldenen Stabe.
Weit entführte er mich durch sterblicher Menschen Gewerke,
brache Gefilde, entblößt von Äckern und Städten, wo wilde
Tiere die schattigen Täler nach blutigem Fraße durchjagen,
und mein Fuß schien nicht die nährende Erde zu streifen.
Zu des Anchises Lager, so sagte er, sei ich gerufen
als dein jugendlich Weib, dir strahlende Kinder zu schenken.
Aber nachdem er solches gesagt und gewiesen, da schritt er
wieder zum Stamm der Unsterblichen fort, der mächtige Hermes.
Also kam ich zu dir, von starkem Zwange getrieben.
Aber ich flehe dich an bei Vater Zeus und den edlen
Eltern, denn einer wie du stammt nicht von niederen Leuten:
Führe als reine Jungfrau und unerfahren der Liebe
deinem Vater mich zu und deiner verständigen Mutter
und zu deinen Geschwistern, die mit dir einerlei Stammes,
und nicht unwert werde ich sein als Schwieger, nein, würdig.
Schicke schnell einen Boten ins rossenährende Phrygien,
daß er es meinem Vater, der sorgenden Mutter vermelde.
Diese werden dir Gold genug und gewirkte Gewänder
senden; du aber empfange die große, glänzende Mitgift.
Hast du solches vollbracht, so rüste selige Hochzeit,
die mit Ehren gefeiert bei Menschen und ewigen Göttern.«

Sprach's, die Göttin, und regte in ihm ein süßes Verlangen;
Liebe ergriff Anchises, er sprach und sagte die Worte:
»Bist du denn sterblich und bist von irdischer Mutter geboren
und ist, wie du erzählst, dein Vater der rühmliche Otreus,
bist du durch die Macht eines Gottes, den leitenden Hermes,
hergelangt, so wirst du auf immer Gattin mir heißen.

οὔ τις ἔπειτα θεῶν οὔτε θνητῶν ἀνθρώπων
ἐνθάδε με σχήσει πρὶν σῇ φιλότητι μιγῆναι
αὐτίκα νῦν· οὐδ' εἴ κεν ἑκηβόλος αὐτὸς Ἀπόλλων
τόξου ἀπ' ἀργυρέου προϊῇ βέλεα στονόεντα,
βουλοίμην κεν ἔπειτα, γύναι εἰκυῖα θεῇσι,
σῆς εὐνῆς ἐπιβὰς δῦναι δόμον Ἄιδος εἴσω.

Ὣς εἰπὼν λάβε χεῖρα· φιλομμειδὴς δ' Ἀφροδίτη
ἕρπε μεταστρεφθεῖσα κατ' ὄμματα καλὰ βαλοῦσα
ἐς λέχος εὔστρωτον, ὅθι περ πάρος ἔσκεν ἄνακτι
χλαίνῃσιν μαλακῇς ἐστρωμένον· αὐτὰρ ὕπερθεν
ἄρκτων δέρματ' ἔκειτο βαρυφθόγγων τε λεόντων,
τοὺς αὐτὸς κατέπεφνεν ἐν οὔρεσιν ὑψηλοῖσιν.
Οἱ δ' ἐπεὶ οὖν λεχέων εὐποιήτων ἐπέβησαν,
κόσμον μέν οἱ πρῶτον ἀπὸ χροὸς εἷλε φαεινόν,
πόρπας τε γναμπτάς θ' ἕλικας κάλυκάς τε καὶ ὅρμους.
Λῦσε δέ οἱ ζώνην ἰδὲ εἵματα σιγαλόεντα
ἔκδυε καὶ κατέθηκεν ἐπὶ θρόνου ἀργυροήλου
Ἀγχίσης· ὁ δ' ἔπειτα θεῶν ἰότητι καὶ αἴσῃ
ἀθανάτῃ παρέλεκτο θεᾷ βροτός, οὐ σάφα εἰδώς.

Ἦμος δ' ἂψ εἰς αὔλιν ἀποκλίνουσι νομῆες
βοῦς τε καὶ ἴφια μῆλα νομῶν ἐξ ἀνθεμοέντων,
τῆμος ἄρ' Ἀγχίσῃ μὲν ἐπὶ γλυκὺν ὕπνον ἔχευε
νήδυμον, αὐτὴ δὲ χροὶ ἕννυτο εἵματα καλά.
Ἑσσαμένη δ' εὖ πάντα περὶ χροὶ δῖα θεάων
ἔστη ἄρα κλισίῃ, κεὐποιήτοιο μελάθρου
κῦρε κάρη, κάλλος δὲ παρειάων ἀπέλαμπεν
ἄμβροτον, οἷόν τ' ἐστὶν ἐυστεφάνου Κυθερείης.
Ἐξ ὕπνου τ' ἀνέγειρεν, ἔπος τ' ἔφατ' ἔκ τ' ὀνόμαζεν·

Ὄρσεο Δαρδανίδη· τί νυ νήγρετον ὕπνον ἰαύεις;
Καὶ φράσαι εἴ τοι ὁμοίη ἐγὼν ἰνδάλλομαι εἶναι

Dann wird keiner der Götter und keiner der sterblichen Menschen
hier mir wehren, mich gleich auf der Stelle in liebender Wonne
dir zu gesellen, und wollte sogar der Schütze Apollon
von dem silbernen Bogen die schmerzlichen Pfeile entsenden,
wollte ich doch, o Weib, du götterähnliches, gerne
sinken in Hades' Haus, sobald ich dein Lager bestiegen.«

Rief's und griff ihre Hand. Die lächelnde Aphrodite
wandelte abgewandt mit niedergeschlagenen Augen
zu dem gebreiteten Lager des Fürsten, wo es schon vorher
ihm aus weichen Decken bereitet, aber darüber
lagen die Felle von Bären und laut aufbrüllenden Löwen,
die er selber früher erschlagen auf ragenden Bergen.
Aber nachdem sie sodann das treffliche Lager bestiegen,
nahm er ihr zuerst vom Leib das helle Geschmeide,
Spangen, gewundene Bänder und Ohrgehänge und Ketten,
löste ihr dann den Gürtel und tat ihr die glänzenden Kleider
ab und legte sie nieder auf silbergenageltem Sessel,
er, Anchises. Und dann, nach Schickung und Willen der Götter,
ruhte der Sterbliche ahnungslos bei der ewigen Göttin.

Während zum Hofe zurück von den blumigen Wiesen die Hirten
wieder die Rinder lenkten und all die kräftigen Schafe,
goß die Göttin süßen, erquickenden Schlaf auf Anchises
nieder und hüllte den Leib aufs neu in die schönen Gewänder.
Als die erhabene Göttin den Leib nun völlig bekleidet,
stand sie in der Hütte, und bis zur gezimmerten Decke
ragte ihr Haupt, es strahlte unsterbliche Schönheit von ihren
Wangen, wie sie zu eigen der schön bekränzten Kythere,
und sie weckte ihn auf aus dem Schlaf und sagte die Worte:
»Dardanide, erwache! Was schläfst du unweckbaren Schlummer?
Sprich! Erscheine ich dir auch jetzt noch immer die gleiche,
wie du zuerst mich sahst, als mich dein Auge gewahrte?«

οἵην δή με τὸ πρῶτον ἐν ὀφθαλμοῖσι νόησας;
Ὣς φάθ'· ὁ δ' ἐξ ὕπνοιο μάλ' ἐμμαπέως ὑπάκουσεν.
Ὡς δὲ ἴδεν δειρήν τε καὶ ὄμματα κάλ' Ἀφροδίτης
τάρβησέν τε καὶ ὄσσε παρακλιδὸν ἔτραπεν ἄλλῃ.
Ἂψ δ' αὖτις χλαίνῃ τε καλύψατο καλὰ πρόσωπα
καί μιν λισσόμενος ἔπεα πτερόεντα προσηύδα·
αὐτίκα σ' ὡς τὰ πρῶτα θεὰ ἴδον ὀφθαλμοῖσιν
ἔγνων ὡς θεὸς ἦσθα· σὺ δ' οὐ νημερτὲς ἔειπες.
Ἀλλά σε πρὸς Ζηνὸς γουνάζομαι αἰγιόχοιο
μή με ζῶντ' ἀμενηνὸν ἐν ἀνθρώποισιν ἐάσῃς
ναίειν, ἀλλ' ἐλέαιρ'· ἐπεὶ οὐ βιοθάλμιος ἀνὴρ
γίγνεται ὅς τε θεαῖς εὐνάζεται ἀθανάτῃσι.

Τὸν δ' ἠμείβετ' ἔπειτα Διὸς θυγάτηρ Ἀφροδίτη·
Ἀγχίση, κύδιστε καταθνητῶν ἀνθρώπων,
θάρσει, μηδέ τι σῇσι μετὰ φρεσὶ δείδιθι λίην·
οὐ γάρ τοί τι δέος παθέειν κακὸν ἐξ ἐμέθεν γε
οὐδ' ἄλλων μακάρων, ἐπεὶ ἦ φίλος ἐσσὶ θεοῖσι.
Σοὶ δ' ἔσται φίλος υἱὸς ὃς ἐν Τρώεσσιν ἀνάξει
καὶ παῖδες παίδεσσι διαμπερὲς ἐκγεγάονται·
τῷ δὲ καὶ Αἰνείας ὄνομ' ἔσσεται οὕνεκά μ' αἰνὸν
ἔσχεν ἄχος ἕνεκα βροτοῦ ἀνέρος ἔμπεσον εὐνῇ·
ἀγχίθεοι δὲ μάλιστα καταθνητῶν ἀνθρώπων
αἰεὶ ἀφ' ὑμετέρης γενεῆς εἶδός τε φυήν τε.
Ἦ τοι μὲν ξανθὸν Γανυμήδεα μητιέτα Ζεὺς
ἥρπασεν ὃν διὰ κάλλος ἵν' ἀθανάτοισι μετείη
καί τε Διὸς κατὰ δῶμα θεοῖς ἐπιοινοχοεύοι,
θαῦμα ἰδεῖν, πάντεσσι τετιμένος ἀθανάτοισι,
χρυσέου ἐκ κρητῆρος ἀφύσσων νέκταρ ἐρυθρόν.
Τρῶα δὲ πένθος ἄλαστον ἔχε φρένας, οὐδέ τι ᾔδει
ὅππῃ οἱ φίλον υἱὸν ἀνήρπασε θέσπις ἄελλα·
τὸν δὴ ἔπειτα γόασκε διαμπερὲς ἤματα πάντα.
Καί μιν Ζεὺς ἐλέησε, δίδου δέ οἱ υἷος ἄποινα

Rief's; er aber vernahm's und fuhr empor aus dem Schlummer.
Wie er nun aber den Nacken, die herrlichen Augen erblickte,
zitterte er und wandte voll Scheu die Augen zur Seite,
und sein schönes Antlitz verbarg er unter dem Mantel.
Flehentlich bittend, rief er die beflügelten Worte:
»Gleich zuerst, o Göttin, als dich mein Auge gewahrte,
wußt ich, du wärest ein Gott, du aber sprachst nicht die Wahrheit.
Aber nun flehe ich dich bei dem donnernden Vater Kronion:
Laß nicht bresthaft mich mein Dasein unter den Menschen
führen, erbarme dich mein! Wird doch ein blühendes Leben
keinem zuteil, der je bei unsterblichen Göttinnen ruhte.«

Ihm erwiderte drauf die Tochter des Zeus, Aphrodite:
»O Anchises, Erlauchter der erdgeborenen Menschen,
tröste dich, sei guten Mutes und fürchte dich gar nicht,
hast du doch keinen Anlaß, von mir ein Übel zu fürchten,
auch von den andern Seligen nicht, da du ihnen lieb bist.
Dir wird ein Sohn beschert, wird herrschen über die Troer.
Kinder werden und Enkel von ihm stets weiterentstammen,
und sein Name wird sein Aineias, weil es ein schweres
Leid mir war, das Lager des sterblichen Mannes zu teilen.
Ähnlich den Göttern am meisten von allen sterblichen Menschen
war ja immer euer Geschlecht an Wuchs und Gestaltung.
So hat der waltende Zeus entführt Ganymedes, den blonden,
seiner Schönheit zulieb, um bei den Göttern zu weilen,
und den Seligen reicht er den Wein im Hause Kronions,
wie ein Wunder zu schaun, geehrt von den Himmlischen allen,
und aus goldenem Krug schöpft er den rötlichen Nektar.
Tros, seinen Vater, erfaßte da Kummer, weil er nicht wußte,
wohin göttlicher Sturm den lieblichen Sohn ihm entrissen,
und er bejammerte ihn voll Schmerz beständig und täglich.
Das erbarmte Kronion, und als Ersatz für den Knaben
gab er ihm flüchtige Rosse, wie sie die Unsterblichen brauchen.

ἵππους ἀρσίποδας, τοί τ' ἀθανάτους φορέουσι.
Τούς οἱ δῶρον ἔδωκεν ἔχειν· εἶπεν δὲ ἕκαστα
Ζηνὸς ἐφημοσύνῃσι διάκτορος Ἀργειφόντης,
ὡς ἔοι ἀθάνατος καὶ ἀγήρως ἶσα θεοῖσιν.
Αὐτὰρ ἐπεὶ δὴ Ζηνὸς ὅ γ' ἔκλυεν ἀγγελιάων
οὐκέτ' ἔπειτα γόασκε, γεγήθει δὲ φρένας ἔνδον,
γηθόσυνος δ' ἵπποισιν ἀελλοπόδεσσιν ὀχεῖτο.
Ὣς δ' αὖ Τιθωνὸν χρυσόθρονος ἥρπασεν Ἠώς
ὑμετέρης γενεῆς ἐπιείκελον ἀθανάτοισι.
Βῆ δ' ἴμεν αἰτήσουσα κελαινεφέα Κρονίωνα
ἀθάνατόν τ' εἶναι καὶ ζώειν ἤματα πάντα·
τῇ δὲ Ζεύς ἐπένευσε καὶ ἐκρήηνεν ἐέλδωρ.
Νηπίη, οὐδ' ἐνόησε μετὰ φρεσί πότνια Ἠώς
ἥβην αἰτῆσαι, ξῦσαί τ' ἀπὸ γῆρας ὀλοιόν.
Τὸν δ' ἦ τοι εἵως μὲν ἔχεν μολυήρατος ἥβη,
Ἠοῖ τερπόμενος χρυσοθρόνῳ ἠριγενείῃ
ναῖε παρ' Ὠκεανοῖο ῥοῇς ἐπὶ πείρασι γαίης·
αὐτὰρ ἐπεὶ πρῶται πολιαὶ κατέχυντο ἔθειραι
καλῆς ἐκ κεφαλῆς εὐηγενέος τε γενείου,
τοῦ δ' ἦ τοι εὐνῆς μὲν ἀπείχετο πότνια Ἠώς,
αὐτὸν δ' αὖτ' ἀτίταλλεν ἐνὶ μεγάροισιν ἔχρυσα
σίτῳ τ' ἀμβροσίῃ τε καὶ εἵματα καλὰ διδοῦσα.
Ἀλλ' ὅτε δὴ πάμπαν στυγερὸν κατὰ γῆρας ἔπειγεν
οὐδέ τι κινῆσαι μελέων δύνατ' οὐδ' ἀναεῖραι,
ἥδε δέ οἱ κατὰ θυμὸν ἀρίστη φαίνετο βουλή·
ἐν θαλάμῳ κατέθηκε, θύρας δ' ἐπέθηκε φαεινάς.
Τοῦ δ' ἦ τοι φωνὴ ῥεῖ ἄσπετος, οὐδέ τι κῖκυς
ἔσθ' οἵη πάρος ἔσκεν ἐνὶ γναμπτοῖσι μέλεσσιν.
Οὐκ ἂν ἐγώ γε σὲ τοῖον ἐν ἀθανάτοισιν ἑλοίμην
ἀθάνατόν τ' εἶναι καὶ ζώειν ἤματα πάντα.
Ἀλλ' εἰ μὲν τοιοῦτος ἐὼν εἶδός τε δέμας τε
ζώοις ἡμέτερός τε πόσις κεκλημένος εἴης,
οὐκ ἂν ἔπειτά μ' ἄχος πυκινὰς φρένας ἀμφικαλύπτοι.

Solche schenkte ihm Zeus, und Hermes, der leitende Bote,
mußte auf Kronions Befehl ihm alles erklären,
daß sein Sohn wie die Götter unsterblich und alterlos lebe.
Aber als so der Vater von Zeus die Botschaft vernommen,
jammerte er nicht mehr, sein Herz beseligte Freude,
und er fuhr fröhlich dahin mit den windbeflügelten Rossen.
Auch den Tithonos raubte die goldenthronende Eos,
der aus euerm Geschlecht und den Unsterblichen ähnlich.
Und sie eilte, zu bitten den schwarzumwölkten Kronion,
ihm unsterbliches Leben für alle Zeiten zu schenken.
Nickend gewährte es Zeus und gab ihren Wünschen Erfüllung.
O die Törin! Es hatte die hohe Eos vergessen,
Jugend für ihn zu erflehn, die Runzeln des Alters zu glätten.
Ja, solange ihm noch die liebliche Jugend verliehen,
wohnte er froh bei der frühgeborenen, goldenen Göttin
neben Okeanos' Strom an den äußersten Enden der Erde;
aber sobald ihm einmal das Haar zu bleichen begonnen
an dem edlen Kinn und auf dem herrlichen Haupte,
da entzog seinem Lager sich ferner die göttliche Eos,
hielt ihn aber in ihrem Palast und pflegte ihn weiter
mit ambrosischer Kost und gab ihm schöne Gewänder.
Als ihn dann aber völlig das traurige Alter bedrückte
und er die Glieder nicht mehr zu regen und heben vermochte,
da erwog sie, was ihr im Herzen am besten erschiene,
setzte ihn in ein Gemach und schloß die glänzenden Türen.
Da entweicht ihm nun die mächtige Stimme, die Kräfte
schwinden, die früher einst die gelenkigen Glieder besessen.
Nein, so möchte ich dich nicht bei den Ewigen wünschen,
mit unsterblichem Leben dort alle Tage zu weilen.
Aber wenn du immer wie jetzt in gleicher Gestaltung
weiterleben würdest und würdest mein Gatte geheißen,
würde mir nie ein Gram die geborgene Seele umwölken.
Nun aber wird dich bald das schlimme Alter erfassen,

Νῦν δέ σε μὲν τάχα γῆρας ὁμοίιον ἀμφικαλύψει
νηλειές, τό τ' ἔπειτα παρίσταται ἀνθρώποισιν,
οὐλόμενον καματηρόν, ὅ τε στυγέουσι θεοί περ.
Αὐτὰρ ἐμοὶ μέγ' ὄνειδος ἐν ἀθανάτοισι θεοῖσιν
ἔσσεται ἤματα πάντα διαμπερὲς εἵνεκα σεῖο,
οἳ πρὶν ἐμοὺς ὀάρους καὶ μήτιας, αἷς ποτε πάντας
ἀθανάτους συνέμιξα καταθνητῇσι γυναιξί,
τάρβεσκον· πάντας γὰρ ἐμὸν δάμνασκε νόημα.
Νῦν δὲ δὴ οὐκέτι μοι στόμα χείσεται ἐξονομῆναι
τοῦτο μετ' ἀθανάτοισιν, ἐπεὶ μάλα πολλὸν ἀάσθην
σχέτλιον οὐκ ὀνομαστόν, ἀπεπλάγχθην δὲ νόοιο,
παῖδα δ' ὑπὸ ζώνῃ ἐθέμην βροτῷ εὐνηθεῖσα.
Τὸν μὲν ἐπὴν δὴ πρῶτον ἴδῃ φάος ἠελίοιο,
νύμφαι μιν θρέψουσιν ὀρεσκῷοι βαθύκολποι,
αἳ τόδε ναιετάουσιν ὄρος μέγα τε ζάθεόν τε·
αἵ ῥ' οὔτε θνητοῖς οὔτ' ἀθανάτοισιν ἕπονται·
δηρὸν μὲν ζώουσι καὶ ἄμβροτον εἶδαρ ἔδουσι,
καί τε μετ' ἀθανάτοισι καλὸν χορὸν ἐρρώσαντο.
Τῇσι δὲ Σειληνοί τε καὶ εὔσκοπος Ἀργειφόντης
μίσγοντ' ἐν φιλότητι μυχῷ σπείων ἐροέντων.
Τῇσι δ' ἅμ' ἢ ἐλάται ἠὲ δρύες ὑψικάρηνοι
γεινομένῃσιν ἔφυσαν ἐπὶ χθονὶ βωτιανείρῃ,
καλαὶ τηλεθάουσαι ἐν οὔρεσιν ὑψηλοῖσιν
ἑστᾶσ' ἠλίβατοι, τεμένη δέ ἑ κικλήσκουσιν
ἀθανάτων· τὰς δ' οὔ τι βροτοὶ κείρουσι σιδήρῳ.
Ἀλλ' ὅτε κεν δὴ μοῖρα παρεστήκῃ θανάτοιο,
ἀζάνεται μὲν πρῶτον ἐπὶ χθονὶ δένδρεα καλά,
φλοιὸς δ' ἀμφιπεριφθινύθει, πίπτουσι δ' ἄπ' ὄζοι,
τῶν δέ θ' ὁμοῦ ψυχὴ λείπει φάος ἠελίοιο.
Αἱ μὲν ἐμὸν θρέψουσι παρὰ σφίσιν υἱὸν ἔχουσαι.
Τὸν μὲν ἐπὴν δὴ πρῶτον ἕλῃ πολυήρατος ἥβη
ἄξουσίν σοι δεῦρο θεαί δείξουσί τε παῖδα·
σοὶ δ' ἐγώ, ὄφρα κε ταῦτα μετὰ φρεσὶ πάντα διέλθω,

das erbarmungslos zu allen Menschen herantritt,
unheilvoll und lastend, und das die Götter verabscheun.
Mir aber wird nun stets sich bei den ewigen Göttern
starkes Schmähen erheben um deinetwegen ohn Ende.
Haben sie früher doch die schmeichelnden Listen, mit denen
ich unsterbliche Götter zu sterblichen Weibern gesellte,
lang gefürchtet, denn alle sind meinen Listen verfallen.
Nun aber darf ich nicht mehr die Stimme erheben und solches
bei den Göttern erwähnen, so groß ist mein eigener Fehltritt.
Schrecklich hab ich gefehlt, unaussprechlich, verlor die Besinnung;
unter dem Gürtel trag ich ein Kind aus sterblichem Lager.
Dieses, sobald es einmal das Licht der Sonne gesehen,
werden in ihren Bergen vollbusige Nymphen erziehen,
die allhier das große, geweihte Gebirge bevölkern
und die nicht zu den Menschen und nicht zu den Göttern gehören.
Lange leben sie hier, genießen himmlischer Speise,
und sie schwingen sich oft in schönen Reigen mit Göttern.
Den Silenen jedoch und dem trefflichen Späher Hermeias
schenken sie ihre Gunst im Grunde lieblicher Grotten.
Mit den Nymphen zugleich auf menschennährender Erde
sind die Fichten entstanden, die hohen Wipfel der Eichen.
Herrlich in ihrem Grün auf ragenden Gipfeln der Berge
stehen sie stolz und hoch, und die Bezirke der Götter
nennt man sie, und so darf kein Eisen der Menschen sie fällen.
Aber naht auch ihnen einmal das Schicksal des Todes,
dann im Boden verdorren zuerst die herrlichen Bäume,
ihre Rinde vertrocknet, die Zweige fallen hernieder,
und es scheiden zugleich vom Licht die Seelen der Nymphen.
Diese werden den Sohn in ihrem Kreise erziehen.
Ist er aber sodann zu blühender Jugend erwachsen,
werden die Göttinnen dir den Knaben bringen und zeigen.
Ich jedoch, daß mein Herz dies alles noch einmal durchdenke,
werde im fünften Jahr dir mit dem Sohne erscheinen.

ἐς πέμπτον ἔτος αὖτις ἐλεύσομαι υἱὸν ἄγουσα.
Τὸν μὲν ἐπὴν δὴ πρῶτον ἴδῃς θάλος ὀφθαλμοῖσι,
γηθήσεις ὁρόων· μάλα γὰρ θεοείκελος ἔσται·
ἄξεις δ' αὐτίκα νιν ποτὶ Ἴλιον ἠνεμόεσσαν.
Ἢν δὲ τις εἴρηταί σε καταθνητῶν ἀνθρώπων
ἥ τις σοὶ φίλον υἱὸν ὑπὸ ζώνῃ θέτο μήτηρ,
τῷ δὲ σὺ μυθεῖσθαι μεμνημένος ὥς σε κελεύω·
φασίν τοι νύμφης καλυκώπιδος ἔκγονον εἶναι
αἳ τόδε ναιετάουσιν ὄρος καταειμένον ὕλῃ.
Εἰ δέ κεν ἐξείπῃς καὶ ἐπεύξεαι ἄφρονι θυμῷ
ἐν φιλότητι μιγῆναι ἐυστεφάνῳ Κυθερείῃ,
Ζεύς σε χολωσάμενος βαλέει ψολόεντι κεραυνῷ.
Εἴρηταί τοι πάντα· σὺ δὲ φρεσὶ σῇσι νοήσας
ἴσχεο μηδ' ὀνόμαινε, θεῶν δ' ἐποπίζεο μῆνιν.

Ὣς εἰποῦσ' ἤιξε πρὸς οὐρανὸν ἠνεμόεντα.

Χαῖρε θεὰ Κύπροιο ἐυκτιμένης μεδέουσα·
σεῦ δ' ἐγὼ ἀρξάμενος μεταβήσομαι ἄλλον ἐς ὕμνον.

Sah dann zum erstenmal dein Auge den blühenden Sprößling,
wird dich Freude erfüllen, so herrlich gleicht er den Göttern.
Führen wirst du ihn gleich zu Ilios' luftigen Höhen.
Will dann aber einer der sterblichen Menschen erforschen,
welche Mutter den Sohn in ihrem Schoße getragen,
denke dann meines Gebots und rede, wie ich dich heiße:
Einer der rosenwangigen Nymphen, so sagen die Leute,
sei er entsprossen, die hier die waldigen Höhen bewohnen.
Aber verkündest du frei und rühmst dich törichten Herzens,
daß du geruht in den Armen der schönen, bekränzten Kythere,
dann wird Zeus im Zorn mit flammendem Blitze dich treffen.
Alles hab ich dir nun gesagt; bewahr es im Herzen!
Hüte dich, nenne mich nicht, und scheue den Ingrimm der Götter!«

Also sprach sie und schwang sich auf zum luftigen Himmel.

Heil dir, Göttin, die du beherrschst das heilige Kypros,
du meines Liedes Beginn, dann schreit ich zu anderm Gesange.

Thassilo von Scheffer

Ἀρχίλοχος

Ἀλλά μ' ὁ λυσιμελής, ὦ 'ταῖρε, δάμναται πόθος.

. . . .

Δύστηνος ἔγκειμαι πόθωι
ἄψυχος, χαλεπῇισι θεῶν ὀδύνῃσιν ἕκητι
πεπαρμένος δι' ὀστέων.

. . . .

Τοῖος γὰρ φιλότητος ἔρως ὑπὸ καρδίην ἐλυσθείς
πολλὴν κατ' ἀχλὺν ὀμμάτων ἔχευεν
κλέψας ἐκ στηθέων ἁπαλὰς φρένας.

...

Ἔχουσα θαλλὸν μυρσίνης ἐτέρπετο
ῥοδῆς τε καλὸν ἄνθος, ἡ δέ οἱ κόμη
ὤμους κατεσκίαζε καὶ μετάφρενα.

ARCHILOCHOS

Drei Fragmente

Doch gliederlösend zähmt, Gesell, mich das Verlangen.

. . . .

Und elend lieg ich in Verlangen,
entseelt, von grausamen Wehen nach Götterwillen
durchbohrt bis ins Gebein.

. . . .

Ein solcher Liebesdrang hat, unters Herz verknäult,
mir vieles Dunkel übers Aug ergossen,
da er mir aus der Brust die sanften Sinne stahl ...

Wolfgang Schadewaldt

Die Geliebte

...

Sie trug vom Myrtenbaum ein Reis, vom Rosenstock
die schöne Blüte, und das freute sie. Das Haar
fiel über Schultern, Rücken ihr beschattend nieder.

Walther Kranz

ΜΙΜΝΕΡΜΟΣ

Τίς δὲ βίος, τί δὲ τερπνὸν ἄτερ χρυσῆς Ἀφροδίτης·
τεθναίην, ὅτε μοι μηκέτι ταῦτα μέλοι,
κρυπταδίη φιλότης καὶ μείλιχα δῶρα καὶ εὐνή·
οἶ' ἥβης ἄνθεα γίγνεται ἁρπαλέα
ἀνδράσιν ἠδὲ γυναιξίν· ἐπεὶ δ' ὀδυνηρὸν ἐπέλθηι
γῆρας, ὅ τ' αἰσχρὸν ὁμῶς καὶ κακὸν ἄνδρα τιθεῖ,
αἰεί μιν φρένας ἀμφὶ κακαὶ τείρουσι μέριμναι,
οὐ δ' αὐγὰς προσορῶν τέρπεται ἠελίου,
ἀλλ' ἐχθρὸς μὲν παισίν, ἀτίμαστος δὲ γυναιξίν·
οὕτως ἀργαλέον γῆρας ἔθηκε θεός.

MIMNERMOS

Was ist das Leben,
was ist noch Freude
ohne die goldene
Aphrodite?
Lieber den Tod, wenn mich das *nicht mehr kümmert:*
heimliche Liebe, Gaben der Kypris,
hold und beglückend, süße Umarmung.
Das sind die Wonnen, welche beiderlei Geschlechtern
erwachsen aus der Blüte jugendlicher Kraft.
Ist erst das Alter da, das quälende –
schlaff macht's den Mann und elend, immer zehrt
der leidge Kummer dann an seinem Herzen.
Er mag das Licht der Sonne nicht mehr sehn.
Den Knaben ein Graus, von den Mädchen mißachtet!
So schwere Bürde gab dem Alter Gott.

ΣΑΠΦΩ

Ποικιλόθρον' ἀθανάτ' Ἀφρόδιτα,
παῖ Δίος δολόπλοκε, λίσσομαί σε,
μή μ' ἄσαισι μηδ' ὀνίαισι δάμνα,
πότνια, θῦμον·

ἀλλὰ τύιδ' ἔλθ', αἴ ποτα κἀτέρωτα
τὰς ἔμας αὔδας ἀίοισα πήλοι
ἔκλυες, πάτρος δὲ δόμον λίποισα
χρύσιον ἦλθες

ἄρμ' ὐπασδεύξαισα· κάλοι δέ σ' ἆγον
ὤκεες στροῦθοι περί γᾶς μελαίνας
πύκνα δίννεντες πτέρ' ἀπ' ὠράνωαἴθε-
ρος διὰ μέσσω·

αἶψα δ' ἐξίκοντο· σὺ δ' ὦ μάκαιρα,
μειδιαίσαισ' ἀθανάτῳ προσώπῳ
ἤρε' ὄττι δηὖτε πέπονθα κὤττι
δηὖτε κάλημμι

κὤττι μοι μάλιστα θέλω γένεσθαι
μαινόλᾳ θύμῳ· τίνα δηὖτε Πείθω
μαῖσ' ἄγην ἐς σὰν φιλότατα; Τίς σ', ὦ
Ψάπφ', ἀδικήσι;

Καὶ γὰρ αἰ φεύγει, ταχέως διώξει,
αἰ δὲ δῶρα μὴ δέκετ', ἀλλὰ δώσει,
αἰ δὲ μὴ φίλει, ταχέως φιλήσει
κωὐκ ἐθέλοισα.

Ἔλθε μοι καὶ νῦν, χαλέπαν δὲ λῦσον
ἐκ μερίμναν, ὄσσα δέ μοι τέλεσσαι
θῦμος ἰμέρρει, τέλεσον, σὺ δ' αὔτα
σύμμαχος ἔσσο.

SAPPHO

Auf buntem Thron, Unsterbliche, Aphrodite,
Zeus' Tochter, Listenspinnerin, ich flehe zu dir:
Lähm mir mit Trübsinn nicht und Überdrüssen,
Herrin, den Mut.

Sondern komm hierher, wenn schon früher jemals
du, meine Stimme fern vernehmend,
mich hörtest und des Vaters Haus verließest
und kamst,

den goldenen Wagen angeschirrt: dich zogen schöne
schnelle Sperlinge über die schwarze Erde,
dicht mit den Flügeln wirbelnd, vom Himmel mitten
hin durch den Äther,

und langten an sogleich, du aber, Selige, lächelnd
mit dem unsterblichen Antlitz, fragtest,
was mir denn wieder zugestoßen, was ich
wieder denn riefe

und was ich am meisten wünschte, das mir werde,
rasenden Herzens. »Welche soll Peitho wieder
in deine Liebe führen? Welche, Sappho,
tut dir ein Leid an?

Denn flieht sie, soll sie bald verfolgen!
Nimmt Gaben sie nicht: nun denn, sie soll geben!
Und liebt sie nicht: bald wird sie lieben
auch wider Willen!«

Komm zu mir jetzt auch! Löse mich von schweren
Gedanken, und, was alles zu erfüllen
mein Herz begehrt, erfülle! Sei du selber
die Kampfgenossin! *Wolfgang Schadewaldt*

Φαίνεταί μοι κῆνος ἴσος θέοισιν
ἔμμεν' ὤνηρ, ὅττις ἐνάντιός τοι
ἰσδάνει καὶ πλάσιον ἆδυ φωνεί-
σας ὐπακούει

καὶ γελαίσας ἰμέροεν, τὸ μ' ἦ μὰν
καρδίαν ἐν στήθεσιν ἐπτόαισεν,
ὠς γὰρ ἔς σ' ἴδω βρόχε' ὤς με φώνας
οὖδεν ἔτ' εἴκει,

ἀλλὰ κὰμ μὲν γλῶσσα μ' ἔαγε, λέπτον
δ' αὔτικα χρῷ πῦρ ὐπαδεδρόμηκεν,
ὀππάτεσσι δ' οὐδ' ἒν ὄρημμ', ἐπιρρόμ-
βεισι δ' ἄκουαι,

ἀ δέ μ' ἴδρως κακχέεται, τρόμος δὲ
παῖσαν ἄγρει, χλωροτέρα δὲ ποίας
ἔμμι, τεθνάκην δ' ὀλίγω 'πιδεύης
φαίνομ', Ἄγαλλι.

Ἀλλὰ πᾶν τόλματον, ἐπεὶ...

Οἰ μὲν ἰππήων στρότον, οἰ δὲ πέσδων,
οἰ δὲ νάων φαῖσ' ἐπὶ γᾶν μέλαιναν
ἔμμεναι κάλλιστον, ἔγω δὲ κῆν' ὄτ-
τω τις ἔραται.

Πάγχυ δ' εὔμαρες σύνετον πόησαι
πάντι τοῦτ', ἀ γὰρ πόλυ περσκέθοισα
κάλλος ἀνθρώπων Ἐλένα τὸν ἄνδρα
τὸν πανάριστον

SAPPHO

Mich bedünkt, es gleiche den Göttern jener
Jüngling, welcher dir gegenüber sitzt und
nahe deinem süßen Gespräch sich, deinem
schmelzenden Lachen

lauschend, zuneigt. Mir aber, ach, erschreckte
dies im Busen wahrlich das Herz; denn schau ich
flüchtig nur hinüber zu dir, versagt mir
völlig die Stimme,

und mir ist die Zunge gelähmt, ein feines
Feuer unterläuft mir die Haut urplötzlich;
mit den Augen sehe ich nichts, ein Dröhnen
füllt mir die Ohren,

und der Schweiß rinnt nieder, und meinen ganzen
Leib befällt ein Zittern, und bleicher bin ich
als das Gras, und nahe bereits dem Tode
schein ich, Agallis.

Aber alles ist zu ertragen, da ...

Emil Staiger

Reiterscharen, sagen die einen, Fußvolk,
andre, Schiffe seien das Schönste auf der
dunklen Erde. Ich aber sage, was die
Liebe begehrt, ist's.

Und dies jedem deutlich zu machen ist ganz
einfach. Denn die alle an Schönheit weitaus
übertroffen, Helena, hat den besten
Gatten verlassen

καλλίποισ' ἔβα 'ς Τροίαν πλέοισα
κωὐδὲ παῖδος οὐδὲ φίλων τοκήων
πάμπαν ἐμνάσθη, ἀλλὰ παράγαγ' αὔταν
οὐκ ἀέκοισαν

Κύπρις. Εὔγναμπτον γὰρ ἔφυ βρότων κῆρ
... κούφως...
κἄμε νῦν Ἀνακτορίας ὀνέμναισ'
οὐ παρεοίσας,

τᾶς κε βολλοίμαν ἔρατόν τε βᾶμα
κἀμάρυχμα λάμπρον ἴδην προσώπω
ἢ τὰ Λύδων ἄρματα κἀν ὄπλοισι
πεσδομάχεντας.

Ἦλθες, εὖ δ' ἐπόησας, ἔγω δέ σ' ἐμαόμαν,
ὂν δ' ἔψυξας ἔμαν φρένα καιομέναν πόθωι.
Χαῖρε πόλλα, [φίλα μ'], ἰσάριθμά τε τῶι χρόνωι,
[ὄσσ]ον [ἄμμ'] ἀπελί[μπανες ...]

... ἐτίναξεν [ἔμαις] φρένας
Ἔρος ὡς ἄνεμος κὰτ' ὄρος δρύσιν ἐμπέτων.
...
Ἔρος δηὖτέ μ' ὀ λυσιμέλης δόνει,
γλυκύπικρον ἀμάχανον ὄρπετον.

und ist ausgefahren nach Troja, gar nicht
eingedenk des Kindes und gar nicht ihrer
lieben Eltern; denn es verführte sie, die
nicht widerstrebte,

Kypris. Ist der Menschen Gemüt doch biegsam
... leichthin ...
mich auch läßt sie jetzt Anaktorias denken,
weilt sie gleich ferne.

Lieber ihr bestrickendes Schreiten säh ich
und das helle Leuchten auf ihrem Antlitz
als der Lyder Wagen und in der Rüstung
kämpfendes Fußvolk.

Emil Staiger

Du kamst und ... tatest wohl daran ...
kamst, [lang von mir entfernt,] und ich entbehrte dich,
und kühltest mein von Sehnsucht brennend Herz! ...
Freude dir viel, [du Liebe,] gleich viel wie die Zeit,
die du hinweg warst ...

Wolfgang Schadewaldt

... Geschüttelt hat Eros mir die Sinne,
wie ein Wind vom Berg herab in die Eichen fällt.
...
Und wieder mich Eros, der gliederlösende, beugt und biegt,
das süßbittere, rettungslose Untier.

Wolfgang Schadewaldt

...

τεθνάκην δ' ἀδόλως θέλω.
Ἄ με ψισδομένα κατελίμπανεν

πόλλα, καὶ τόδ' ἔειπέ [μοι]·
'ὤιμ' ὡς δεῖνα πεπόνθαμεν,
Ψάπφ', ἦ μάν σ' ἀέκοισ' ἀπυλιμπάνω.'

Τὰν δ' ἔγω τάδ' ἀμειβόμαν·
'χαίροισ' ἔρχεο κἄμεθεν
μέμναισ', οἶσθα γάρ, ὤς σε πεδήπομεν.

Αἰ δὲ μή, ἀλλά σ' ἔγω θέλω
ὄμναισαι, [σὺ δὲ λά] θεαι,
ὄσ[σα...] καὶ κάλ' ἐπάσχομεν·

πό[λλοις γὰρ στεφάν]οις ἴων
καὶ βρ[όδων πλο]κίων τ' ὔμοι
καὶ [...] παρ' ἔμοι παρεθήκα[ο]

καὶ πόλλαις ὐπαθύμιδας
πλέκταις ἀμφ' ἀπάλαι δέραι
ἀνθέων ἐ[ράτων] πεποημμέναις.

Καὶ πόλλωι [λιπάρως] μύρωι
βρενθείωι [τε κάλον χρόα]
ἐξαλείψαο κα[ὶ βασ]ιληίωι,

καὶ στρώμν[αν ἐ]πὶ μολθάκαν
ἀπάλαν παρ [.] α[.]ονων
ἐξίης πόθο[ν...]ανίδων,

κωὔτε τις [χόρος οὔ]τε τι
ἶρον οὐδ' ὐ[...]
ἔπλετ', ὄππ[οθεν ἄμ]μες ἀπέσκομεν·

…

Ja, ich wünsche mir bloß den Tod!
Heftig hat sie geschluchzt, als sie von mir ging,

und mir dieses gesagt dazu:
Ach, was haben wir auszustehn,
Sappho, gar so ungern verlaß ich dich!

Ich erwiderte ihr darauf:
Reise glücklich und denke mein,
denn du weißt ja, wir haben dich sehr umhegt.

Wenn aber nicht, so muß ich wohl
dich erinnern; du hast vielleicht
bald vergessen, wie schön unser Leben war,

wie du Kränze aus Veilchen und
Rosen, Krokus gewunden hast
und dir festlich die Locken bei mir geschmückt,

manche duftende Kette auch
dir geschmiegt um den schlanken Hals,
die aus lieblichen Blumen geflochten war.

Und mit vielerlei Salben, Öl,
Narde hast du den schönen Leib
Eingesalbt und mit Balsam des Königshofs,

und, auf schwellende Polster dann
hingebettet, verströmtest du,
deine Sehnsucht …

Keinen Reigen versäumten wir,
keine Opferfeier und …
ward begangen, an der wir nicht teilgehabt,

οὐκ ἄλσος [δ' ὄθεν εἴ]αρος
[ὤραισ' οὐ κροτάλων] ψόφος
[ἄχησ' ἠὲ κόραν μελα]οίδιαι.

... ἀπύ] Σαρδ[ίων]
[... πόλ]λακι τυίδε νῶν ἔχοισα.

Ὡς πε[δε]ζώομεν β[εβάω]ς ἔχεν
σὲ θέαι ἰκέλαν Ἀρι-
γνώτα, σᾶι δὲ μάλιστ' ἔχαιρε μόλπαι.

Νῦν δὲ Λύδαισιν ἐμπρέπεται γυναί-
κεσσιν, ὤς ποτ' ἀελίω
δύντος ἀ βροδοδάκτυλος σελάννα

πάντα περρέχοισ' ἄστρα, φάος δ' ἐπί-
σχει θάλασσαν ἐπ' ἀλμύραν
ἴσως καὶ πολυανθέμοις ἀρούραις.

Ἀ δ' ἐέρσα κάλα κέχυται, τεθά-
λαισι δὲ βρόδα κἄπαλ' ἄν-
θρυσκα καὶ μελίλωτος ἀνθεμώδης.

Πόλλα δὲ ζαφοίταισ' ἀγάνας ἐπι-
μνάσθεισ' Ἄτθιδος ἰμέρωι
λέπταν ποι φρένα, κῆρ δ' ἄσαι βόρηται.

Κῆθι δ' ἔλθην ἄμμ' ὄξυ βόαι, τὸ δ' οὐ
νῶντ' ἄ[π]υστον ...

und kein Hag, wo zur Frühlingszeit
nicht der Klappern Geräusch erscholl
und die liebliche Weise der Mädchenschar.

nach Hans Rupé

... von Sardes aus
denkt Arignota oft herüber.

Als wir zusammen lebten, da hat sie dich
stets einer Göttin gleich geehrt,
und am meisten erfreuten sie deine Lieder.

Jetzt aber glänzt sie unter den lydischen
Frauen, wie nach des Helios
Niedertauchen der Mond mit Rosenfingern,

alle Sterne verdunkelnd, ergießt sein Licht
über das salzige Meer zugleich
und die blumengeschmückten Gartenfluren.

Reiner Tau ist gefallen, in Blüte stehn
Rosen, saftige Gräser und
honigduftender Klee, der blumenreiche.

Unstet streift sie umher, die Erinnerung
läßt ihr zartes Gemüt nicht los,
Sehnsucht drängt ihr Herz nach der sanften Atthis.

»Kommt hierher!« so ruft sie laut nach uns, doch wir
können es nicht verstehen ...

Hans Rupé

Δέδυκε μὲν ἀ σελάννα
καὶ Πληίαδες· μέσαι δέ
νύκτες, παρὰ δ' ἔρχετ' ὤρα,
ἔγω δὲ μόνα κατεύδω.

Γλύκηα μᾶτερ, οὔτοι δύναμαι κρέκην τὸν ἴστον
πόθῳ δάμεισα παῖδος βραδίνω δι' Ἀφροδίταν.

Α. *Θέλω τί τ' εἴπην, ἀλλά με κωλύει*
αἴδως...
Β. *Αἰ δ' ἦχες ἔσλων ἴμερον ἢ κάλων*
καὶ μή τί τ' εἴπην γλῶσσ' ἐκύκα κάκον,
αἴδως κε νῦν σ' οὐκ ἦχεν ὄππατ',
ἀλλ' ἔλεγες περὶ τὼ δικαίω.

SAPPHO

Schon flüchtet Selana, die reine,
schon taucht ihr unter, Plejaden,
die Nacht und die Stunden laden:
ich ruhe noch immer alleine.

August von Platen

Süße Mutter, ich kann ja nicht das Gewebe schlagen!
Bin hin vor Sehnsucht nach dem schlanken Knaben durch Aphrodite.

Wolfgang Schadewaldt

A. *Ich möchte dir etwas sagen, doch mich hindert*
die Scham …
B. *Wenn du nach Rechtem und Schönem Verlangen trügst*
und rührte die Zunge dir nicht ein schlimmes Wort an,
so bände dir die Scham nicht deine Augen,
sondern du sprächest von dem, was recht ist.

Wolfgang Schadewaldt

ΙΒΥΚΟΣ

Ἦρι μὲν αἵ τε Κυδώνιαι
μαλίδες ἀρδόμεναι ῥόαι τ'
ἐκ ποταμῶν, ἵνα Παρθένων
κᾶπος ἀκήρατος, αἵ τ' οἰνανθίδες
αὐξόμεναι σκιεροῖσιν ὑφ' ἕρνεσιν
οἰναρέοις θαλέθοισιν. Ἐμοὶ δ' ἔρος
οὐδεμίαν κατάκοιτος ὥραν·
τε ὑπὸ στεροπᾶς φλέγων
Θρηίκιος βορέας ἀίς-
σων παρὰ Κύπριδος ἀζαλέαις μανί-
αισιν ἐρεμνὸς ἀθαμβής
ἐγκρατέως πεδόθεν φυλάσσει
ἁμετέρας θφρένας.

Ἔρος αὖτέ με κυανέοισιν ὑπό
βλεφάροις τακέρ' ὄμμασι δερκόμενος
κηλήμασι παντοδαποῖς' ἐς ἄπειρα
δίκτυα Κύπριδι βάλλει.
Ἦ μὰν τρομέω νιν ἐπερχόμενον,
ὥστε φερέζυγος ἵππος ἀεθλοφόρος ποτὶ γήραι
ἀέκων σὺν ὄχεσφι θοοῖσ' ἐς ἅμιλλαν ἔβα.

IBYKOS

Frühling ist es; die Quitten blühn,
die Granaten, getränkt vom Naß,
wo die Nymphen im heilgen Hain
spielen und tanzen; die Blüten der Reben
schwellen und knospen unter des Weinlaubs
jungen beschattenden Trieben.
Doch nimmer ruht Eros, er fällt mich an
mit zehrendem Wahn, wie der thrakische Nord
im Feuer der Blitze, von Kypris gesandt,
und hält unerschütterlich, finster drohend
gewaltige Wacht mir über die tiefsten
Tiefen des Herzens.

Späte Liebe

Wieder unter schwarzen Wimpern
mit betörenden Augen schaut mich
Eros an und treibt mit tausend
süßen Lockungen mich in Kypris'
unentrinnbar festes Netz.

Ach, vor seinem Nahn erbeb ich
wie am Wagen das Roß, das einstmals
Kranz und Siegespreis davontrug;
ungern wagt sich's, nun gealtert,
mit den geflügelten Renngespannen
in den Kampf der Bahn hinaus.

Emanuel Geibel

ἈΝΑΚΡΕΩΝ

Ὦναξ, ὧι δαμάλης Ἔρως
καὶ Νύμφαι κυανώπιδες
πορφυρέη τ' Ἀφροδίτη
συμπαίζουσιν, ἐπιστρέφεαι δ'
ὑψηλὰς ὀρέων κορυφάς,
γουνοῦμαί σε, σὺ δ' εὐμενής
ἔλθ' ἡμίν, κεχαρισμένης δ'
εὐχωλῆς ἐπακούειν.
Κλευβούλωι δ' ἀγαθὸς γενεῦ
σύμβουλος, τὸν ἐμὸν δ' ἔρωτ',
ὦ Δεύνυσε, δέχεσθαι.

Μεγάλωι δηὖτέ μ' Ἔρως ἔκοψεν ὥστε χαλκεύς
πελέκει, χειμερίηι δ' ἔλουσεν ἐν χαράδρηι.

Φέρ' ὕδωρ, φέρ' οἶνον, ὦ παῖ, φέρε [δ'] ἀνθεμόεντας ἡμῖν
στεφάνους, ἔνεικον, ὡς δὴ πρὸς Ἔρωτα πυκταλίζω.

ANAKREON

An Dionysos

Herr, mit Eros, dem jungen Gott,
dunkeläugiger Nymphen Schar
und der purpurnen Kypris
stets verbunden in Spiel und Scherz,
wenn du über die Höhen streifst,
auf den Knien beschwör ich dich:
Gnädig komme zu mir, in Huld
meine Bitte zu hören.
Kleobulos gewinne du
meiner Liebe, Dionysos,
daß er gern sie empfange.

Eros der Schmied

Mit schwerwuchtendem Hammerschlag,
wie die glühende Stang ein Schmied,
trifft mich Eros und taucht mich dann
in eiskaltes Gewässer.

Emanuel Geibel

Wasser her, Wein her, Bursch!
Bringe von Blumen mir Kränze!
Spute dich; lieg ich doch
schwer mit Eros im Kampfe.

Ὦ παῖ παρθένιον βλέπων,
δίζημαί σε, σὺ δ' οὐ κλύεις
οὐκ εἰδώς, ὅτι τῆς ἐμῆς
ψυχῆς ἡνιοχεύεις.

Ἠρίστησα μὲν ἰτρίου λεπτοῦ μικρὸν ἀποκλάς,
οἴνου δ' ἐξέπιον κάδον νῦν δ' ἁβρῶς ἐρόεσσαν
ψάλλω πηκτίδα τῆι φίληι κωμάζων παιδί ἁβρῆι.

Πῶλε Θρηικίη, τί δή με λοξὸν ὄμμασι[ν] βλέπουσα
νηλεῶς φεύγεις, δοκεῖς δέ μ' οὐδὲν εἰδέναι σοφόν;
Ἴσθι τοι, καλῶς μὲν ἄν τοι τὸν χαλινὸν ἐμβάλοιμι,
ἡνίας δ' ἔχων στρέφοιμί [σ'] ἀμφὶ τέρματα δρόμου.
Νῦν δὲ λειμῶνάς τε βόσκεαι κοῦφά τε σκιρτῶσα παίζεις·
δεξιὸν γὰρ ἱπποπείρην οὐκ ἔχεις ἐπεμβάτην.

Σφαίρηι δεῦτέ με πορφυρέηι
βάλλων χρυσοκόμης Ἔρως
νήνι ποικιλοσαμβάλωι
συμπαίζειν προκαλεῖται.
Ἡ δ' – ἔστιν γὰρ ἀπ' εὐκτίτου
Λέσβου – τὴν μὲν ἐμὴν κόμην –
λευκὴ γάρ – καταμέμφεται,
πρὸς δ' ἄλλην τινὰ χάσκει.

ANAKREON

An seinen Liebling

Knabe du mit dem Mädchenblick,
dein verlang ich, doch hörst du nicht,
merkst nicht, wie du die Seele mir
sanft am Zügel dahinlenkst.

Emanuel Geibel

Zum Frühstück brach ich mir von feinem Honigkuchen
ein kleines Stück und leerte einen Humpen Wein.
Nun zupfe ich ganz zart der süßen Laute Saiten
und bring ein Ständchen dem geliebten zarten Kind.

Du thrakisch Füllen, warum blickst du mich so schief an
und fliehst mich grausam? Traust mir wohl nichts Rechtes zu?

Merk auf: Ich kann dich fest an die Kandare nehmen,
dich mit den Zügeln wenden um das Ziel der Bahn.

Jetzt spielst und springst du munter noch auf grüner Weide.
Es fehlt der rechte Lenker, dessen Seil dich führt.

Wieder wirft mit dem Purpurball
mich Goldhaar Eros und ruft mich hervor,
daß ich mit der Jungfrau im bunten Schuh
soll spielen.
Doch sie – sie ist ja von Lesbos her,
dem stolz erbauten – hat für meinen Schopf
– denn weiß ist er – Verachtung nur,
und nach nem andern äugt sie.

Wolfgang Schadewaldt

ΘΕΟΓΝΙΣ

Σοὶ μὲν ἐγὼ πτέρ' ἔδωκα, σὺν οἷσ' ἐπ' ἀπείρονα πόντον
πωτήσηι καὶ γῆν πᾶσαν ἀειρόμενος
ῥηιδίως· θοίνηις δὲ καὶ εἰλαπίνηισι παρέσσηι
ἐν πάσαις πολλῶν κείμενος ἐν στόμασιν,
καί σε σὺν αὐλίσκοισι λιγυφθόγγοις νέοι ἄνδρες
εὐκόσμως ἐρατοὶ καλά τε καὶ λιγέα
ἄισονται. Καὶ ὅταν δνοφερῆς ὑπὸ κεύθεσι γαίης
βῆις πολυκωκύτους εἰς Ἀίδαο δόμους,
οὐδέποτ' οὐδὲ θανὼν ἀπολεῖς κλέος, ἀλλὰ μελήσεις
ἄφθιτον ἀνθρώποισ' αἰὲν ἔχων ὄνομα,
Κύρνε, καθ' Ἑλλάδα γῆν στρωφώμενος ἠδ' ἀνὰ νήσους
ἰχθυόεντα περῶν πόντον ἐπ' ἀτρύγετον,
οὐχ ἵππων νώτοισιν ἐφήμενος· ἀλλά σε πέμψει
ἀγλαὰ Μουσάων δῶρα ἰοστεφάνων.
Πᾶσι δ', ὅσοισι μέμηλε, καὶ ἐσσομένοισιν ἀοιδή
ἔσσηι ὁμῶς, ὄφρ' ἂν γῆ τε καὶ ἠέλιος.
Αὐτὰρ ἐγὼν ὀλίγης παρὰ σεῦ οὐ τυγχάνω αἰδοῦς,
ἀλλ' ὥσπερ μικρὸν παῖδα λόγοις μ' ἀπατᾶις.

Κυπρογένη, παῦσόν με πόνων, σκέδασον δὲ μερίμνας
θυμοβόρους, τρέψον δ' αὖθις ἐς εὐφροσύνας·
μερμήρας δ' ἀπόπαυε κακάς, δὸς δ' εὔφρονι θυμῶι
μέτρ' ἥβης τελέσαντ' ἔργματα σωφροσύνης.

THEOGNIS

Flügel, die über des Meers unendliche Weiten dich tragen,
Flügel, mit denen du leicht über die Lande dich hebst,
gab mein Lied dir, Kyrnos; bei jeglichem Schmaus und Gelage
wirst zugegen du sein rühmlich in Tausender Mund.
Mancher fröhliche Umzug wird dich mit jugendlich frischem,
hellem und schönem Gesang preisen, und Flöten dazu
lustig erklingen; und wandelst du einst die schattigen Pfade
drunten im Hades, dem Ort ewigen Klagegestöhns,
dann auch schwindet dir nicht mit dem Tod dein Name, er blüht dir
unvergänglich im Mund spätrer Geschlechter noch fort.
Also wirst du die Gau'n von Hellas und über die Inseln,
wirst durchschweifen des Meers fischbelebtes Gebiet
nicht auf Rossen und Schiffen; du schwebst auf der veilchenbekränzten
Musen entzückendem Lied, Kyrnos, Geliebter, dahin.
Leben wirst du, wo immer ein spätes Geschlecht des Gesanges
sich noch erfreut, solang Erd und Sonne bestehn.
Aber du hast für mich keine Spur geziemender Achtung,
führst nur, als wär ich ein Kind, täuschende Worte im Mund.[1]

Jakob Mähly

An Kypris

Stille der Sehnsucht Qual und beschwichte den Kummer, o Göttin,
der mir die Seele verzehrt, gib mich der Freude zurück!
Endlich sei es der Stürme genug, und in heiterer Fassung
lehr mich das heilige Maß üben, zum Manne gereift.

Emanuel Geibel

1 Siehe Quellennachweis.

ΠΛΑΤΩΝ

Νῦν ὅτε μηδὲν Ἄλεξις ὅσον μόνον εἶφ' ὅτι καλός,
ὤπται καὶ πάντηι πᾶς τις ἐπιστρέφεται.
Θυμέ, τί μηνύεις κυσὶν ὀστέον; Εἶτ' ἀνιήσεις
ὕστερον. Οὐχ οὕτω Φαῖδρον ἀπωλέσαμεν;

Ἄλσος δ' ὡς ἱκόμεσθα βαθύσκιον, ηὕρομεν ἔνδον
πορφυρέοις μήλοισιν ἐοικότα παῖδα Κυθήρης.
Οὐ δ' ἔχεν ἰοδόκον φαρέτρην, οὐ καμπύλα τόξα·
ἀλλὰ τὰ μὲν δένδρεσσιν ὑπ' εὐπετάλοισι κρέμαντο,
αὐτὸς δ' ἐν καλύκεσσι ῥόδων πεπεδημένος ὕπνωι
ηὗδεν μειδιόων· ξουθαὶ δ' ἐφύπερθε μέλισσαι
κηροχυτοῦσ' ἐντὸς λαροῖσ' ἐπὶ χείλεσι βαῖνον.

Ἀστέρας εἰσαθρεῖς, Ἀστὴρ ἐμός· εἴθε γενοίμην
οὐρανός, ὡς πολλοῖσ' ὄμμασιν εἰς σὲ βλέπω.

PLATON

Jetzt, da ich nichts von Alexis gesagt als nur, daß er schön sei,
wird er mit Blicken verfolgt, überall gafft man ihn an.
Herz, was zeigst du den Hunden den Knochen? Du wirst es bereuen
später. Ward uns nicht so Phaidros, der Schöne, geraubt?

Alfred Körte

In eines Haines Schatten fanden wir
Kytherens Sohn, rotwangig wie ein Apfel,
doch ohne Pfeil und Köcher, ohne Bogen.
Die hingen über ihm im Blätterdach.
Er selber lag auf einem Bett von Rosen
und lächelte im Schlaf. Und drüber flogen
die braunen Bienen, und sie setzten sich
auf seine süßen Lippen, Honig bildend.

An den Jüngling Astér

Zu den Sternen blickst du, mein Stern. Oh, wär ich der Himmel,
um mit tausend Paar Augen dich wieder zu sehn!

Karl Reinhard

Ἀ*ΣΚΛΗΠΙΑΔΗΣ*

Νεῖφε, χαλαζοβόλει, ποίει σκότος, αἶθε, κεραύνου,
πάντα τὰ πορφύροντ' ἐν χθονὶ σεῖε νέφη.
Ἢν γάρ με κτείνης, τότε παύσομαι· ἢν δέ μ' ἀφῇς ζῆν,
καὶ διαθεὶς τούτων χείρονα, κωμάσομαι.
Ἕλκει γάρ μ' ὁ κρατῶν καὶ σοῦ θεός, ᾧ ποτε πεισθείς,
Ζεῦ, διὰ χαλκείων χρυσὸς ἔδυς θαλάμων.

Αὐτοῦ μοι στέφανοι παρὰ δικλίσι ταῖσδε κρεμαστοὶ
μίμνετε, μὴ προπετῶς φύλλα τινασσόμενοι,
οὓς δακρύοις κατέβρεξα· κάτομβρα γὰρ ὄμματ' ἐρώντων·
ἀλλ' ὅταν οἰγομένης αὐτὸν ἴδητε θύρης,
στάξαθ' ὑπὲρ κεφαλῆς ἐμὸν ὑετόν, ὡς ἂν ἄμεινον
ἡ ξανθή γε κόμη τἀμὰ πίῃ δάκρυα.

Ὡμολόγησ' ἥξειν εἰς νύκτα μοι ἡ 'πιβόητος
Νικὼ καὶ σεμνὴν ὤμοσε Θεσμοφόρον·
κοὐχ ἥκει, φυλακὴ δὲ παροίχεται. Ἆρ' ἐπιορκεῖν
ἤθελε; Τὸν λύχνον, παῖδες, ἀποσβέσατε.

ASKLEPIADES

Schneie nur, hagle, verdunkle die Welt, laß flammen die Blitze,
schütt auf die Erde herab all deiner Wolken Gebraus.
Tötest du mich, so hör ich wohl auf, doch läßt du mich leben,
schwärm ich im Komos einher, selbst wenn mir's schlimmer noch geht.
Denn es treibt mich der Gott, der mich *beherrscht und auch* dich, *Zeus,*
der einst rieseln dich ließ, golden, durch Mauern von Erz.[1]

Alfred Körte

Hier, ihr Kränze, hänget ihr nun an den Flügeln der Türe:
Haltet euch still und rührt vorschnell die Blätter mir nicht,
die ich mit Tränen benetzte; feucht sind ja der Liebenden Augen.
Doch wenn ihn *ihr erblickt in der geöffneten Tür,*
dann laßt regnen über sein Haupt die perlenden Tropfen,
daß die Tränen von mir trinke sein blondes Gelock.

Tausendmal mit heiligem Eide
schwur sie mir's mit frecher Stirne:
»Ja, ich komme diese Nacht« –
Niko, die verrufne Dirne.

Dächte sie, den Eid zu brechen?
Ach, kein Laut im ganzen Haus,
Stund um Stunde geht vorüber,
Sklaven, löscht die Lampe aus.

August Oehler

1 Siehe Anmerkungen: Danaë.

Ἑρμιόνῃ πιθανῇ ποτ' ἐγὼ συνέπαιζον, ἐχούσῃ
ζώνιον ἐξ ἀνθέων ποικίλον, ὦ Παφίη,
χρύσεα γράμματ' ἔχον· 'διόλου' δ' ἐγέγραπτο 'φίλει με
καὶ μὴ λυπηθῇς, ἤν τις ἔχῃ μ' ἕτερος.'

Εἰς ἀγορὰν βαδίσας, Δημήτριε, τρεῖς παρ' Ἀμύντου
γλαυκίσκους αἴτει καὶ δέκα φυκίδια
καὶ χυφὰς καρῖδας – ἀριθμήσει δέ σοι αὐτός –
εἴκοσι καὶ τέτορας δεῦρο λαβὼν ἄπιθι.
Καὶ παρὰ Θαυβορίου ῥοδίνους ἓξ πρόσλαβ', ἔ[πειγε],
καὶ Τρυφέραν ταχέως ἐν παρόδῳ κάλεσον.

Ἡδὺ θέρους διψῶντι χιὼν ποτόν, ἡδὺ δὲ ναύταις
ἐκ χειμῶνος ἰδεῖν εἰαρινὸν Στέφανον·
ἥδιον δ', ὁπόταν κρύψῃ μία τοὺς φιλέοντας
χλαῖνα, καὶ αἰνῆται Κύπρις ὑπ' ἀμφοτέρων.

Οὐκ εἴμ' οὐδ' ἐτέων δύο κεἴκοσι, καὶ κοπιῶ ζῶν.
Ὦρωτες, τί κακὸν τοῦτο; Τί με φλέγετε;
Ἢν γὰρ ἐγώ τι πάθω, τί ποιήσετε; Δῆλον, Ἔρωτες,
ὡς τὸ πάρος παίξεσθ' ἄφρονες ἀστραγάλοις.

Hatt ich doch meinen Spaß mit der leichten Hermione neulich,
die einen Gürtel trug, bunt mit Blumen bestickt;
drauf ein Spruch in goldenen Lettern: ›Liebe mich ständig
und betrübe dich nicht, wenn mich ein andrer besitzt.‹

Auf den Markt, Demetrios, geh und kauf bei Amyntas
bläuliche Barben, drei, schimmernde Saiblinge, zehn.
Krabben auch nimm mit gebogenem Schwanz – er zählt sie dir selbst ab –,
vierundzwanzig, und dann bringe das alles hierher;
hole dann sechs Kränze von Rosen, in Thauboris' Bude,
und im Vorbeigehen rasch lad auch die Tryphera ein.

Alfred Körte

Süß ist in Sommersglut ein Trank von Schnee,
den ausgedörrten Gaumen zu erquicken,
süß ist's dem Schiffer, nach des Sturmes Weh
das Blühn der Heimatküste zu erblicken.

Doch süßer noch als alles dieses scheint
es mir zu sein, wenn zu vertrautem Bunde
zwei Liebende die Decke heimlich eint
und Kypris' Lob erklingt aus beider Munde.

August Oehler

Kaum zähl ich zweiundzwanzig und bin schon müde des Lebens!
Ihr Eroten, was soll's? Warum versenget ihr mich?
Wenn ein Leid mir geschieht, was wollt ihr beginnen? – Ich fürchte,
leichtsinnig spielet ihr dann mit euern Knöcheln wie sonst!

Alfred Körte

ΘΕΟΚΡΙΤΟΣ

Κύκλωψ

Οὐδὲν ποττὸν ἔρωτα πεφύκει φάρμακον ἄλλο,
Νικία, οὔτ' ἔγχριστον, ἐμὶν δοκεῖ, οὔτ' ἐπίπαστον
ἢ ταὶ Πιερίδες· κοῦφον δέ τι τοῦτο καὶ ἁδύ
γίνετ' ἐπ' ἀνδρώποις, εὑρεῖν δ' οὐ ῥάιδιόν ἐστι.
Γινώσκειν δ' οἶμαί τυ καλῶς ἰατρὸν ἐόντα
καὶ ταῖς ἐννέα δὴ πεφιλημένον ἔξοχα Μοίσαις.
Οὕτω γοῦν ῥάιστα διᾶγ' ὁ Κύκλωψ ὁ παρ' ἁμῖν,
ὡρχαῖος Πολύφαμος, ὅκ' ἤρατο τᾶς Γαλατείας
ἄρτι γενειάσδων περὶ τὸ στόμα τὼς κροτάφως τε.
Ἤρατο δ' οὐ μάλοις οὐδὲ ῥόδωι οὐδὲ κικίννοις,
ἀλλ' ὀρθαῖς μανίαις, ἁγεῖτο δὲ πάντα πάρεργα.
Πολλάκι ταὶ ὄιες ποτὶ τωὐλίον αὐταὶ ἀπῆνθον
χλωρᾶς ἐκ βοτάνας· ὁ δὲ τὰν Γαλάτειαν ἀείδων
αὐτὸς ἐπ' ἀιόνος κατετάκετο φυκιοέσσας
ἐξ ἀοῦς, ἔχθιστον ἔχων ὑποκάρδιον ἕλκος,
Κύπριδος ἐκ μεγάλας ἥ οἱ ἥπατι πᾶξε βέλεμνον.
Ἀλλὰ τὸ φάρμακον εὗρε, καθεζόμενος δ' ἐπὶ πέτρας
ὑψηλᾶς ἐς πόντον ὁρῶν ἄειδε τοιαῦτα.
Ὦ λευκὰ Γαλάτεια, τί τὸν φιλέοντ' ἀποβάλληι,
λευκοτέρα πακτᾶς ποτιδεῖν, ἁπαλωτέρα ἀρνός,
μόσχω γαυροτέρα, φιαρωτέρα ὄμφακος ὠμᾶς;
Φοιτῆις δ' αὖθ' οὕτως, ὅκκα γλυκὺς ὕπνος ἔχηι με,
οἴχηι δ' εὐθὺς ἰοῖσ', ὅκκα γλυκὺς ὕπνος ἀνῆι με,
φεύγεις δ' ὥσπερ ὄις πολιὸν λύκον ἀθρήσασα.
Ἠράσθην μὲν ἔγωγε τεοῦς, κόρα, ἁνίκα πρᾶτον
ἦνθες ἐμᾶι σὺν ματρὶ θέλοισ' ὑακίνθινα φύλλα
ἐξ ὄρεος δρέψασθαι, ἐγὼ δ' ὁδὸν ἁγεμόνευον.
Παύσασθαι δ' ἐσιδών τυ καὶ ὕστερον οὐδ' ἔτι παι νῦν
ἐκ τήνω δύναμαι· τὶν δ' οὐ μέλει οὐ μὰ Δί' οὐδέν.

THEOKRIT

Der Kyklop

Nikias, gegen die Liebe, so deucht mich, gibt es nicht andres
Pflaster und keine andre Salb als Musengesänge.
Lindernd und mild ist das Mittel, doch nicht so leicht, es zu finden.
Dieses weißt du, glaub ich, sehr wohl, als Arzt und als Liebling,
als vorzüglicher Liebling der helikonischen Schwestern.
Also lebte bei uns einst leidlich der alte Kyklope
Polyphemus, da heiß er in Galateen entbrannt war.
Nicht mit Versen liebt' er und Äpfeln und zierlichen Locken,
sondern mit völliger Wut, hielt alles andre für Tand nur.
Oft, oft kamen die Schafe von selbst zurück von der Weide
zu der Hürd, und der Hirt saß einsam und sang Galateen
bis zum Abend vom Morgen schmelzend am Ufer im Riedgras
mit der schmerzlichen, schmerzlichen Wunde tief in dem Herzen,
von der kyprischen Göttin, die ihm in die Leber den Pfeil warf.
Aber er fand das Mittel; er setzte sich hoch auf den Felsen,
schaute hinaus in das Meer und hob zum Gesange die Stimme:
»Ach, Galatea, du Schöne, warum verwirfst du mein Flehen?
Weißer bist du wie frischer Käs und zarter wie Lämmer,
stolzer wie Kälber und herber wie vor der Reife die Traube.
Also erscheinest du mir, wenn der süße Schlaf mich beschleichet;
also gehst du von mir, wenn der süße Schlaf mich verlässet;
fliehest von mir wie ein Schaf, das den Wolf, den grauen, erblickte.
Mädchen, die Liebe zu dir schlich damals zuerst in das Herz mir,
als mit meiner Mutter du kamst, Hyazinthen zu sammeln
auf dem Hügel, und ich die blumigen Pfade dich führte.
Seitdem schau ich immer dich an, und kann es durchaus nun,
kann es nicht lassen; doch kümmert es dich beim Himmel auch gar nichts.
Ach, ich weiß wohl, liebliches Mädchen, warum du mich fliehest;
weil sich über die ganze Stirne mir zottig die Braue,

Γινώσκω, χαρίεσσα κόρα, τίνος οὕνεκα φεύγεις·
οὕνεκά μοι λασία μὲν ὀφρὺς ἐπὶ παντὶ μετώπωι
ἐξ ὠτὸς τέταται ποτὶ θώτερον ὧς μία μακρά,
εἷς δ' ὀφθαλμὸς ὕπεστι, πλατεῖα δὲ ῥὶς ἐπὶ χείλει.
Ἀλλ' οὗτος τοιοῦτος ἐὼν βοτά χίλια βόσκω,
κὴκ τούτων τὸ κράτιστον ἀμελγόμενος γάλα πίνω·
τυρὸς δ' οὐ λείπει μ' οὔτ' ἐν θέρει οὔτ' ἐν ὀπώραι,
οὐ χειμῶνος ἄκρω· ταρσοὶ δ' ὑπεραχθέες αἰεί.
Συρίσδεν δ' ὡς οὔτις ἐπίσταμαι ὧδε Κυκλώπων,
τίν, τὸ φίλον γλυκύμαλον, ἁμᾶι κἠμαυτὸν ἀείδων
πολλάκι νυκτὸς ἀωρί. Τρέφω δέ τοι ἕνδεκα νεβρώς,
πάσας ἀμνοφόρως, καὶ σκύμνως τέσσαρας ἄρκτων.
Ἀλλ' ἀφίκευσο ποθ' ἁμέ, καὶ ἑξεῖς οὐδὲν ἔλασσον,
τὰν γλαυκὰν δὲ θάλασσαν ἔα ποτὶ χέρσον ὀρεχθεῖν.
Ἅδιον ἐν τὤντρωι παρ' ἐμὶν τὰν νύκτα διαξεῖς.
Ἐντὶ δάφναι τηνεί, ἐντὶ ῥαδιναὶ κυπάρισσοι,
ἔστι μέλας κισσός, ἔστ' ἄμπελος ἁ γλυκύκαρπος,
ἔστιν ψυχρὸν ὕδωρ, τό μοι ἁ πολυδένδρεος Αἴτνα
λευκᾶς ἐκ χιόνος ποτὸν ἀμβρόσιον προίητι.
Τίς κα τῶνδε θάλασσαν ἔχειν ἢ κύμαθ' ἕλοιτο;
Αἰ δέ τοι αὐτὸς ἐγὼν δοκέω λασιώτερος ἦμεν,
ἐντὶ δρυὸς ξύλα μοι καὶ ὑπὸ σποδῶ ἀκάματον πῦρ·
καιόμενος δ' ὑπὸ τεῦς καὶ τὰν ψυχὰν ἀνεχοίμαν
καὶ τὸν ἕν' ὀφθαλμόν, τῶ μοι γλυκερώτερον οὐδέν.
Ὤμοι, ὅτ' οὐκ ἔτεκέν μ' ἁ μάτηρ βράγχι' ἔχοντα,
ὡς κατέδυν ποτὶ τὶν καὶ τὰν χέρα τεῦς ἐφίλησα,
αἰ μὴ τὸ στόμα λῆις, ἔφερον δέ τοι ἢ κρίνα λευκά
ἢ μάκων' ἁπαλὰν ἐρυθρὰ πλαταγώνι' ἔχοισαν.
Ἀλλὰ τὰ μὲν θέρεος, τὰ δὲ γίνεται ἐν χειμῶνι,
ὥστ' οὔ κά τοι ταῦτα φέρειν ἅμα πάντ' ἐδυνάθην.
Νῦν μάν, ὦ κώριον, νῦν αὐτό γα νεῖν γε μαθεῦμαι,
αἴ κά τις σὺν ναὶ πλέων ξένος ὧδ' ἀφίκηται,
ὡς εἰδῶ, τί ποθ' ἁδὺ κατοικεῖν τὸν βυθὸν ὔμμιν.

von dem Ohre zum Ohre gespannt, die einzige, langzieht,
nur ein Auge mir leuchtet und breit mir die Nase zum Mund hängt.
Aber doch so, wie ich bin, hab ich tausend weidende Schafe,
und ich trinke von ihnen die süßeste Milch, die ich melke;
auch geht mir der Käse nicht aus im Sommer, im Herbst nicht,
nicht im spätesten Winter; die Körbe über den Rand voll.
Auch kann pfeifen ich schön wie keiner der andern Kyklopen,
wenn, Goldäpfelchen, dich und mich, den Getreuen, ich singe
oft in der Tiefe der Nacht. Ich füttr eilf Hirsche mit Jungen,
alle für dich, und für dich vier junge zierliche Bären.
Komm, ach komm nur zu mir; viel findest der Schätze du mehr noch.
Laß du die bläulichen Wogen nur rauschen am Felsengestade;
süßer schläfst du bei mir gewiß die Nacht in der Grotte.
Lorbeer hab ich daselbst und schlanke, leichte Zypressen,
dunkeln Efeu zur Laub und süß befruchteten Weinstock;
frisches Wasser, das mir der dichtbewaldete Ätna
von dem weißesten Schnee zum Göttertranke herabschickt.
Sprich, wer wollte dagegen die Wogen des Meeres erwählen?
Und bin ich ja für dich, mein liebliches Mädchen, zu zottig,
ei, so haben wir eichenes Holz und glühende Kohlen;
und von dir vertrag ich, daß du die Seele mir ausbrennst
und, was am liebsten und wertsten mir ist, das einzige Auge.
Ach, warum ward ich nicht ein Triton mit Flossen zum Schwimmen?
Und ich tauchte hinab, dir das schöne Händchen zu küssen,
wenn du den Mund mir versagst, und brächte dir Lilienkränze
oder den weichesten Mohn mit glühenden, klatschenden Blättern.
Aber jenes blühet im Sommer und dieses im Spätjahr,
daß ich dir nicht alles zugleich zu bringen vermöchte.
Aber ich lerne gewiß, ich lern, o Mädchen, noch schwimmen,
kommt nur ein fremder Schiffer zu uns hierher mit dem Fahrzeug,
daß ich doch sehe, wie lieblich sich dort bei euch unten es wohnet.
Komm, Galatea, herauf, und bist du bei mir, so vergiß dann,
wie ich hier sitzend am Felsen, zurück nach Hause zu kehren!

Ἐξένθοις Γαλάτεια καὶ ἐξενθοῖσα λάθοιο,
ὥσπερ ἐγὼ νῦν ὧδε καθήμενος, οἴκαδ' ἀπενθεῖν,
ποιμαίνειν δ' ἐθέλοις σὺν ἐμὶν ἅμα καὶ γάλ' ἀμέλγειν
καὶ τυρὸν πᾶξαι τάμισον δριμεῖαν ἐνεῖσα.
Ἁ μάτηρ ἀδικεῖ με μόνα, καὶ μέμφομαι αὐτᾶι·
οὐδὲν πήποχ' ὅλως ποτὶ τὶν φίλον εἶπεν ὑπέρ μευ,
καὶ ταῦτ' ἆμαρ ἐπ' ἆμαρ ὁρεῦσά με λεπτύνοντα.
Φασῶ τὰν κεφαλὰν καὶ τὼς πόδας ἀμφοτέρως μευ
σφύζειν, ὡς ἀνιαθῆι, ἐπεὶ κἠγὼν ἀνιῶμαι.
Ὦ Κύκλωψ Κύκλωψ, πᾶι τὰς φρένας ἐκπεπότασαι;
Αἴκ ἐνθὼν ταλάρως τε πλέκοις καὶ θαλλὸν ἀμάσας
ταῖς ἄρνεσσι φέροις, τάχα κα πολὺ μᾶλλον ἔχοις νῶν.
Τὰν παρεοῖσαν ἄμελγε· τί τὸν φεύγοντα διώκεις;
Εὑρησεῖς Γαλάτειαν ἴσως καὶ καλλίον' ἄλλαν.
Πολλαὶ συμπαίσδεν με κόραι τὰν νύκτα κέλονται,
κιχλίζοντι δὲ πᾶσαι, ἐπεί κ' αὐταῖς ὑπακούσω.
Δῆλον ὅτ' ἐν τᾶι γᾶι κἠγών τις φαίνομαι ἦμεν.'
Οὕτω τοι Πολύφαμος ἐποίμαινεν τὸν ἔρωτα
μουσίσδων, ῥᾶιον δὲ διᾶγ' ἢ εἰ χρυσὸν ἔδωκεν.

Ἐργατίναι ἢ θερισταί

Μίλων Βουκαῖος

''Ἐργατίνα Βουκαῖε, τί νῦν ὠιζυρὲ πεπόνθεις;
Οὔτε τὸν ὄγμον ἄγειν ὀρθὸν δύναι, ὡς τὸ πρὶν ἆγες,
οὔθ' ἅμα λαιοτομεῖς τῶι πλατίον, ἀλλ' ἀπολείπηι
ὥσπερ ὄις ποίμνας, ἆς τὸν πόδα κάκτος ἔτυψεν.
Ποῖός τις δείλαν τυ καὶ ἐκ μέσω ἄματος ἐσσῆι,
ὃς νῦν ἀρχόμενος τᾶς αὔλακος οὐκ ἀποτρώγεις;'
'Μίλων ὀψαμᾶτα, πέτρας ἀπόκομμ' ἀτεράμνω,
οὐδαμά τοι συνέβα ποθέσαι τινὰ τῶν ἀπεόντων;'

Komm und wohne bei mir und hilf mir weiden und melken,
hilf mir mit bitterem Lab die neuen Käse bereiten!
Ach, die Mutter nur ist mein Unglück, sie nur verklag ich;
denn sie redet bei dir für mich kein freundliches Wörtchen
und sieht doch von Tag zu Tage mich magerer werden.
Sagen will ich ihr nur, wie Kopf und Füße mir beben,
daß auch sie sich betrübe, da ich vor Schmerzen vergehe.
O Kyklope, Kyklope, wo ist dein Verstand hingeflogen?
Gingst du doch hin und flöchtest dir Körbe und mähetest Gras dir,
deine Lämmer zu füttern, das wäre fürwahr doch gescheiter.
Melke das Schäfchen, das da ist; warum verfolgst du den Flüchtling?
Und du findst Galateen; auch wohl eine schönere andre.
Mädchen die Menge rufen mir zu zum Scherze die Nacht durch;
alle kichern mir nach; so will ich denn ihnen nur folgen:
denn ich bin auf der Welt doch wohl auch wahrlich ein Kerl noch.«
Also redete Polyphemus und sang von der Liebe,
und es ward ihm leichter, als hätt er Schätze vergeudet.

Johann Gottfried Seume

Die Arbeiter oder Die Schnitter

Milon Bukaios

M. *Sag, Kamerad Bukaios, was ist mit dir heute? Du Armer!*
Legst die Schwaden nicht ordentlich um, wie sonst du zu tun pflegst,
hältst beim Mähn mit dem Nachbar nicht mit, bleibst hinter den andern
wie bei der Herde das Schaf, das ein stachliger Kaktus verletzt hat.
Wie soll's am Abend erst werden und in der Hitze des Mittags,
wenn deine Sense schon jetzt die Furche noch nicht einmal kahlfrißt?

'Οὐδαμά. Τίς δὲ πόθος τῶν ἔκτοθεν ἐργάται ἀνδρί;'
'Οὐδαμά νυν συνέβα τοι ἀγρυπνῆσαι δι' ἔρωτα;'
'Μηδέ γε συμβαίη· χαλεπὸν χορίω κύνα γεῦσαι.'
'Ἀλλ' ἐγώ, ὦ Μίλων, ἔραμαι, σχεδὸν ἐνδεκαταῖος.'
''Εκ πίθω ἀντλεῖς δῆλον· ἐγὼ δ' ἔχω οὐδ' ἅλις ὄξος.'
'Τοιγὰρ τὰ πρὸ θυρᾶν μοι ἀπὸ σπόρω ἄσκαλα πάντα.'
'Τίς δέ τυ τᾶν παίδων λυμαίνεται;' 'Ἁ Πολυβώτα,
ἃ πρᾶν ἀμάντεσσι παρ' Ἱπποχίωνι ποταύλει.'
'Εὗρε θεὸς τὸν ἀλιτρόν· ἔχεις, πάλαι ὧν ἐπεθύμεις.
Μάντις τοι τὰν νύκτα χροιξεῖθ' ἁ καλαμαία.'
'Μωμᾶσθαί μ' ἄρχηι τυ· τυφλὸς δ' οὐκ αὐτὸς ὁ Πλοῦτος,
ἀλλὰ καὶ ὠφρόντιστος Ἔρως. Μὴ δὴ μέγα μυθεῦ.'
'Οὐ μέγα μυθεῦμαι· τὺ μόνον κατάβαλλε τὸ λᾶιον,
καί τι κόρας φιλικὸν μέλος ἀμβάλευ. Ἅδιον οὕτως
ἐργαξῆι· καὶ μὰν πρότερόν ποκα μουσικὸς ἦσθα.'
'Μῶσαι Πιερίδες, συναείσατε τὰν ῥαδινάν μοι
παῖδ'· ὧν γάρ χ' ἅψησθε, θεαί, καλὰ πάντα ποεῖτε.
Βομβύκα χαρίεσσα, Σύραν καλέοντί τυ πάντες,
ἰσχνὰν ἁλιόκαυστον, ἐγὼ δὲ μόνος μελίχλωρον.
Καὶ τὸ ἴον μέλαν ἐστὶ καὶ ἁ γραπτὰ ὑάκινθος,
ἀλλ' ἔμπας ἐν τοῖς στεφάνοις τὰ πρᾶτα λέγονται.
Ἁ αἲξ τὰν κύτισον, ὁ λύκος τὰν αἶγα διώκει,
ἁ γέρανος τὤροτρον, ἐγὼ δ' ἐπὶ τὶν μεμάνημαι.
Αἴθε μοι ἧς ὅσσα Κροῖσόν ποκα φαντὶ πεπᾶσθαι,
χρύσεοι ἀμφότεροί κ' ἀνεκείμεθα τᾶι Ἀφροδίται,
τὼς αὐλὼς μὲν ἔχοισα καὶ ἢ ῥόδον ἢ τύγε μᾶλον,
σχῆμα δ' ἐγὼ καὶ καινὰς ἐπ' ἀμφοτέροισιν ἀμύκλας.
Βομβύκα χαρίεσσ', οἱ μὲν πόδες ἀστράγαλοί τευ
ἁ φωνὰ δὲ τρύχνος· τὸν μὰν τρόπον οὐκ ἔχω εἰπεῖν.'
'Ἦ καλὰς ἄμμε ποῶν ἐλελάθει Βοῦκος ἀοιδάς.
Ὡς εὖ τὰν ἰδέαν τᾶς ἁρμονίας ἐμέτρησεν.
Ὤμοι τῶ πώγωνος, ὃν ἀλιθίως ἀνέφυσα.
Θᾶσαι δὴ καὶ ταῦτα τὰ τῶ θείω Λιτυέρσα·

B. *Milon, du bist steinhart, ein Brocken, der bis in die Nacht mäht*
Hast du nie ein Sehnen verspürt nach jemand, der fern ist?
M. *Nie. Was soll einem Arbeiter auch die Sehnsucht nach andern?*
B. *Hat dich die Liebe denn nie schlaflose Nächte gekostet?*
M. *Nein. Verhüte das Gott! Beißt der Hund in die Riemen, wird's übel.*
B. *Milon, ich aber liebe, und das schon anderthalb Woche.*
M. *Da geht's bei dir aus dem Faß; ich kann meinen Durst nicht mal löschen.*
B. *Nun ist bei mir seit der Saat kein Fleckchen Erde gejätet.*
M. *Welches der Mädchen setzt dir so zu?*
B. *Die von Polybotes;*
bei Hippokion blies sie uns Schnittern kürzlich die Flöte.
M. *Da hat der Himmel den Sünder erwischt! Du hast, was du wünschtest.*
Eine Zikade verschönt dir die Nacht, eine zirpende Grille.
B. *Willst mich frotzeln; doch blind ist nicht nur die Gottheit des Reichtums,*
blind ist auch Eros, der Tor. Sitz nicht auf so hohem Pferde!
M. *Tu ich ja gar nicht. Mähe nur zu und besinge dein Mädchen*
in einem Liebesgedicht. Du wirst sehn: Die Arbeit schmeckt besser,
und du bist ja von jeher ein Dichter und Sänger gewesen.
B. *Musen, Piërische, helft mir, mein zierliches Mädchen zu feiern.*
Alles, was ihr berührt, ihr Göttinnen, taucht ihr in Schönheit.
Syrerin nennen die Leute dich, meine holde Bombyka,
mager und sonnenverbrannt; mir scheinst du golden wie Honig.
Dunkel ist auch das Veilchen und die gezeichnete Iris,
trotzdem bindet man sie in die Kränze als herrlichste Zierde.
Aus geht die Ziege auf Klee, der Wolf geht aus auf die Ziege,
hinter dem Pflug folgt der Kranich: ich *bin auf* dich *ganz versessen.*
Hätt ich doch all den Besitz, über den einst Kroisos verfügte!
Golden stünden wir beide im Tempel der kyprischen Göttin,

Δάματερ πολύκαρπε πολύσταχυ, τοῦτο τὸ λᾶιον
εὔεργόν τ' εἴη καὶ κάρπιμον ὅττι μάλιστα.
Σφίγγετ' ἀμαλλοδέται τὰ δράγματα, μὴ παριών τις
εἴπηι 'σύκινοι ἄνδρες, ἀπώλετο χοὗτος ὁ μισθός.'
Ἐς βορέαν ἄνεμον τᾶς κόρθυος ἁ τομὰ ὔμμιν
ἢ ζέφυρον βλεπέτω· πιαίνεται ὁ στάχυς οὕτως.
Σῖτον ἀλοιῶντας φεύγειν τὸ μεσαμβρινὸν ὕπνον'
ἐκ καλάμας ἄχυρον τελέθει τημόσδε μάλιστα.
Ἄρχεσθαι δ' ἀμῶντας ἐγειρομένω κορυδαλλῶ,
καὶ λήγειν εὕδοντος, ἐλινῦσαι δὲ τὸ καῦμα.
Εὐκτὸς ὁ τῶ βατράχω, παῖδες, βίος· οὐ μελεδαίνει
τὸν τὸ πιεῖν ἐγχεῦντα· πάρεστι γὰρ ἄφθονον αὐτῶι.
Κάλλιον ὠπιμελητὰ φιλάργυρε τὸν φακὸν ἕψειν·
μήπιτάμηις τὰν χεῖρα καταπρίων τὸ κύμινον. –
Ταῦτα χρὴ μοχθεῦντας ἐν ἁλίωι ἄνδρας ἀείδειν,
τὸν δὲ τεόν Βουκαῖε πρέπει λιμηρὸν ἔρωτα
μυθίσδεν τᾶι ματρὶ κατ' εὐνὰν ὀρθρευοίσαι.'

du mit Flöten und Rose, in der Hand vielleicht einen Apfel,
ich recht stramm in Pose mit neuen roten Galoschen.
Deine Füße sind schmal und schlank, meine holde Bombyka,
deine Stimme berauscht; dein Wesen, ich kann's nicht beschreiben.

M. *Nein, das hatten wir nicht geahnt! Da hat doch der Bukos*
wunder wie schön gedichtet. Wie kunstvoll baut er die Verse!
Habe nun so einen Bart und blieb ein einfältiger Knabe!
Aber hör dir nun auch Lityerses', des göttlichen, Lied an.
»Göttin, die du die Früchte uns schenkst und die Ähren, Demeter,
segne die Arbeit hier auf dem Feld; spende Korn uns die Fülle!
Binder, umschnürt die Garben nur gut; kein Wandrer soll sagen:
›Schwächlinge die; sie kriegen ihr Geld für mir nichts und dir nichts!‹
Hin zum Nordwind wendet die Haufen, die ihr geschnitten,
oder legt sie nach Westen; dann reift in der Ähre das Korn nach.
Wenn ihr drescht, dann leistet Verzicht auf das Schläfchen zu Mittag,
denn in der Hitze fallen vom Stroh am besten die Spelzen.
Fangt in der Frühe mit Mähen an, wenn die Lerche emporsteigt,
höret auf, wenn sie schläft, und ruhet euch aus in der Schwüle.
Burschen, der Frosch ist beneidenswert; den braucht nicht zu kümmern,
ob ihm einer zu trinken gibt; er hat ja die Menge.
Koche die Linsen nur besser gar, Verwalter, du Geizhals,
und wenn den Kümmel du spaltest, dann schneide dich nicht in den Finger!«
Das ist der richtge Gesang in der Sonne für Männer der Arbeit.
Deine verhungerte Liebe, Bukaios, kannst du gefälligst
deiner Mutter erzählen im Bett, wenn am Morgen du wach wirst.

ΘΕΟΚΡΙΤΟΣ

Φαρμακεύτριαι

Πᾶι μοι ταὶ δάφναι; Φέρε Θεστυλί· πᾶι δὲ τὰ φίλτρα;
Στέψον τὰν κελέβαν φοινικέωι οἰὸς ἀώτωι,
ὡς τὸν ἐμοὶ βαρὺν εὖντα φίλον καταδήσομαι ἄνδρα,
ὅς μοι δωδεκαταῖος ἀφ' ὧ τάλας οὐδὲ ποθίκει,
οὐδ' ἔγνω, πότερον τεθνάκαμες ἢ ζοοὶ εἰμές,
οὐδὲ θύρας ἄραξεν ἀνάρσιος. Ἦ ῥά οἱ ἄλλαι
ὤιχετ' ἔχων ὅ τ' Ἔρως ταχινὰς φρένας ἅ τ' Ἀφροδίτα.
Βασεῦμαι ποτὶ τὰν Τιμαγήτοιο παλαίστραν
αὔριον, ὥς νιν ἴδω, καὶ μέμψομαι οἷά με ποιεῖ.
Νῦν δέ νιν ἐκ θυέων καταδήσομαι. Ἀλλὰ Σελάνα
φαῖνε καλόν· τὶν γὰρ ποταείσομαι ἄσυχα, δαῖμον,
τᾶι χθονίαι θ' Ἑκάται, τὰν καὶ σκύλακες τρομέοντι
ἐρχομέναν νεκύων ἀνά τ' ἠρία καὶ μέλαν αἷμα.
Χαῖρ' Ἑκάτα δασπλῆτι καὶ ἐς τέλος ἄμμιν ὀπάδει
φάρμακα ταῦτ' ἔρδοισα χερείονα μήτε τι Κίρκας
μήτε τι Μηδείας μήτε ξανθᾶς Περιμήδας.
Ἶυγξ ἕλκε τὺ τῆνον ἐμὸν ποτὶ δῶμα τὸν ἄνδρα.

Ἄλφιτά τοι πρᾶτον πυρὶ τάκεται· ἀλλ' ἐπίπασσε
Θεστυλί. Δειλαία, πᾶι τὰς φρένας ἐκπεπότασαι;
Ἦ ῥά γέ τοι, μυσαρά, καὶ τὶν ἐπίχαρμα τέτυγμαι;
Πάσσ' ἅμα καὶ λέγε ταῦτα 'τὰ Δέλφιδος ὀστία πάσσω.'
Ἶυγξ ἕλκε τὺ τῆνον ἐμὸν ποτὶ δῶμα τὸν ἄνδρα.

Δέλφις ἔμ' ἀνίασεν· ἐγὼ δ' ἐπὶ Δέλφιδι δάφναν
αἴθω· χὠς αὔτα λακεῖ μέγα καπυρίσασα,

THEOKRIT

Die Zauberinnen

Gib das Tränklein, Thestylis, den Lorbeer,
um den Kessel schlinge rote Fäden:
den geliebten Unhold will ich bannen,
der seit vierzehn Tagen nicht gekommen,
nicht mehr schaute, ob ich noch am Leben,
treulos nimmer an die Türe klopfte.
Eros und die Göttin Aphrodite
gaben seinem Sinne andre Richtung.
Morgen geh ich – will ihn sehn und schelten –
zu dem Turnplatz hin des Timagetos;
aber jetzt soll ihn der Zauber bannen.
Hellen Scheines leuchte du, Selene,
dich beschwört mein leises Zaubersingen,
Hekate, auch dich, die Höllengöttin:
fährst du aus, dein blutig Mahl zu suchen
unter Gräbern, zittern selbst die Hunde.
Hekate, dich grüß ich: Hilf vollenden,
mache mich im Zauber stark wie Kirke,
wie Medea stark und Perimede,
  Wendehals, zieh mir den Mann ins Haus!

Gerste birst im Feuer; streue Körner,
Thestylis – wo sind denn deine Sinne?
Bin auch dir ich schon zum Spott geworden?
Streue Gerste, sprich dazu die Worte:
»Ich zerstreue das Gebein des Delphis.«
  Wendehals, zieh mir den Mann ins Haus!

Delphis brach die Treue. Gegen Delphis
werf ich diesen Lorbeer in das Feuer.
Wie der Lorbeer in der Flamme knistert,

κὴξαπίνας ἅφθη, κοὐδὲ σποδὸν εἴδομες αὐτᾶς,
οὕτω τοι καὶ Δέλφις ἐνὶ φλογὶ σάρκ' ἀμαθύνοι.
Ἶυγξ ἕλκε τὺ τῆνον ἐμὸν ποτὶ δῶμα τὸν ἄνδρα.

Ὡς τοῦτον τὸν κηρὸν ἐγὼ σὺν δαίμονι τάκω,
ὣς τάκοιθ' ὑπ' ἔρωτος ὁ Μύνδιος αὐτίκα Δέλφις.
Χὡς δινεῖθ' ὅδε ῥόμβος ὁ χάλκεος ἐξ Ἀφροδίτας,
ὣς τῆνος δινοῖτο ποθ' ἁμετέραισι θύραισιν.
Ἶυγξ ἕλκε τὺ τῆνον ἐμὸν ποτὶ δῶμα τὸν ἄνδρα.

Νῦν θυσῶ τὰ πίτυρα, τὺ δ' Ἄρτεμι καὶ τὸν ἐν Ἅιδα
κινήσαις ἀδάμαντα καὶ εἴ τί περ ἀσφαλὲς ἄλλο.
Θεστυλί, ταὶ κύνες ἄμμιν ἀνὰ πτόλιν ὠρύονται·
ἁ θεὸς ἐν τριόδοισι· τὸ χαλκέον ὡς τάχος ἄχει.
Ἶυγξ ἕλκε τὺ τῆνον ἐμὸν ποτὶ δῶμα τὸν ἄνδρα.

Ἠνίδε σιγῆι μὲν πόντος, σιγῶντι δ' ἆηται·
ἁ δ' ἐμὰ οὐ σιγῆι στέρνων ἔντοσθεν ἀνία,
ἀλλ' ἐπὶ τήνωι πᾶσα καταίθομαι, ὅς με τάλαιναν
ἀντὶ γυναικὸς ἔθηκε κακὰν καὶ ἀπάρθενον ἦμεν.
Ἶυγξ ἕλκε τὺ τῆνον ἐμὸν ποτὶ δῶμα τὸν ἄνδρα.

Ἐς τρὶς ἀποσπένδω καὶ τρὶς τάδε, πότνια, φωνῶ·
'Εἴτε γυνὰ τήνωι παρακέκλιται εἴτε καὶ ἀνήρ,
τόσσον ἔχοι λάθας, ὅσσον ποκὰ Θησέα φαντί
ἐν Δίαι λασθῆμεν ἐυπλοκάμω Ἀριάδνας.'
Ἶυγξ ἕλκε τὺ τῆνον ἐμὸν ποτὶ δῶμα τὸν ἄνδρα.

Ἱππομανὲς φυτόν ἐστι παρ' Ἀρκάσι, τῶι δ' ἐπὶ πᾶσαι
καὶ πῶλοι μαίνονται ἀν' ὤρεα καὶ θοαὶ ἵπποι.
Ὣς καὶ Δέλφιν ἴδοιμι, καὶ ἐς τόδε δῶμα περάσαι
μαινομένωι ἴκελος λιπαρᾶς ἔκτοσθε παλαίστρας.
Ἶυγξ ἕλκε τὺ τῆνον ἐμὸν ποτὶ δῶμα τὸν ἄνδρα.

plötzlich sich in Glut und Asche wandelt,
so verzehre Delphis sich von Myndos.
Wendehals, zieh mir den Mann ins Haus!

Wie dem Wachs befiehlt ein Gott zu schmelzen,
also soll vor Liebe schmelzen Delphis,
wie den Kreisel Aphrodite wirbelt,
führ ein Wirbel ihn vor meine Türe.
Wendehals, zieh mir den Mann ins Haus!

Kleie bring ich, Artemis, als Opfer:
du vermagst der Hölle Tor zu öffnen –
Thestylis, die Hunde heulen alle:
schnell das Erz – die Göttin ist am Dreiweg!
Wendehals, zieh mir den Mann ins Haus!

Nun erschweigt das Meer, die Winde schweigen,
nur die Sehnsucht schweigt nicht meines Herzens.
Ihn sucht heißes Sehnen, der mich Arme
aus der Jungfrau nicht zur Gattin machte.
Wendehals, zieh mir den Mann ins Haus!

Dreimal spende ich, und dreimal ruf ich:
»Ist ihm zugesellt Weib oder Knabe,
den vergesse Delphis, wie einst Theseus
ließ Ariadne mit den schönen Locken.«
Wendehals, zieh mir den Mann ins Haus!

Wie die Rosse durchs Gebirge rasen,
wenn sie vom Hippomanes gekostet,
also will ich Delphis sehn, vom Turnplatz
her zu mir in Liebesgluten rasend.
Wendehals, zieh mir den Mann ins Haus!

Τοῦτ' ἀπὸ τᾶς χλαίνας τὸ κράσπεδον ὤλεσε Δέλφις,
ὡγὼ νῦν τίλλοισα κατ' ἀγρίωι ἐν πυρὶ βάλλω.
Αἰαῖ Ἔρως ἀνιαρέ, τί μευ μέλαν ἐκ χροὸς αἷμα
ἐμφὺς ὡς λιμνᾶτις ἅπαν ἐκ βδέλλα πέπωκας;
Ἶυγξ ἕλκε τὺ τῆνον ἐμὸν ποτὶ δῶμα τὸν ἄνδρα.

Σαύραν τοι τρίψασα κακὸν ποτὸν αὔριον οἰσῶ.
Θεστυλὶ νῦν δὲ λαβοῖσα τὺ τὰ θρόνα ταῦθ' ὑπόμαξον
τᾶς τήνω φλιᾶς καθυπέρτερον ἇς ἔτι καὶ νῦν,
[ἐκ θυμῶ δέδεμαι. Ὁ δέ μευ λόγον οὐδένα ποιεῖ.]
Καὶ λέγ' ἐπιφθύζοισα· 'τὰ Δέλφιδος ὀστία πάσσω.'
Ἶυγξ ἕλκε τὺ τῆνον ἐμὸν ποτὶ δῶμα τὸν ἄνδρα.

Νῦν δὴ μώνα ἐοῖσα πόθεν τὸν ἔρωτα δακρύσω;
Τηνῶθ' ἀρξεῦμαι, τίς μοι κακὸν ἄγαγε τοῦτο.
Ἦνθ' ἁ τωὐβούλοιο καναφόρος ἄμμιν Ἀναξώ
ἄλσος ἐς Ἀρτέμιδος, τᾶι δὴ τόκα πολλὰ μὲν ἄλλα
θηρία πομπεύεσκε περισταδόν, ἐν δὲ λέαινα.
Φράζεό μευ τὸν ἔρωθ' ὅθεν ἵκετο, πότνα Σελάνα.

Καί μ' ἁ Θευμαρίδα Θρᾶισσα τροφός, ἁ μακαρῖτις,
ἀγχίθυρος ναίοισα κατεύξατο καὶ λιτάνευσε
τὰν πομπὰν θάσασθαι· ἐγὼ δέ οἱ ἁ μεγάλοιτος
ὡμάρτευν βύσσοιο καλὸν σύροισα χιτῶνα.
κἀμφιστειλαμένα τὰν ξυστίδα τὰν Κλεαρίστας.
Φράζεό μευ τὸν ἔρωθ' ὅθεν ἵκετο, πότνα Σελάνα.

Ἤδη δ' εὖσα μέσαν κατ' ἀμαξιτόν, ἇι τὰ Λύκωνος,
εἶδον Δέλφιν ὁμοῦ τε καὶ Εὐδάμιππον ἰόντας,
τοῖς δ' ἧς ξανθοτέρα μὲν ἑλιχρύσοιο γενειάς,

THEOKRIT

Diese Quaste ließ vom Mantel Delphis,
und sie fällt zerstückelt in die Flamme.
Wehe, Eros, wehe, blutger Egel,
warum hast mein Blut du ausgesogen?
Wendehals, zieh mir den Mann ins Haus!

Nun bereit ich aus dem Salamander
üblen Trank, den ich ihm morgen bringe.
Thestylis, geh hin zu seinem Hause,
reib dies Kraut hoch oben an dem Türsturz,
streue wieder, spucke aus und sage:
»Ich zerstreue das Gebein des Delphis.«
Wendehals, zieh mir den Mann ins Haus!

Nun allein ich bin, erklinge, Klage.
Wie erzähl ich meiner Liebe Schicksal?
Von des Leidens Anfang will ich sagen.
Festzug schritt, der Artemis zu Ehren,
hin zum Haus. Als Kanephore sollte
gehn Anaxo, des Eubulos Tochter.
Tiere zogen mit, auch eine Löwin.
Hehre Göttin, schau, so kam die Liebe.

Thrassa kam, des Theumaridas Amme –
sie ist tot, sie wohnte in der Nähe –,
und sie bat mich, jenen Zug zu schauen.
Ich, die Unglücksel'ge, mußte folgen,
zog mir an das feine Kleid aus Byssos,
Klearista borgte mir den Mantel.
Hehre Göttin, schau, so kam die Liebe.

Mitten auf dem Weg bei Lykons Garten
sah ich Delphis gehn mit Eudamippos:
beider Bartflaum schimmerte wie Goldkraut,

στήθεα δὲ στίλβοντα πολὺ πλέον ἢ τὺ Σελάνα,
ὡς ἀπὸ γυμνασίοιο καλὸν πόνον ἄρτι λιπόντων.
Φράζεό μευ τὸν ἔρωθ' ὅθεν ἵκετο, πότνα Σελάνα.

Χὡς ἴδον, ὡς ἐμάνην, ὥς μοι περὶ θυμὸς ἰάφθη
δειλαίας, τὸ δὲ κάλλος ἐτάκετο κοὐδέ τι πομπᾶς
τήνας ἐφρασάμαν· οὐδ' ὡς πάλιν οἴκαδ' ἀπῆνθον
ἔγνων, ἀλλά μέ τις καπυρὰ νόσος ἐξαλάπαξεν,
κείμαν δ' ἐν κλιντῆρι δέκ' ἄματα καὶ δέκα νύκτας.
Φράζεό μευ τὸν ἔρωθ' ὅθεν ἵκετο, πότνα Σελάνα.

Καί μευ χρὼς μὲν ὅμοιος ἐγίνετο πολλάκι θάψωι,
ἔρρευν δ' ἐκ κεφαλᾶς πᾶσαι τρίχες, αὐτὰ δὲ λοιπὰ
ὀστί' ἔτ' ἧς καὶ δέρμα. Καὶ ἐς τίνος οὐκ ἐπέρασα,
ἢ ποίας ἔλιπον γραίας δόμον, ἅτις ἐπᾶιδεν;
Ἀλλ' ἧς οὐδὲν ἐλαφρόν· ὁ δὲ χρόνος ἄνυτο φεύγων.
Φράζεό μευ τὸν ἔρωθ' ὅθεν ἵκετο, πότνα Σελάνα.

Χοὕτω τᾶι δούλαι τὸν ἀλαθέα μῦθον ἔλεξα·
'εἰ δ' ἄγε Θεστυλί μοι καλεπᾶς νόσω εὑρέ τι μῆχος.
Πᾶσαν ἔχει με τάλαιναν ὁ Μύνδιος· ἀλλὰ μολοῖσα
τήρησον ποτὶ τὰν Τιμαγήτοιο παλαίστραν·
τηνεὶ γὰρ φοιτῆι, τηνεὶ δέ οἱ ἁδὺ καθῆσθαι.'
Φράζεό μευ τὸν ἔρωθ' ὅθεν ἵκετο, πότνα Σελάνα.

'Κήπεί κά νιν ἐόντα μάθηις μόνον, ἅσυχα νεῦσον,
κεἴφ' ὅτι Σιμαίθα τυ καλεῖ, καὶ ὑφαγέο τᾶιδε.'
Ὣς ἐφάμαν· ἃ δ' ἦνθε καὶ ἄγαγε τὸν λιπαρόχρων
εἰς ἐμὰ δώματα Δέλφιν· ἐγὼ δέ νιν ὡς ἐνόησα
ἄρτι θύρας ὑπὲρ οὐδὸν ἀμειβόμενον ποδὶ κούφωι,
φράζεό μευ τὸν ἔρωθ' ὅθεν ἵκετο, πότνα Σελάνα.

ihre Brust erglänzte gleich dem Mondlicht
wie bei Männern, die vom Turnplatz kommen.
Hehre Göttin, schau, so kam die Liebe.

Ihn erschaut ich; mich ergriff die Liebe,
wehe ward's im Herzen, meine Farbe
wurde bleich; nichts sah ich von dem Zuge.
Wie ich heimkam, weiß ich nicht: ein Fieber
warf mit heißer Glut mich völlig nieder,
zehn der Tage lag ich, zehn der Nächte.
Hehre Göttin, schau, so kam die Liebe.

Bleicher wurde meine Haut als Gelbholz,
von dem Haupte wichen alle Haare,
Haut nur war ich noch und dürre Knochen.
Wieviel Hexen, die zu zaubern wußten,
hab ich mich dann abgemüht zu suchen –
doch kein Mittel fand sich, mir zu helfen,
nur die Zeit lief raschen Schrittes weiter.
Hehre Göttin, schau, so kam die Liebe.

Endlich sagte ich der Magd die Wahrheit:
»Thestylis, du mußt Arznei mir schaffen.
Delphis hat es angetan mir Armen.
Geh zum Turnplatz hin des Timagetos,
denn dort weilt er, dorthin geht er gerne.«
Hehre Göttin, schau, so kam die Liebe.

»Triffst du ihn allein dort, wink ihm heimlich,
sag ihm nur: Es bittet dich Simaitha.
Führ ihn her.« Sie kam und brachte mit sich
Delphis, der in seiner Schönheit strahlte.
Als sein leichter Fuß betrat die Schwelle –
hehre Göttin, schau, so kam die Liebe –,

πᾶσα μὲν ἐψύχθην χιόνος πλέον, ἐκ δὲ μετώπω
ἱδρώς μευ κοχύδεσκεν ἴσον νοτίαισιν ἐέρσαις,
οὐδέ τι φωνῆσαι δυνάμαν, οὐδ' ὅσσον ἐν ὕπνωι
κνυζῶνται φωνεῦντα φίλαν ποτὶ ματέρα τέκνα·
ἀλλ' ἐπάγην δαγῦδι καλὸν χρόα πάντοθεν ἴσα.
Φράζεό μευ τὸν ἔρωθ' ὅθεν ἵκετο, πότνα Σελάνα.

Καί μ' ἐσιδὼν ὥστοργος ἐπὶ χθονὸς ὄμματα πάξας
ἕζετ' ἐπὶ κλιντῆρι καὶ ἑζόμενος φάτο μῦθον·
'ἦρά με Σιμαίθα τόσον ἔφθασας, ὅσσον ἐγώ θην
πρᾶν ποκα τὸν χαρίεντα τρέχων ἔφθασσα Φιλῖνον,
ἐς τὸ τεὸν καλέσασα τόδε στέγος ἤ' μὲ παρεῖμεν.
Φράζεό μευ τὸν ἔρωθ' ὅθεν ἵκετο, πότνα Σελάνα.

'Ἦνθον γάρ κεν ἐγώ, ναί τὸν γλυκὺν ἦνθον Ἔρωτα
ἢ τρίτος ἠὲ τέταρτος ἐὼν φίλος αὐτίκα νυκτός,
μᾶλα μὲν ἐν κόλποισι Διωνύσοιο φυλάσσων,
κρατὶ δ' ἔχων λεύκαν, Ἡρακλέος ἱερὸν ἔρνος,
πάντοθε πορφυρέαισι περὶ ζώστραισιν ἑλικτάν.'
Φράζεό μευ τὸν ἔρωθ' ὅθεν ἵκετο, πότνα Σελάνα.

'Καί κ', εἰ μέν μ' ἐδέχεσθε, τάδ' ἦς φίλα (καὶ γὰρ ἐλαφρός
καὶ καλὸς πάντεσσι μετ' ἀιθέοισι καλεῦμαι)
εὗδόν τ', εἰ μῶνον τὸ καλὸν στόμα τεῦς ἐφίλησα·
εἰ δ' ἄλλαι μ' ὠθεῖτε καὶ ἁ θύρα εἴχετο μοχλῶι,
πάντως κα πελέκεις καὶ λαμπάδες ἦνθον ἐφ' ὑμέας.'
Φράζεό μευ τὸν ἔρωθ' ὅθεν ἵκετο, πότνα Σελάνα.

'Νῦν δὲ χάριν μὲν ἔφαν τᾶι Κύπριδι πρᾶτον ὀφείλειν,
καὶ μετὰ τὰν Κύπριν τύ με δευτέρα ἐκ πυρὸς εἶλευ,

da durchrann mich's kalt am ganzen Leibe,
Schweiß ergoß sich, dick wie Regentropfen,
reden konnt ich mehr nicht als die Kinder,
die im Traume wimmern nach der Mutter.
Regungslos erstarrte ich zum Wachsbild.
Hehre Göttin, schau, so kam die Liebe.

Delphis sah mich, schlug den Blick zu Boden,
setzte auf das Ruhbett sich und sagte:
»Wie im Lauf ich dem Philinos vorkam,
bist du mir, Simaitha, vorgekommen,
als du riefst, daß ich dein Haus besuchte.«
Hehre Göttin, schau, so kam die Liebe.

»Denn auch ohne das wär ich gekommen,
zwei, auch drei Vertraute im Geleite,
im Gewand des Dionysos' Äpfel,
auf dem Haupt den Kranz der Silberpappel,
den wir Herakles zu Ehren tragen,
rings umwunden mit der Wolle Purpur.«
Hehre Göttin, schau, so kam die Liebe.

»Hättet ihr mich freundlich aufgenommen,
war es gut – ich bin ein guter Turner,
gelt als starker Jüngling bei den Freunden.
Ward mir dann von deinem schönen Munde
nur ein einzger Kuß, so hielt ich Ruhe.
Doch wenn ihr die Tür verschlossen hieltet,
wenn ihr mich zu andern Pforten schicktet,
hätten Axt und Fackel euch erobert.«
Hehre Göttin, schau, so kam die Liebe.

»Dank jedoch bin jetzt ich Kypris schuldig,
nach der Kypris dir; denn aus dem Feuer

ὦ γύναι, ἐσκαλέσασα τεὸν ποτὶ τοῦτο μέλαθρον
αὔτως ἡμίφλεκτον· Ἔρως δ' ἄρα καὶ Λιπαραίω
πολλάκις Ἁφαίστοιο σέλας φλογερώτερον αἴθει.'
Φράζεό μευ τὸν ἔρωθ' ὅθεν ἵκετο, πότνα Σελάνα.

'Σὺν δὲ κακαῖς μανίαις καὶ παρθένον ἐκ θαλάμοιο
καὶ νύμφαν ἐφόβησ' ἔτι δέμνια θερμὰ λιποῖσαν
ἀνέρος.' Ὣς ὃ μὲν εἶπεν· ἐγὼ δέ οἱ ἁ ταχυπειθής
χειρὸς ἐφαψαμένα μαλακῶν ἔκλιν' ἐπὶ λέκτρων·
καὶ ταχὺ χρὼς ἐπὶ χρωτὶ πεπαίνετο, καὶ τὰ πρόσωπα
θερμότερ' ἦς ἢ πρόσθε, καὶ ἐψιθυρίσδομες ἁδύ.
Ὡς καί τοι μὴ μακρὰ φίλα θρυλέοιμι Σελάνα,
ἐπράχθη τὰ μέγιστα, καὶ ἐς πόθον ἤνθομες ἄμφω.
Κοὔτε τι τῆνος ἐμὶν ἐπεμέμψατο μέσφα τό γ' ἐχθές,
οὔτ' ἐγὼ αὖ τήνωι. Ἀλλ' ἦνθέ μοι ἅ τε Φιλίστας
μάτηρ τᾶς ἁμᾶς αὐλητρίδος ἅ τε Μελιξοῦς
σάμερον, ἁνίκα πέρ τε ποτ' ὠρανὸν ἔτραχον ἵπποι
Ἀῶ τὰν ῥοδόπαχυν ἀπ' Ὠκεανοῖο φέροισαι,
κεἶπέ μοι ἄλλα τε πολλὰ καὶ ὡς ἄρα Δέλφις ἔραται.
Κεἴτε νιν αὖτε γυναικὸς ἔχει πόθος εἴτε καὶ ἀνδρός,
οὐκ ἔφατ' ἀτρεκὲς ἴδμεν, ἀτὰρ τόσον· αἰὲν Ἔρωτος
ἀκράτω ἐπεχεῖτο καὶ ἐς τέλος ᾤχετο φεύγων,
καὶ φάτο οἱ στεφάνοισι τὰ δώματα τῆνα πυκάσδειν.
Ταῦτά μοι ἁ ξείνα μυθήσατο, ἔστι δ' ἀλαθής·
ἦ γάρ μοι καὶ τρὶς καὶ τετράκις ἄλλοκ' ἐφοίτη,
καὶ παρ' ἐμὶν ἐτίθει τὰν Δωρίδα πολλάκις ὄλπαν.
Νῦν δὲ δυωδεκαταῖος ἀφ' ὧτέ νιν οὐδὲ ποτεῖδον;
Ἦ ῥ' οὐκ ἄλλο τι τερπνὸν ἔχει, ἁμῶν δὲ λέλασται;
Νῦν μὰν τοῖς φίλτροις καταδήσομαι· αἰ δ' ἔτι καί με

hast du mich geholt, als du mich riefest.
Halb versengt schon war ich: Eros' Gluten
brennen heißer als Hephaistos' Flammen.«
Hehre Göttin, schau, so kam die Liebe.

»Wahnsinn senden sie, der aus der Kammer
treibt die Jungfrau, der die Gattin aufjagt
von dem Lager, das der Gatte wärmte.«
Also sprach er, ich, die Schnellbetörte,
faßte seine Hand und sank zum Ruhbett.
Heiß rang Leib an Leib, das Antlitz glühte,
unsre Sprache ward ein süßes Flüstern. –
Doch nicht alles sag ich dir, Selene.
Liebe kam zu ihrem letzten Ziele.
Beide haben wir gestillt die Sehnsucht.
Nicht hat Delphis über mich gescholten,
über Delphis niemals ich – bis gestern.
Aber heute kam Melixos' Mutter
und Philistas, unsere Flötistin,
als die Rosse hin zum Himmel zogen
und vom Meer das Morgenrot uns brachten,
schwatzte vielerlei und sagte endlich,
daß er liebe. Zwar ob Weib, ob Knaben,
sei nicht sicher. Aber Delphis habe
stets auf seine Liebe nur getrunken,
sei gegangen mit dem Ruf, er eile,
seiner Liebe Türe zu bekränzen.
Also sprach sie. Und sie sprach die Wahrheit.
Denn wohl dreimal, viermal kam er früher,
gab den Salbenkrug mir zur Verwahrung.
Nimmer kam er jetzt seit vierzehn Tagen.
Andre liebt er, aber mich vergaß er.
Jetzt drum bann ich ihn durch meinen Zauber,

λυπεῖ, τὰν Ἀίδαο πύλαν, ναὶ Μοίρας, ἀραξεῖ.
Τοῖά οἱ ἐν κίσται κακὰ φάρμακα φαμὶ φυλάσσειν,
Ἀσσυρίω, δέσποινα, παρὰ ξείνοιο μαθοῖσα.
Ἀλλὰ τὺ μὲν χαίροισα ποτ' ὠκεανὸν τρέπε πώλως,
πότνι'· ἐγὼ δ' οἰσῶ τὸν ἐμὸν πόθον ὥσπερ ὑπέσταν.
Χαῖρε Σελαναία λιπαρόχροε, χαίρετε δ' ἄλλοι
ἀστέρες, εὐκάλοιο κατ' ἄντυγα Νυκτὸς ὀπαδοί.

Ὀαριστύς

Δάφνιδος καὶ Κόρης

...

Κ. τὰν πινυτὰν Ἑλέναν Πάρις ἥρπασε βουκόλος ἄλλος.
Δ. Μᾶλλον ἑκοῖσ' Ἑλένα τὸν βουκόλον ἐστὶ φιλεῦσα.
Κ. Μὴ καυχῶ σατυρίσκε, κενὸν τὸ φίλαμα λέγουσιν.
Δ. Ἔστι καὶ ἐν κενεοῖσι φιλάμασιν ἀδέα τέρψις.
Κ. Τὸ στόμα μευ πλύνω καὶ ἀποπτύω τὸ φίλαμα.
Δ. Πλύνεις χείλεα σεῖο; Δίδου πάλιν, ὄφρα φιλάσω.
Κ. Καλόν σοι δαμάλας φιλέειν, οὐκ ἄζυγα κώραν.
Δ. Μὴ καυχῶ· τάχα γάρ σε παρέρχεται ὡς ὄναρ ἥβη.
Κ. Ἁ σταφυλὶς σταφίς ἐστι καὶ οὐ ῥόδον αὖον ὀλεῖται.
Δ. Ἧδε τι γηράσκει; Τόδε που μέλι καὶ γάλα πίνω.
Κ. Μήπιβάλῃς τὴν χεῖρα· καὶ εἰσέτι χεῖλος ἀμύξω.
Δ. Δεῦρ' ὑπὸ τὰς κοτίνους, ἵνα σοί τινα μῦθον ἐνέψω.
Κ. Οὐκ ἐθέλω· καὶ πρίν με παρήπαφες ἀδέι μύθωι.
Δ. Δεῦρ' ὑπὸ τὰς πτελέας, ἵν' ἐμᾶς σύριγγος ἀκούσῃς.
Κ. Τὴν σαυτοῦ φρένα τέρψον· διζύον οὐδὲν ἀρέσκει.
Δ. Φεῦ φεῦ τᾶς Παφίας χόλον ἅζεο καὶ σύγε κώρα.

täuscht er mich auch ferner, soll er sicher
bald genug ans Tor der Hölle klopfen:
so viel Zaubertränke birgt mein Kasten,
die mich einstens der Assyrer lehrte. –
Wende, Göttin, dein Gespann zum Meere;
mein Geschick muß ich auch ferner tragen.
Lebe wohl, hellglänzende Selene,
lebet wohl, ihr Sterne, die ihr folgsam
das Gefährt der stillen Nacht geleitet.

Richard Wünsch

Liebesgespräch

Daphnis Mädchen

M. *'s war auch ein Hirt, der Helena geraubt.*
D. *Vielmehr hat sie mit Küssen angefangen.*
M. *Geh, kleiner Satyr, was ist schon ein Kuß?*
D. *Auch schon ein Küßchen kann entzückend schmecken.*
(Küßt sie.)
M. *Ich spuck es aus und spüle mir den Mund.*
D. *Gespült? – So laß dich denn aufs neue küssen.*
M. *Küß deine Färsen, nicht ein züchtig Mädchen!*
D. *Geh, schnell enteilt die Jugend wie ein Traum.*
M. *Auch ohne Saft erfreun noch Traub und Rose.*
D. *Verwelkt und alt? – Hier hab ich Saft und Süße.*
M. *Die Hand weg! Ich zerkratz dir noch die Lippe.*
D. *Zu den Oliven komm! Erzähl dir was!*
M. *Ich will nicht. Hast mich eben schon betört.*
D. *Komm zu den Rüstern! Sollst mich flöten hören.*
M. *Mach* dir *den Spaß! Mir klingt es bloß erbärmlich.*
D. *O Mädchen, fürchte du der Paphia Zorn!*

Κ. Χαιρέτω ἁ Παφία· μόνον ἵλαος Ἄρτεμις εἴη.
Δ. Οὐ φεύγεις τὸν Ἔρωτα, τὸν οὐ φύγε παρθένος ἄλλη.
Κ. Φεύγω ναὶ τὸν Πᾶνα· σὺ δὲ ζυγὸν αἰὲν ἀείραις.
Δ. Μὴ λέγε, μὴ βάλλῃ σε καὶ ἐς λίνον ἄλλυτον ἔνθῃς.
Κ. Βαλλέτω ὡς ἐθέλει· πάλιν Ἄρτεμις ἄμμιν ἀρήγει.
Δ. Λειμαίνω, μὴ δή σε κακωτέρῳ ἀνέρι δώσει.
Κ. Πολλοί μ' ἐμνώοντο, νόον δ' ἐμὸν οὔτις ἰαίνει.
Δ. Εἷς καὶ ἐγὼ πολλῶν μνηστὴρ τεὸς ἐνθάδ' ἱκάνω.
Κ. Καὶ τί, φίλος, ῥέξαιμι; Γάμοι πλήθουσιν ἀνίας.
Δ. Οὐκ ὀδύνην, οὐκ ἄλγος ἔχει γάμος, ἀλλὰ χορείην.
Κ. Ναὶ μάν φασι γυναῖκας ἑοὺς τρομέειν παρακοίτας.
Δ. Μᾶλλον ἀεὶ κρατέουσι· τί καὶ τρομέουσι γυναῖκες;
Κ. Ὠδίνειν τρομέω· χαλεπὸν βέλος Εἰληθυίης.
Δ. Ἀλλὰ τεὴ βασίλεια μογοστόκος Ἄρτεμίς ἐστιν.
Κ. Ἀλλὰ τεκεῖν τρομέω, μὴ καὶ χρόα καλὸν ὀλέσσω.
Δ. Ἢν δὲ τέκῃς φίλα τέκνα, νέον φάος ὄψεαι ἥβας.
Κ. Καὶ τί μοι ἕδνον ἄγεις γάμου ἄξιον, ἢν ἐπινεύσω;
Δ. Πᾶσαν τὰν ἀγέλαν, πάντ' ἄλσεα καὶ νομὸν ἕξεις.
Κ. Ὄμνυε μὴ μετὰ λέκτρα λιπὼν ἀέκουσαν ἀπενθεῖν.
Δ. Οὐ μ' αὐτὸν τὸν Πᾶνα, καὶ ἢν ἐθέλῃς με διῶξαι.
Κ. Τεύχεις μοι θαλάμους, τεύχεις καὶ δῶμα καὶ αὐλάς;
Δ. Τεύχω σοι θαλάμους· τὰ δὲ πώεα καλὰ νομεύω.
Κ. Πατρὶ δὲ γηραλέῳ τίνα μάν, τίνα μῦθον ἐνέψω;
Δ. Αἰνήσει σέο λέκτρον, ἐπὴν ἐμὸν οὔνομ' ἀκούσῃ.
Κ. Οὔνομα σὸν λέγε τῆνο· καὶ οὔνομα πολλάκι τέρπει.
Δ. Δάφνις ἐγώ, Λυκίδας δὲ πατήρ, μήτηρ δὲ Νομαίη.
Κ. Ἐξ εὐηγενέων· ἀλλ' οὐ σέθεν εἰμὶ χερείων.
Δ. Οἶδ', Ἀκρατιμὴ ἐσσί, πατὴρ δέ τοί ἐστι Μενάλκας.
Κ. Δεῖξον ἐμοὶ τεὸν ἄλσος, ὅπῃ σέθεν ἵσταται αὖλις;
Δ. Δεῦρ' ἴδε, πῶς ἀνθεῦσιν ἐμαὶ ῥαδιναὶ κυπάρισσοι.
Κ. Αἶγες ἐμαὶ βόσκεσθε, τὰ βουκόλω ἔργα νοήσω.
Δ. Ταῦροι καλὰ νέμεσθ', ἵνα παρθένῳ ἄλσεα δείξω.
Κ. Τί ῥέζεις σατυρίσκε; τί δ' ἔνδοθεν ἅψαο μαζῶν;

M. *Was Paphia! Gnädig sei mir Artemis!*
D. *Entgehst dem Eros nicht, der alle findet.*
M. *Nein, nein, beim Pan! Doch* du *trägst stets sein Joch.*
D. *Pst! Sicher fängt er dich in seinem Netz.*
M. *Mag er es werfen! Mich schützt Artemis.*
D. *Du schenkst dich, fürcht ich, noch nem niedern Mann.*
M. *Es warben viele, aber keiner lockt mich.*
D. *Als Freier komm auch ich, der vielen einer.*
M. *Was tun, mein Freund? Die Ehe bringt Verdruß.*
D. *Nicht Plag und Kummer, sondern Tanz und Fest.*
M. *Die Weiber, heißt es, zittern vor den Männern.*
D. *Sie herrschen doch. Was sollen Weiber zittern?*
M. *Mir bangt vorm Mutterwerden; das ist schwer.*
D. *Hilft Artemis doch, deine Königin!*
M. *Ich fürchte, dann ist's mit der Schönheit aus.*
D. *Aus deinen* Kindern *strahlt der Jugend Glanz.*
M. *Und sag ich ja, was bringt die Eh mir ein?*
D. *Die ganze Herde hier samt Wald und Weide.*
M. *Schwör, nach dem Brautbett nie mich zu verlassen!*
D. *Ich schwör's beim Pan, und triebst du selbst mich fort.*
M. *Baust du mir eine Wohnung, Haus und Hof?*
D. *Ich bau sie dir und hüte gut die Herde.*
M. *Doch was soll ich dem greisen Vater sagen?*
D. *Er ist zufrieden, hört er meinen Namen.*
M. *So sage ihn! Schon der macht manchmal Eindruck.*
D. *Daphnis, Lykidas' und Nomaias Sohn.*
M. *Sehr wohlgeboren; doch ich bin nicht schlechter.*
D. *Weiß; Akratime, Tochter des Menalkas.*
M. *Zeig mir das Wäldchen, wo dein Lager ist.*
D. *Sieh, die Zypressen dort! Wie schlank, wie prächtig!*
M. *Seid, Ziegen, lieb! Ich geh zum Pferch des Hirten.*
D. *Ihr Rinder, brav! Ich zeig der Maid das Wäldchen.*
M. *Was tust du, Böckchen? Faßt mir in den Busen?*

Δ. Μᾶλα τεὰ πράτιστα τάδε χνοάοντα διδάξω.
Κ. Ναρκῶ ναὶ τὸν Πᾶνα. Τεὴν πάλιν ἔξελε χεῖρα.
Δ. Θάρσει κῶρα φίλα. Τί μοι ἔτρεμες; Ὡς μάλα δειλά.
Κ. Βάλλεις εἰς ἀμάραν με καὶ εἵματα καλὰ μιαίνεις.
Δ. Ἀλλ' ὑπὸ σοὺς πέπλους ἁπαλὸν νάκος ἠνίδε βάλλω.
Κ. Φεῦ φεῦ καὶ τὰν μίτραν ἀπέσχισας; Ἐς τί δ' ἔλυσας;
Δ. Τᾶι Παφίαι πράτιστον ἐγὼ τόδε δῶρον ὀπάζω.
Κ. Μίμνε τάλαν· τάχα τίς τοι ἐπέρχεται· ἦχον ἀκούω.
Δ. Ἀλλήλαις λαλέουσι τεὸν γάμον αἱ κυπάρισσοι.
Κ. Τἀμπέχονον ποίησας ἐμὸν ῥάκος· εἰμὶ δὲ γυμνά.
Δ. Ἄλλην ἀμπεχόνην τῆς σῆς τοι μείζονα δώσω.
Κ. Φῄς μοι πάντα δόμεν· τάχα δ' ὕστερον οὐδ' ἅλα δοίης.
Δ. Αἴθ' αὐτὰν δυνάμαν καὶ τὰν ψυχὰν ἐπιβάλλειν.
Κ. Ἄρτεμι, μὴ νεμέσα σέο ῥήμασιν οὐκέτι πιστῆι.
Δ. Ῥέξω πόρτιν Ἔρωτι καὶ αὐτᾶι βῶν Ἀφροδίται.
Κ. Παρθένος ἔνθα βέβηκα, γυνὴ δ' εἰς οἶκον ἀφέρπω.
Δ. Ἀλλὰ γυνὴ μήτηρ τεκέων τροφός, οὐκέτι κώρα.

Ὡς οἳ μὲν χλοεροῖσιν ἰαινόμενοι μελέεσσιν
ἀλλήλοις ψιθύριζον. Ἀνίστατο φώριος εὐνή.
Χὴ μὲν ἀνεγρομένη πάλιν ἔστιχε μᾶλα νομεύειν
ὄμμασιν αἰδομένοις, κραδίη δέ οἱ ἔνδον ἰάνθη,
ὃς δ' ἐπὶ ταυρείας ἀγέλας κεχαρημένος εὐνᾶς.

D. *Ich unterweise deine zarten Brüste.*
M. *Ich bin ganz starr, beim Pan! – Weg mit der Hand!*
D. *Nur Mut, mein Mädchen! – Zitterst? – Ach, wie furchtsam!*
M. *Mein schönes Kleid! Du wirfst mich in den Schmutz!*
D. *Ich leg dir, sieh, ein weiches Lammfell unter.*
M. *O Gott, du löst den Gürtel mir! Wozu?*
D. *Ich weih ihn Paphia als erste Gabe.*
M. *Halt, Frecher! 's kommt jemand. Ich hör Geräusch.*
D. *Von deiner Hochzeit reden die Zypressen.*
M. *Mein Kleid! Du hast's zerfetzt. Bin nackt und bloß.*
D. *Ich will ein andres dir, ein größres geben.*
M. *Alles versprichst du: halten wirst du nichts.*
D. *O könnt ich doch mein Leben für dich geben! –*
M. *Ach, Artemis, verzeih mir meinen Treubruch! –*
D. *Ein Kalb für Eros und ein Rind der Mutter!*
M. *Als Mädchen kam ich, geh als Frau nach Hause.*
D. *Ja, bist jetzt Frau und wirst nun Kinder haben.*

Die blühnden Glieder heiß umschlungen, lagen
sie flüsternd, hoben dann das Lager auf.
Zum Hüten ihrer Ziegen ging sie wieder,
verschämten Auges, aber frohen Herzens,
und er zu seiner Herde, hochbeglückt.

ΘΕΟΚΡΙΤΟΣ

Κηριοκλέπτης

Τὸν κλέπταν ποτ' Ἔρωτα κακὰ κέντασε μέλισσα
κηρίον ἐκ σίμβλων συλεύμενον, ἄκρα δὲ χειρῶν
δάκτυλα πάνθ' ὑπένυξεν. Ὁ δ' ἄλγεε καὶ χέρ' ἐφύση
καὶ τὰν γᾶν ἐπάταξε καὶ ἅλατο, τᾶι δ' Ἀφροδίται
δεῖξεν ἑὰν ὀδύναν καὶ ἐμέμφετο, ὅττι γε τυτθόν
θηρίον ἐντὶ μέλισσα καὶ ἁλίκα τραύματα ποιεῖ.
Χά μάτηρ γελάσασα 'τί δ'; Οὐκ ἴσος ἐσσὶ μελίσσαις;
Ὃς τυτθὸς μὲν ἔης, τὰ δὲ τραύματα ἁλίκα ποιεῖς.'

THEOKRIT

Der Honigdieb

Eros, dieser Spitzbub, mauste
Honig aus den Bienenstöcken.
Stach ihn wütend eine Biene,
stach in alle Fingerspitzen.
Mächtig juckten ihm die Finger,
und er blies sich auf die Hände,
stampfte auf mit seinen Füßen,
krümmte sich in wilden Sprüngen.
Lief dann hin zu Aphroditen,
zeigt' ihr vorwurfsvoll sein Wehweh,
schimpfend, daß ein kleines Tierchen
wie ne Biene so verwunde.
Aber seine Mutter lachte:
»Wie? Gleichst du denn nicht den Bienen?
Bist ja selber klein und kannst doch
so gewaltig tief verwunden.«

ΚΑΛΛΙΜΑΧΟΣ

Εἰ μὲν ἑκὼν Ἀρχῖν' ἐπεκώμασα, μυρία μέμφου,
εἰ δ' ἄκων ἥκω, τὴν προπέτειαν ἔα.
Ἄκρητος καὶ Ἔρως μ' ἠνάγκασαν, ὧν ὃ μὲν αὐτῶν
εἷλκεν, ὃ δ' οὐκ εἴα τὴν προπέτειαν ἐᾶν.
Ἐλθὼν δ' οὐκ ἐβόησα, τίς ἢ τίνος, ἀλλ' ἐφίλησα
τὴν φλιήν· εἰ τοῦτ' ἔστ' ἀδίκημ', ἀδικέω.

Ἕλκος ἔχων ὁ ξεῖνος ἐλάνθανεν· ὡς ἀνιηρόν
πνεῦμα διὰ στηθέων (εἶδες;) ἀνηγάγετο,
τὸ τρίτον ἡνίκ' ἔπινε, τὰ δὲ ῥόδα φυλλοβολεῦντα
τὠνδρὸς ἀπὸ στεφάνων πάντ' ἐγένοντο χαμαί·
ὤπτηται μέγα δή τι· μὰ δαίμονας οὐκ ἀπὸ ῥυσμοῦ
εἰκάζω, φωρὸς δ' ἴχνια φὼρ ἔμαθον.

KALLIMACHOS

Schwärmt ich vor deiner Türe diese Nacht
freiwillig, magst, Archinos, du mich schelten,
doch kam ich willenlos, laß nimmer gelten
dein vorschnell Urteil, laß, was unbedacht.

Mich zwang des ungemischten Weines Macht
und Eros auch; der erste von den zwein
zog durch die Straßen mich, der Liebe Pein,
sie ließ mich lassen nicht, was unbedacht.

Und da ich kam, schrie ich nicht ungeduldig:
»Wer da?«, wie es die Art der Zecher ist;
der Türe Pfosten nur hab ich geküßt –
ist dies schon eine Schuld, so bin ich schuldig.

August Oehler

Der Gast litt insgeheim an einer Wunde;
als er zum dritten Male trank, wie schwer
ward ihm das Atmen – hast du es gesehn?
Die Rosen seiner Kränze fielen aus
und deckten rings den Boden. Ja, gewaltig
schmort der in Liebesglut. Bei allen Göttern,
das kommt mir nicht nur so von ungefähr,
bin selbst ein Dieb und kenn die Diebesspuren.

Ξεῖνος Ἀταρνείτης τις ἀνήρετο Πιττακὸν οὕτω
τὸν Μυτιληναῖον, παῖδα τὸν Ὑρράδιον·
'ἄττα γέρον, δοιός με καλεῖ γάμος· ἡ μία μὲν δή
νύμφη καὶ πλούτωι καὶ γενεῆι κατ' ἐμέ,
ἡ δ' ἑτέρη προβέβηκε· τί λώιον; Εἰ δ' ἄγε σύμ μοι
βούλευσον, ποτέρην εἰς ὑμέναιον ἄγω.'
Εἶπεν· ὁ δὲ σκίπωνα, γεροντικὸν ὅπλον, ἀείρας,
'ἠνίδε, κεῖνοί τοι πᾶν ἐρέουσιν ἔπος.'
Οἱ δ' ἄρ' ὑπὸ πληγῆισι θοὰς βέμβικας ἔχοντες
ἔστρεφον εὐρείηι παῖδες ἐνὶ τριόδωι.
'Κείνων ἔρχεο' φησὶ 'μετ' ἴχνια.' Χὼ μὲν ἐπέστη
πλησίον· οἱ δ' ἔλεγον· 'τὴν κατὰ σαυτὸν ἔλα.'
Ταῦτ' ἀίων ὁ ξεῖνος ἐφείσατο μείζονος οἴκου
δράξασθαι παίδων κληδόνι συνθέμενος,
τὴν δ' ὀλίγην ὡς κεῖνος ἐς οἰκίον ἤγετο νύμφην.
Οὕτω καὶ σύ, Δίων, τὴν κατὰ σαυτὸν ἔλα.

ΝΟΣΣΙΣ

Ἅδιον οὐδὲν ἔρωτος· ἃ δ' ὄλβια, δεύτερα πάντα
ἐστίν· ἀπὸ στόματος δ' ἔπτυσα καὶ τὸ μέλι.
Τοῦτο λέγει Νοσσίς· τίνα δ' ἁ Κύπρις οὐκ ἐφίλησεν,
οὐκ οἶδεν τήνας τἄνθεα ποῖα ῥόδα.

Den Herrn von Mytilene, Pittakos,
den Sohn des Hyrras, fragte einst sein Gast,
der aus Atarneus stammte: »Väterchen,
zwei Mädchen bieten sich zur Ehe mir,
die eine mir nach Geld und Herkunft gleich,
vornehmer ist die andre. Was ist besser?
So rate mir; sprich: Welche soll ich nehmen?«
Der hob den Stock nur, das Gerät des Alters:
»Sieh dort! Die sagen es dir klipp und klar.«
Am Kreuzweg drehten Knaben ihre Kreisel,
die unter ihren Schlägen munter tanzten.
»Nach ihnen richte dich!« Und, näher tretend,
*hört' er sie sagen: »*Deinen *Kreisel dreh!«*
Da hielt er sich an jenen Ruf der Knaben
und schlug das größre Haus sich aus dem Sinn. –
Wie er, mein Dion, die Geringre nahm,
so du nicht minder deinen *Kreisel dreh!*

NOSSIS

Süßer ist nichts als Liebe; was sonst noch köstlich, ist alles
minderen Ranges; sogar Honig verschmähte mein Mund!
So spricht Nossis: Die Frau, der Kypris niemals gewogen,
kennt ihre Blumen auch nicht, kennt nicht die Rosen von ihr.

ΠΟΣΕΙΔΙΠΠΟΣ

Εἰ καθύπερθε λάβοις χρύσεα πτερὰ καί σευ ἀπ' ὤμων
τείνοιτ' ἀργυρέων ἰοδόκος φαρέτρη
καὶ σταίης παρ' Ἔρωτα φιλάγλαον, οὐ μὰ τὸν Ἑρμῆν,
οὐδ' αὐτὴ Κύπρις γνώσεται ὃν τέτοκεν.

Πυθιὰς εἰ μὲν ἔχει τιν', ἀπέρχομαι· εἰ δὲ καθεύδει
ὧδε μόνη, μικρόν, πρὸς Διός, εἰσκάλεσαι·
εἰπὲ δὲ σημεῖον, μεθύων ὅτι καὶ διὰ κλωπῶν
ἦλθεν Ἔρωτι θρασεῖ χρώμενος ἡγεμόνι.

Μή με δόκει πιθανῶς ἀπατᾶν δακρύοισι, Φιλαινί·
οἶδα· φιλεῖς γὰρ ὅλως οὐδένα μεῖζον ἐμοῦ,
τοῦτον ὅσον παρ' ἐμοὶ κέκλισαι χρόνον· εἰ δ' ἕτερός σε
εἶχε, φιλεῖν ἂν ἔφης μεῖζον ἐκεῖνον ἐμοῦ.

ΔΙΟΝΥΣΙΟΣ

Ἡ τὰ ῥόδα, ῥοδόεσσαν ἔχεις χάριν· ἀλλὰ τί πωλεῖς;
Σαυτὴν ἢ τὰ ῥόδα; Ἠὲ συναμφότερα;

POSEIDIPPOS

Nähmest du Flügel von Gold und hing' von den schimmernden Schultern
dir ein Köcher herab, reichlich mit Pfeilen gefüllt,
trätest du dann neben Eros, den strahlenden, wüßte, beim Hermes,
Kypris selber nicht mehr, welchen von euch sie gebar.

Alfred Körte

»Pythias, ist einer drin, so geh ich; doch sollte allein sie
schlafen, ich bitt dich, beim Zeus, ruf mich ein wenig hinein.
Sag ihr als Ausweis, ich käme berauscht und mitten durch Räuber
her und mich habe dabei Eros, der kecke, geführt.«

Denke, Philainis, doch nicht, mich mit rührenden Tränen zu täuschen.
Weiß schon: Du liebst überhaupt niemanden heißer denn mich.
Ja, solange du bei mir liegst; doch hätt dich ein andrer,
sagtest du gleich, du liebst jenen viel heißer denn mich.

DIONYSIOS

Rosen hast du und rosigen Liebreiz. Sag, was verkaufst du?
Rosen oder dich selbst? Wie, oder beides zugleich?

ἈΝΩΝΥΜΟΣ

Ἀποκεκλειμένη

Ἐξ ἀμφοτέρων γέγον' αἵρεσις· ἐζευγίσμεθα· τῆς φιλίης
Κύπρις ἐστ' ἀνάδοχος.
Ὀδύνη μ' ἔχει, ὅταν ἀναμνησθῶ,
ὥς με κατεφίλει ἐπιβούλως μέλλων με καταλιμπάνειν,

ἀκαταστασίης εὑρέτης·
καὶ ὁ τὴν φιλίην ἐκτικῶς
ἔλαβε μ' Ἔρως.
Οὐκ ἀπαναίνομαι αὐτὸν ἔχουσ' ἐν τῇ διανοίᾳ.

Ἄστρα φίλα καὶ
συνερῶσα πότνια Νύξ μοι·
παράπεμψον ἔτι με νῦν,
πρὸς ὃν ἡ Κύπρις ἔγδοτον ἄγει με
καὶ ὁ πολὺς ἔρως παραλαβών·
συνοδηγὸν ἔχω τὸ πολὺ πῦρ
τὸ ἐν τῇ ψυχῇ μου καιόμενον
ταῦτα μ' ἀδικεῖ, ταῦτα μ' ὀδυνᾷ.

Ὁ φρεναπάτης ὁ πρὸ τοῦ
μέγα φρονῶν καὶ ὁ τὴν Κύπριν οὐ φάμενος εἶναι τοῦ ἐρᾶν
μεταιτίαν,
οὐκ ἤνεγκ' ἐμὴν τὴν τυχοῦσαν ἀδικίαν.

UNBEKANNTER DICHTER

Die Verlassene

Wir wählten beide, als wir uns banden;
die Liebe besiegelte unseren Bund.
Wie quält der Schmerz im Gedanken an ihn,
der erst mich geküßt, der jetzt mich verließ,
der Erfinder des Zanks.
Mich aber hielt fest des Eros Gewalt, der die Liebe gebar;
denn ich leugne es nicht: Ihn heget mein Herz.

(Sie macht sich auf den Weg, tritt aus ihrem Hause auf die Straße.)

Freundliche Sterne, hehre Nacht, mitfühlend meinem Leiden,
führt mich zu ihm, zu dem mich treibt die Übermacht der Liebe;
wie eine Fackel brennt das Feuer meiner Seele,
das kränket, das schmerzt.
Er, der mich betrog, der stolz sich verschwur,
nicht Sinnenlust sei's, die ihn zu mir geführt –
ihm ward die kleine Kränkung Grund zum Bruch.

(Sie ist vor das Haus des Geliebten gekommen, hört den Lärm des Gelages.)

Der Wahnsinn packt mich!
Die Verlassene brennt der Eifersucht Qual.
Ich bitte nur eins: Wirf die Kränze mir zu!
Die preß ich ans Herz,
da ich dich nicht hab.

(Keine Antwort.)

Μέλλω μαίνεσθαι· ζῆλος γάρ μ' ἔχει,
καὶ κατακαίομαι καταλελειμμένη.
Αὐτὸ δὲ τοῦτό μοι τοὺς στεφάνους βάλε,
οἷς μεμονωμένη χρωτισθήσομαι.
Κύριε, μή μ' ἀφῇς ἀποκεκλειμένην,
δέξαι μ'· εὐδοκῶ ζήλῳ δουλεύειν.

Ἐπιμανοὺς ὁρᾶν μέγαν ἔχει πόνον·
ζηλοτυπεῖν γὰρ δεῖ, στέγειν καρτερεῖν.
Ἐὰν δ' ἑνὶ προσκαθῇ, μόνον ἄφρων ἔσει·
Ὁ γὰρ μόνιος ἔρως μαίνεσθαι ποιεῖ.

Γίνωσχ' ὅτι θυμὸν ἀνίκητον ἔχω, ὅταν ἔρις λάβῃ με.
Μαίνομ' ὅταν ἀναμνήσωμ', εἰ μονοκοιτήσω, σὺ δὲ χρωτίζεσθ'
ἀποτρέχεις.

Νῦν ἀνοργισθῶμεν; Εὐθὺ δεῖ καὶ διαλύεσθαι.
Οὐχὶ διὰ τοῦτο φίλους ἔχομεν, οἳ κρινοῦσι[ν],
τίς ἀδικεῖ; ...

UNBEKANNTER DICHTER

Herr – denn das bist du mir –,
laß mich nicht draußen stehn;
laß mich ins Haus zu dir,

sei es als Sklavin nur.
Rasende Liebe bringt,
ja, sie bringt arge Pein;
Sklavin der Liebe muß ich
schweigend und duldend sein.

Närrin, die einem nur
stets sich als treu erweist,
wenn sie der eine verrät,
weiß sie, was Wahnsinn heißt!

Nimm dich in acht! Unbändig ist mein Sinn,
wenn mich der Zorn ergreift.
Ich rase, denk ich dran,
daß ich allein auf meinem Lager liege,
indessen eine andere du umfängst.

Jetzt sind wir uns bös;
Versöhnung muß sein, so schnell es nur geht.
Die Freunde rufe herbei zum Gericht,
sie mögen entscheiden, wer schuld war am Streit ...

Felix Jacoby

ἩΡΩΝΔΑΣ

Πρόκυκλις ἢ μάστροπος

Μητρίχη Θρέισσα Γυλλίς

Μ. *Θρέισσα, ἀράσσει τὴν θύρην τις· οὐκ ὄψῃ*
μή τις παρ' ἡμέων ἐξ ἀποικίης ἥκει;
Θ. *Τίς τὴν θύρην –*
Γ. *Ἐγῶδε.*
Θ. *Τίς σύ; Δειμαίνεις*
ἆσσον προσελθεῖν;
Γ. *Ἢν ἰδού, πάρειμ' ἆσσον.*
Θ. *Τίς δ' εἶς σύ;*
Γ. *Γυλλίς, ἡ Φιλαινίου μήτηρ.*
Ἄγγειλον ἔνδον Μητρίχῃ παρεῦσάν με.
Θ. *Καλεῖ –*
Μ. *Τίς ἐστιν;*
Θ. *Γυλλίς.*
Μ. *Ἀμμίη Γυλλίς;*
Στρέψον τι, δούλη. – Τίς σε Μοῖρ' ἔπεισ' ἐλθεῖν,
Γυλλίς, παρ' ἡμέας; Τί σὺ θεὸς πρὸς ἀνθρώπους;
Ἤδη γάρ εἰσι πέντε κου δοκέω μῆνες,
ἐξ οὗ σε, Γυλλίς, οὐδ' ὄναρ, μὰ τὰς Μοίρας,
πρὸς τὴν θύρην ἐλθοῦσαν εἶδέ τις ταύτην.

HERONDAS

Die Verführerin oder Kupplerin

Personen: Metriche, Geliebte des Mandris: Threïssa, ihre Magd; Gyllis, eine alte Frau

M. *(aufhorchend)*
Threïssa, es klopft. Sieh zu, vielleicht ist es
jemand von uns, der aus der Fremde kommt.

Th. *(an die Tür tretend)*
Wer klopft da?

G. *(außen vor der Tür)*
Ich bin's.

Th. *Wer denn? Scheust du dich,*
näher herzukommen?

G. *Sieh, da komm ich schon.*

Th. *Wer bist du?*

G. *Gyllis, der Philainion Mutter.*
Meld mich nur drinnen an bei Metriche.

Th. *(ins Zimmer hineinsprechend)*
Es ruft –

M. *Wer ist es?*

Th. *Gyllis.*

M. *Mutter Gyllis?*
Mach sacht auf, Mädchen.[1] *–*
(Threïssa öffnet und führt Gyllis herein.)
Welche Moira bracht es
zustande, Gyllis, daß du uns aufsuchst?
Was nahst du uns wie ein Gott den Menschen? Ja,
fünf Monat, glaub ich, sind es schon, seit man,
bei den Moiren, Gyllis, nicht einmal im Traum
dich je zu dieser Türe kommen sah.

1 Die Nachbarn sollen von Gyllis' Besuch nichts merken.

Γ. *Μακρὴν ἀποικέω, τέκνον, ἐν δὲ ταῖς λαύραις*
ὁ πηλὸς ἄχρις ἰγνύων προσέστηκεν·
ἐγὼ δὲ δραίνω μυῖ' ὅσον· τὸ γὰρ γῆρας
ἡμέας καθέλκει χἠ σκιὴ παρέστηκεν.
Μ. *Ἔπισχε καὶ μὴ τοῦ χρόνου καταψεύδεο.*
Οἵη τ' ἔτ' εἶς γάρ, Γυλλί, χἠτέρους ἄγχειν.
Γ. *Σίλλαινε ταῦτα· τῇς νεωτέρῃσ' ὕμιν*
πρόσεστιν –
Μ. *Ἀλλ' οὔ, τοῦτο μή σε θερμήνῃ.*
Γ. *Ἀλλ', ὦ τέκνον, κόσον τιν' ἤδη χηραίνεις*
χρόνον μόνη τρύχουσα τὴν μίαν κοίτην;
Ἐξ οὗ γὰρ εἰς Αἴγυπτον ἐστάλη Μάνδρις,
δέκ' εἰσὶ μῆνες κοὐδὲ γράμμα σοι πέμπει,
ἀλλ' ἐκλέλησται καὶ πέπωκεν ἐκ καινῆς.
Κεῖ δ' ἐστὶν οἶκος τῆς θεοῦ· τὰ γὰρ πάντα,
ὅσσ' ἔστι κου καὶ γίνετ', ἔστ' ἐν Αἰγύπτῳ·
πλοῦτος, παλαίστρη, δύναμις, εὐδίη, δόξα,
θέαι, φιλίσοφοι, χρυσίον, νεηνίσκοι,
θεῶν ἀδελφῶν τέμενος, ὁ βασιλεὺς χρηστός,
μουσήιον, οἶνος, ἀγαθὰ πάνθ' ὅσ' ἂν χρῄζῃς,
γυναῖκες, ὁκόσους οὐ μὰ τὴν Ἅιδεω κούρην
ἀστέρας ἐνεγκεῖν οὐρανὸς κεκαύχηται,
τὴν δ' ὄψιν οἷαι πρὸς Πάριν κοθ' ὥρμησαν
θεαὶ κριθῆναι καλλονήν – λάθοιμ' αὐτὰς
εἰποῦσα. Κοίην οὖν, τάλαινα, σὺ ψυχὴν
ἔχουσα θάλπεις τὸν δίφρον; Κατ' οὖν λήσεις

G. *Ich wohne so weit, mein Kind, und in den Gassen*
steht einem der Schmutz bis an die Knie; ich aber
bin schwach wie eine Fliege. Denn das Alter
zieht uns herab, und der Tod beschattet uns.

M. *Halt ein, nicht von der Last der Zeit geflunkert!*
Du wirst auch noch mit andern fertig, Gyllis.

G. *Ja, spöttle nur! Ihr jungen Dinger habt das*
so an euch –

M. *(begütigend) Aber nein, sei drum nicht böse!*

G. *Doch, liebes Kind, wie lange währt bei dir*
denn schon die Witwenzeit, wo du dich einsam
herumwirfst auf verlaßner Lagerstatt?
Seit Mandris nach Ägypten fuhr, ging ja
der zehnte Monat schon ins Land, und er
schickt dir nicht eine Zeile, nein, hat dich ganz
vergessen und geschlürft aus neuem Becher.
Dort aber ist der Göttin[1] *Heim; denn alles,*
was irgend auf der Erde ist und wird,
ist in Ägypten: Reichtum, Ringschulen,
Macht, heitrer Himmel, Ruhm, stets was zu schaun,
gelehrte Herren, Gold und junge Männer,
der Geschwistergötter Tempel, ein guter König,
das Museum, Wein – kurz, alles Gute, was man
nur wünschen mag, und Frauen erst, so viel,
daß selbst der Himmel, bei der Hadesbraut,
so vieler Sterne sich nicht rühmen kann,
und hold von Ansehn wie die Göttinnen,
die einst im Wettstreit um den Schönheitspreis
zu Paris zogen – mögen sie's nicht hören!
Wie ist dir Armen da ums Herz, wenn du
den Sessel wärmst? Im Umsehn bist du alt,
und deine Schönheit wird der Asche Raub.

1 Aphrodite.

γηρᾶσα καί σευ τὸ ὥριμον τέφρη κάψει.
Πάπτηνον ἄλλῃ χἠμέρας μετάλλαξον
τὸν νοῦν δύ' ἢ τρίς, χἰλαρὴ κατάστηθι
φίλον πρὸς ἄλλον· νηῦς μιῆς ἐπ' ἀγκύρης
οὐκ ἀσφαλὴς ὁρμεῦσα. Κεῖνος ἢν ἔλθῃ,
ἐκ νερτέρων οὐ μηδὲ εἷς ἀναστήσῃ
ἡμέας πάλιν· τὸ δεῖνα δὲ – ἄγριος χειμὼν
ἐξ εὐδίης ἐνέπεσε, κοὐδὲ εἷς οἶδεν
τὸ μέλλον ἥμεων· ἄστατος γὰρ ἀνθρώποις
βίος –
Μ. *Τί ληρεῖς;*
Γ. *Ἀλλὰ μή τις ἕστηκε*
σύνεγγυς ἧμιν;
Μ. *Οὐδὲ εἷς.*
Γ. *Ἄκουσον δὴ*
ἅ σοι χρεΐζουσ' ὧδ' ἔβην ἀπαγγεῖλαι.
Ὁ Ματακίνης τῆς Παταικίου Γρύλλος,
ὁ πέντε νικέων ἆθλα – παῖς μὲν ἐν Πυθοῖ,
δὶς δ' ἐν Κορίνθῳ τοὺς ἴουλον ἀνθεῦντας,
ἄνδρας δὲ Πίσῃ δὶς καθεῖλε πυκτεύσας –,
πλουτέων τὸ καλόν, οὐδὲ κάρφος ἐκ τῆς γῆς
κινέων, ἄθικτος ἐς Κυθηρίην, σφρηγίς,
ἰδών σε καθόδῳ τῆς Μίσης ἐκύμηνε
τὰ σπλάγχν' ἔρωτι καρδίην ἀνοιστρηθείς,
καί μευ οὔτε νυκτὸς οὔτ' ἐφ' ἡμέρην λείπει
τὸ δῶμα, τέκνον, ἀλλά μευ κατακλαίει
καὶ ταταλίζει καὶ ποθέων ἀποθνήσκει.
Ἀλλ' ὦ τέκνον μοι Μητρίχη, μίαν ταύτην
ἁμαρτίην δὸς τῇ θεῷ, κατάρτησον
σαυτήν, τὸ γῆρας μὴ λάθῃ σε προσβλέψαν.

Schau dich mal um und wende deinen Sinn
zwei Tage nur oder drei und halt dich fröhlich
zu einem andern Freund. Ein Schiff, das nur
an einem Anker liegt, ist nicht gehörig
gesichert. Wenn der schlimme Gast sich naht,
wird von den Toten niemand uns erwecken.
Ja, was ich sagen wollte – manchmal brach
ein wildes Wetter los aus heiterem Himmel,
und niemand weiß die Zukunft. Unstet ist
der Menschen Leben –

M. *Was soll der Kohl?*

G. *(leise)* *Es steht doch*
niemand hier in der Nähe?

M. *Nein.*

G. *Hör also,*
mit welchem Auftrag ich hiehergekommen.
Matakines Sohn, der Pataikion Enkel, Gryllos,
in fünf Wettspielen sieggekrönt – als Knabe
zu Pytho, zweimal hat er in Korinth
flaumbärtge Jungen, zweimal Männer dann
zu Pisa überwunden in dem Faustkampf –,
steinreich und brav – kein Hälmchen rührt er an –,
von Liebeshändeln unberührt, verschwiegen
grad wie ein Siegel – als dich der erblickte
bei Mises Niederfahrt, da kam sein Blut
in Wallung, so traf ihn die Lieb ins Herz.
Nun weicht er nachts wie tags mir nicht vom Haus, Kind,
weint mir was vor und gibt mir Kosenamen
und will vor lauter Sehnsucht sterben gleich.
Nun, Metriche, mein Kind, dies Fehltrittchen,
dies eine, tu der Göttin zu Gefallen.
Schick dich darein, damit das Alter nicht
mit bösem Blick dich unversehens anschaut.

Καὶ δοιὰ πρήξεις· ἡδέως ζήσεις καὶ πρὸς
δοθήσεταί τι μέζον ἢ δοκεῖς. Σκέψαι,
πείσθητί μευ· φιλέω σε, ναὶ μὰ τὰς Μοίρας.
Μ. *Γυλλί, τὰ λευκὰ τῶν τριχῶν ἀπαμβλύνει*
τὸν νοῦν· μὰ τὴν γὰρ Μάνδριος κατάπλωσιν
καὶ τὴν φίλην Δήμητρα, ταῦτ' ἐγὼ 'ξ ἄλλης
γυναικὸς οὐκ ἂν ἡδέως ἐπήκουσα,
χωλὴν δ' ἀείδειν χώλ' ἂν ἐξεπαίδευσα
καὶ τῆς θύρης τὸν οὐδὸν ἐχθρὸν ἡγεῖσθαι.
Σὺ δ' αὖτις ἔς με μηδὲ ἕνα, φίλη, τοῖον
φέρουσα χώρει μῦθον, ὃν δὲ γρήαισι
πρέπει γυναιξί, ταῖς νέαις ἀπάγγελλε·
τὴν Πυθέω δὲ Μητρίχην ἔα θάλπειν
τὸν δίφρον· οὐ γὰρ ἐνγελᾷ τις εἰς Μάνδριν.
Ἀλλ' οὐχὶ τούτων, φασί, τῶν λόγων Γυλλὶς
δεῖται. Θρέισσα, τὴν μελαινίδ' ἔκτριψον
κἠκτημόρους τρεῖς ἐγχέασα τοῦ ἀκρήτου
καὶ ὕδωρ ἐπιστάξασα δὸς πιεῖν ἁδρῷ.
Θ. *Τῆ, Γυλλί, πῖθι.*
Γ. *Δεῖξον· οὐ παραλλάσσειν*
πείσουσά σ' ἦλθον, ἀλλ' ἔκητι τῶν ἱρῶν.
Μ. *Ὧν οὕνεκέν μοι, Γυλλί, ὤναο Γρύλλου.*
Γ. *Ὅς σεῦ γένοιτο· μᾶ τέκνον, ποτοῦ καλοῦ.*
Ἡδύς γε, ναὶ Δήμητρα· Μητρίχης οἴνου
ἥδιον' οἶνον Γυλλὶς οὐ πέπωκέν κω.

Und dein Gewinn wird doppelt sein: ein Leben
voll süßer Lust, und – du wirst mehr bekommen,
als du dir träumst. Überleg dir's! Hör auf mich!
Ich mein es gut mit dir, ja, bei den Moiren!

M. *Hör, Gyllis: »Weiße Haare, schwacher Kopf.«*
Fürwahr, bei Mandris' Rückkehr und der lieben
Demeter, wenn ein andres Weib mir das
gesagt, hätt ich so sanft nicht zugehört.
Ich hätte sie gelehrt, mit lahmen Knochen
ihr lahmes Lied zu singen und die Schwelle
von meiner Tür als Feindin zu betrachten.
Du aber, Beste, komm nie wieder zu mir
mit solcher Rede. Geschwätz, wie's alten Weibern
ansteht, bring bei den jungen Dingern an;
doch Pythes' Tochter Metriche laß ruhig
den Sessel wärmen. Niemand soll den Mandris
verlachen. Doch, wie man zu sagen pflegt,
nicht solche Worte tun der Gyllis not.
Threïssa, reib den Muschelkrug aus und gieß
drei Sechstel ungemischten ein, drauf Wasser
noch ein paar Tropfen, und gib ihr ordentlich
zu trinken.

Th. *(bringt den Becher)*
Da, Gyllis, trink!

G. *Zeig her! (Zu Metriche.)*
Ich kam ja
nicht, um auf Abwege dich zu bringen, sondern
nur wegen des Fests.

M. *Drum hast du mir auch, Gyllis,*
an Gryllos eine Eroberung gemacht.

G. *Wär er's für* dich *doch! – Ah, Kind, ein feiner Trunk!*
Süß ist er, bei Demeter! Süßeren Wein
als den Wein der Metriche trank Gyllis nie.

Σὺ δ' εὐτύχει μοι, τέκνον, ἀσφαλίζουσα
σαυτήν – ἐμοὶ δὲ Μυρτάλη τε καὶ Σίμη
νέαι μένοιεν, ἔστ' ἂν ἐνπνέῃ Γυλλίς.

ΜΟΣΧΟΣ

Ἔρως δραπέτης

Ἁ Κύπρις τὸν Ἔρωτα τὸν υἱέα μακρὸν ἐβώστρει·
'Ὅστις ἐνὶ τριόδοισι πλανώμενον εἶδεν Ἔρωτα,
δραπετίδας ἐμός ἐστιν, ὁ μανύσας γέρας ἕξει·
μισθόν τοι τὸ φίλαμα τὸ Κύπριδος, ἢν δ' ἀγάγῃ νιν,
οὐ γυμνὸν τὸ φίλαμα, τὺ δ' ὦ ξένε καὶ πλέον ἕξεις.
Ἔστι δ' ὁ παῖς περίσαμος· ἐν εἴκοσι πᾶσι μάθοις νιν.
Χρῶτα μὲν οὐ λευκός, πυρὶ δ' εἴκελος· ὄμματα δ' αὐτῶι
δριμύλα καὶ φλογόεντα· κακαὶ φρένες, ἁδὺ λάλημα·
οὐ γὰρ ἶσον νοέει καὶ φθέγγεται· ὡς μέλι φωνά,
ὡς δὲ χολὰ νόος ἐστίν, ἀνάμερος, ἠπεροπευτάς,
οὐδὲν ἀλαθεύων, δόλιον βρέφος, ἄγρια παίσδων.
Εὐπλόκαμον τὸ κάρανον, ἔχει δ' ἰταμὸν τὸ μέτωπον.
Μικύλα μὲν τήνωι τὰ χερύδρια, μακρὰ δὲ βάλλει,
βάλλει κεἰς Ἀχέροντα καὶ εἰς Ἀίδα βασίλεια.
Γυμνὸς ὅλος τό γε σῶμα, νόος δέ οἱ εὖ πεπύκασται.
Καὶ πτερόεις ὡς ὄρνις ἐφίπταται ἄλλον ἐπ' ἄλλωι,

Doch lebe wohl, Kind, brav in deinen Wänden
geborgen – (sie verabschiedet sich, beiseite)
mir aber bleibe Myrtale
und Sime jung, solange Gyllis atmet!

Otto Crusius – Rudolf Herzog

MOSCHOS

Der Ausreißer

Kypris rief Eros, ihr Söhnchen, so aus:
»Wer hat einen Jungen am Kreuzweg gesehen,
der dort sich herumtrieb? Das ist der meinige,
das ist der Ausreißer, der mir entwischt ist.
Wer Meldung mir erstattet, kriegt etwas Besondres:
von Kypris einen Kuß; doch wer ihn bringt,
nicht nur den Kuß, o nein, mein Lieber;
in diesem Falle kannst du mehr erwarten.
Man findet ihn aus zwanzig Jungen leicht heraus.
Sein Leib ist nicht weiß; er ist wie Feuer.
Die Augen sind scharf und sprühen Flammen.
Sein Herz ist bös, aber süß sein Geplauder;
er denkt ganz anders; die Stimme wie Honig,
doch bitter wie Galle ist seine Gesinnung.
Ein wilder Geselle, ein arger Betrüger,
sagt niemals die Wahrheit, ein listiger Bursche,
der grausam sein Spiel treibt.
Winzig sind die Händchen, aber werfen kann er in die Weite,
werfen bis zu Hades' Schlosse, werfen bis zum Acheron.
Nackt ist er am ganzen Körper; was er denkt, das ist verborgen,
und mit Schwingen wie ein Vogel fliegt er bald zu dem, zu jenem,

ἀνέρας ἠδὲ γυναῖκας, ἐπὶ σπλάγχνοις δὲ κάθηται.
Τόξον ἔχει μάλα βαιόν, ὑπὲρ τόξω δὲ βέλεμνον,
τυτθὸν μὲν τὸ βέλεμνον, ἐς αἰθέρα δ' ἄχρι φορεῖται.
Καὶ χρύσεον περὶ νῶτα φαρέτριον, ἔνδοθι δ' ἐντί
τοὶ πικροὶ κάλαμοι, τοῖς πολλάκι κάμὲ τιτρώσκει.
Πάντα μὲν ἄγρια ταῦτα, πολὺ πλέον ἁ δαὶς αὐτῶι·
βαιὰ λαμπὰς ἐοῖσα τὸν Ἅλιον αὐτὸν ἀναίθει.
Ἢν τύ γ' ἕλῃς τῆνον, δήσας ἄγε μηδ' ἐλεήσῃς.
Κἢν ποτίδῃς κλαίοντα, φυλάσσεο μή σε πλανάσῃ.
Κἢν γελάῃ, τύ νιν ἕλκε, καὶ ἢν ἐθέλῃ σε φιλᾶσαι,
φεῦγε· κακὸν τὸ φίλαμα, τὰ χείλεα φάρμακον ἐντί.
Ἢν δὲ λέγῃ· λάβε ταῦτα, χαρίζομαι ὅσσα μοι ὅπλα,
μὴ τὺ θίγῃς πλάνα δῶρα· τὰ γὰρ πυρὶ πάντα βέβαπται.'

bald zu Männern, bald zu Frauen, sitzt dann nahe ihrem Herzen.
Einen kleinen Bogen hat er, von dem Bogen schnellt er Pfeile.
Klein ist das Geschoß, doch fliegt es weit hinaus bis in den Äther.
Hinten auf dem Rücken trägt er einen Köcher ganz von Golde;
drin sind seine scharfen Waffen, die gar oft auch mich verwunden.
Alles wilde, schlimme Dinge, mehr noch ist es seine Fackel –
diese kleine, kleine Fackel setzt selbst Helios in Flammen.
Packst du ihn, feßle ihn ohne Erbarmen.
Siehst du ihn weinen, laß dich nicht täuschen.
Lacht er, so schlepp ihn mit! Laß dich nicht küssen!
Sein Kuß ist schlimm, auf seinen Lippen Gift.
Sagt er: ›Nimm hin, ich schenk dir meine Waffen‹,
berühr sie nicht; getaucht sind sie in Feuer.«

ΒΙΩΝ

Ἕσπερε, τᾶς ἐρατᾶς χρύσεον φάος Ἀφρογενείας,
Ἕσπερε κυανέας ἱερὸν φίλε Νυκτὸς ἄγαλμα,
τόσσον ἀφαυρότερος μήνας, ὅσον ἔξοχος ἄστρων,
χαῖρε φίλος, καί μοι ποτὶ ποιμένα κῶμον ἄγοντι
ἀντὶ σελαναίας τὺ δίδου φάος, ὥνεκα τήνα
σάμερον ἀρχομένα τάχιον δύεν. Οὐκ ἐπὶ φωράν
ἔρχομαι, οὐδ' ἵνα νυκτὸς ὁδοιπορέοντας ἐνοχλέω·
ἀλλ' ἐράω· καλόν τοι ἐρασσαμένωι συναρέσθαι.

Ἀδώνιδος ἐπιτάφιος

Αἰάζω τὸν Ἄδωνιν 'ἀπώλετο καλὸς Ἄδωνις.'
'Ὤλετο καλὸς Ἄδωνις' ἐπαιάζουσιν Ἔρωτες.

Μηκέτι πορφυρέοις ἐνὶ φάρεσι Κύπρι κάθευδε·
ἔγρεο δειλαία, κυανόστολα καὶ πλατάγησον
στήθεα καὶ λέγε πᾶσιν 'ἀπώλετο καλὸς Ἄδωνις.'
Αἰάζω τὸν Ἄδωνιν· ἐπαιάζουσιν Ἔρωτες.

Κεῖται καλὸς Ἄδωνις ἐν ὤρεσι μηρὸν ὀδόντι,
λευκῶι λευκὸν ὀδόντι τυπείς, καὶ Κύπριν ἀνιῆι
λεπτὸν ἀποψύχων, τὸ δέ οἱ μέλαν εἴβεται αἷμα
χιονέας κατὰ σαρκός, ὑπ' ὀφρύσι δ' ὄμματα ναρκῆι,

BION

Abendstern, sei mir gegrüßt, du Lieber,
goldnes Licht der holden Aphrodite,
heil'ger Schmuck der dunkelblauen Nacht,
mondhell nicht, doch heller als die Sterne.
Will dem Hirten just ein Ständchen bringen,
und Selene geht heut schneller unter,
denn sie steht am Anfang ihres Laufes.
Darum spende du mir Licht statt ihrer;
geh ja nicht auf Diebstahl aus und will auch
keine Wanderer des Nachts belästgen;
nein, ich liebe! Solchen mußt du helfen.

Adonis

Ich klag um Adonis: »Adonis ist tot,
Adonis, der holde Knabe.«
»Adonis ist tot, der holde Knab«,
klagen mit mir die Eroten.

Schläfst du noch, Kypris, auf purpurnem Pfühl?
Wach auf, nimm Trauerflöre,
schlage die Brüste, sag es dem All,
tot ist Adonis, der holde.
Ich klag um Adonis; »Adonis ist tot«,
klagen mit mir die Eroten.

Der holde Adonis liegt droben im Wald,
zerfleischt sind seine Weichen,
die weißen, von weißem Eberzahn;
nun liegt er da, verscheidend,
zu Kypris' Kummer. Den Schnee der Haut
das schwarze Blut berieselt,

καὶ τὸ ῥόδον φεύγει τῶ χείλεος, ἀμφὶ δὲ τήνωι
θνάισκει καὶ τὸ φίλημα, τὸ μήποτε Κύπρις ἀποίσει.
Κύπριδι μὲν τὸ φίλημα καὶ οὐ ζώοντος ἀρέσκει,
ἀλλ' οὐκ οἶδεν Ἄδωνις ὅ μιν θνάισκοντα φίλησεν.
Αἰάζω τὸν Ἄδωνιν· ἐπαιάζουσιν Ἔρωτες.

Ἄγριον ἄγριον ἕλκος ἔχει κατὰ μηρὸν Ἄδωνις,
μεῖζον δ' ἁ Κυθέρεια φέρει ποτικάρδιον ἕλκος.
Τῆνον μὲν περὶ παῖδα φίλοι κύνες ὠδύραντο,
καὶ Νύμφαι κλαίουσιν ὀρειάδες, ἁ δ' Ἀφροδίτα
λυσαμένα πλοκαμῖδας ἀνὰ δρυμὼς ἀλάληται
πενθαλέα νήπλεκτος ἀσάνδαλος, αἱ δὲ βάτοι νιν
ἐρχομέναν κείροντι καὶ ἱερὸν αἷμα δρέπονται,
ὀξὺ δὲ κωκύουσα δι' ἄγκεα μακρὰ φορεῖται
Ἀσσύριον βοόωσα πόσιν καὶ παῖδα καλεῦσα.
Ἀμφὶ δέ μιν μέλαν αἷμα παρ' ὀμφαλὸν ἀιωρεῖτο,
στήθεα δ' ἐκ μηρῶν φοινίσσετο, τοὶ δ' ὑπὸ μαζοί
χιόνεοι τὸ πάροιθεν Ἀδώνιδι πορφύροντο.
'Αἰαῖ τὰν Κυθέρειαν' ἐπαιάζουσιν Ἔρωτες.

unter den Brauen der Blick erstarrt,
es welken der Lippen Rosen,
und mit den Rosen welkt der Kuß,
nie mehr findet ihn Kypris.
Ist auch süß ihr der tote Kuß,
der Sterbende fühlt kein Küssen.
Ich klag um Adonis; »Adonis ist tot«,
klagen mit mir die Eroten.

Es ist so tief die Wunde, so tief,
die Adonis trägt am Schenkel;
doch ach, viel tiefere Wunden trägt
Kytheres Herrin im Herzen.
Es hob um ihn laut Trauergeheul
der treuen Hunde Meute.
Es weinen des Berges Nymphen um ihn:
Kypris mit offenen Haaren,
in schwarzem Gewand, ohn Schleier und Schuh,
stürmt durch das Waldesdickicht.
Es reißen die Dornen die Eilende wund
und kosten am Götterblute.
Sie fährt mit gellendem Jammergeschrei
über die weiten Halden,
sie ruft den Gatten, den Kinyrassohn,
sie ruft den geliebten Knaben.
Doch der eine schwarze Lache trägt
von Blut auf seinen Lenden.
Rot rinnt es aus ihr auf seine Brust
und weiter über den Busen.
Schneeweiß war Adonis' Busen einst,
jetzt wird er ganz bepurpurt.
»Wehe Kytheres Herrin, weh«,
klagen dazu die Eroten.

Ὤλεσε τὸν καλὸν ἄνδρα, σὺν ὤλεσεν ἱερὸν εἶδος.
Κύπριδι μὲν καλὸν εἶδος, ὅτε ζώεσκεν Ἄδωνις,
κάτθανε δ' ἁ μορφὰ σὺν Ἀδώνιδι, τὰν Κύπριν αἰαῖ
ὤρεα πάντα λέγοντι καὶ αἱ δρύες 'αἲ τὸν Ἄδωνιν',
καὶ ποταμοὶ κλαίοντι τὰ πένθεα τᾶς Ἀφροδίτας,
καὶ παγαὶ τὸν Ἄδωνιν ἐν ὤρεσι δακρύοντι,
ἄνθεα δ' ἐξ ὀδύνας ἐρυθαίνεται, ἁ δὲ Κύθηρα
πάντας ἀνὰ κναμώς, ἀνὰ πᾶν νάπος οἰκτρὸν ἀείδει
'αἰαῖ τὰν Κυθέρειαν, ἀπώλετο καλὸς Ἄδωνις.'
Ἀχὼ δ' ἀντεβόασεν 'ἀπώλετο καλὸς Ἄδωνις.'
Κύπριδος αἰνὸν ἔρωτα τίς οὐκ ἔκλαυσεν ἂν αἰαῖ;

Ὡς ἴδεν, ὡς ἐνόησεν Ἀδώνιδος ἄσχετον ἕλκος,
ὡς ἴδε φοίνιον αἷμα μαραινομένωι περὶ μηρῶι,
πάχεας ἀμπετάσασα κινύρετο 'μεῖνον Ἄδωνι,
δύσποτμε μεῖνον Ἄδωνι, πανύστατον ὥς σε κιχείω,
ὥς σε περιπτύξω καὶ χείλεα χείλεσι μείξω.
Ἔγρεο τυτθὸν Ἄδωνι, τὸ δ' αὖ πύματόν με φίλησον,
τοσσοῦτόν με φίλησον, ὅσον, ζώει τὸ φίλημα,
ἄχρις ἀπὸ ψυχᾶς ἐς ἐμὸν στόμα κεἰς ἐμὸν ἧπαρ

Den holden Buhlen Kypris verlor,
verlor auch die Götterschöne.
Da Adonis lebte, da strahlte ihr Leib;
sein Glanz erlosch mit Adonis.
Weh rufen die Berge, Kypris, weh;
weh rufen die Bäume, Adonis.
Die Bäche beweinen der Kypris Leid,
Adonis die Bronnen des Waldes.
Es bräunet vor Schmerz sich das Laub im Hain,
und über Kytheres Insel
aus jedem Anger, aus jedem Busch
der Ruf des Jammers erschallet:
»Ich klag um Adonis, Adonis ist tot,
Adonis, der holde Knabe.«
Echo hallt wider: »Adonis ist tot,
Adonis, der holde Knabe.«
Wer hätte zu Kypris' Liebesleid
nicht wehe mit gerufen?

Und als sie die schreckliche Wunde sah,
sah an den welkenden Weichen
das Purpurblut, da hob sie den Arm
und wimmerte: »Bleib, Adonis,
bleib, ärmster Adonis; ein letztes Mal
muß ich dich fassen, umarmen.
Lippen auf Lippen ich pressen muß;
nur auf ein kurzes Weilchen
wach auf, Adonis, nur einmal noch
küsse mich, küsse so kurz mich,
wie deines Kusses Leben währt,
nur daß der Hauch deiner Seele
mir in den Mund, mir in das Herz
überströme, die Wollust

πνεῦμα τεὸν ῥεύσηι, τὸ δέ σευ γλυκὺ φίλτρον ἀμέλξω,
ἐκ δὲ πίω τὸν ἔρωτα, φίλημα δὲ τοῦτο φυλάξω
ὡς αὐτὸν τὸν Ἄδωνιν, ἐπεὶ σύ με δύσμορε φεύγεις,
φεύγεις μακρὸν Ἄδωνι καὶ ἔρχεαι εἰς Ἀχέροντα
καὶ στυγνὸν βασιλῆα καὶ ἄγριον, ἁ δὲ τάλαινα
ζώω καὶ θεός ἐμμι καὶ οὐ δύναμαί σε διώκειν.
Λάμβανε Περσεφόνα τὸν ἐμὸν πόσιν, ἐσσὶ γὰρ αὐτά
πολλὸν ἐμεῦ κρέσσων, τὸ δὲ πᾶν καλὸν ἐς σὲ καταρρεῖ.
Εἰμὶ δ' ἐγὼ πανάποτμος, ἔχω δ' ἀκόρεστον ἀνίαν
καὶ κλαίω τὸν Ἄδωνιν, ὅ μοι θάνε, καί σε φοβεῦμαι.
Θνάισκεις ὦ τριπόθητε, πόθος δέ μοι ὡς ὄναρ ἔπτα,
χήρα δ' ἁ Κυθέρεια, κενοὶ δ' ἀνὰ δώματ' Ἔρωτες.
Σοὶ δ' ἅμα κεστὸς ὄλωλε. Τί γὰρ τολμηρὲ κυνάγεις;
Καλὸς ἐὼν τοσσοῦτον ἐμήναο θηρὶ παλαίειν;'
Ὧδ' ὀλοφύρατο Κύπρις, ἐπαιάζουσιν Ἔρωτες,
'αἰαῖ τὰν Κυθέρειαν· ἀπώλετο καλὸς Ἄδωνις.'

Δάκρυον ἁ Παφία τόσσον χέει, ὅσσον Ἄδωνις
αἷμα χέει· τὰ δὲ πάντα ποτὶ χθονὶ γίνεται ἄνθη.

deines Wesens ich trinken mag,
satt mich saugen an Liebe
und bewahren an deiner Statt
diesen Kuß, Adonis.
Du Unsel'ger gehst ja von mir,
weit weg gehst du, Adonis,
steigst hinunter zum Totenfluß,
zum Fürsten der Finsternisse.
Und ich muß leben und Göttin sein,
kann dir hinab nicht folgen.
Nimm hin, Persephone, meinen Gemahl,
nimm hin, was dir gehöret.
Ich vermag nichts wider deine Gewalt,
und alles Schöne verfällt dir.
Mir bleibt der nimmer zu stillende Schmerz,
bin ganz unselig geworden,
muß weinen, daß mein Adonis schied,
und schaudernd ferne dir bleiben.
Du schiedest, mein wonniger Freund, es schwand
wie ein flüchtiger Traum meine Wonne,
Kypris ist Witwe, müßig stehn
in meinem Palast die Eroten.
Mit dir mein Liebeszauber schwand.
Verwegner, wie durftest du pirschen?
Du feiner Knabe, wie kamst du dazu,
tollkühn zu bestehen den Keiler?«
So klagte Kypris. »Adonis ist tot,
Adonis, der holde Knabe;
wehe Kytheres Herrin, weh«,
klagen dazu die Eroten.

Und soviel Blut Adonis vergießt,
vergießet Kypris Zähren.

Αἷμα ῥόδον τίκτει, τὰ δὲ δάκρυα τὰν ἀνεμώναν.
Αἰάζω τὸν Ἄδωνιν, ἀπώλετο καλὸς Ἄδωνις.
Μηκέτ' ἐνὶ δρυμοῖσι τὸν ἀνέρα μύρεο Κύπρι·
οὐκ ἀγαθὰ στιβάς ἐστιν Ἀδώνιδι φυλλὰς ἐρήμα·
λέκτρον ἔχοι Κυθέρεια τὸ σὸν νῦν νεκρὸς Ἄδωνις,
καὶ νέκυς ὢν καλός ἐστι, καλὸς νέκυς, οἷα καθεύδων.
Κάτθεό νιν μαλακοῖς ἐνὶ φάρεσιν οἷς ἐνίαυεν,
οἷς μετὰ τεῦς ἀνὰ νύκτα τὸν ἱερὸν ὕπνον ἐμόχθει
παγχρυσέωι κλιντῆρι· ποθεῖ καὶ στυγνὸν Ἄδωνιν.
Βάλλε δέ νιν στεφάνοισι καὶ ἄνθεσι. Πάντα σὺν αὐτῶι.
Ὡς τήνος τέθνακε καὶ ἄνθεα πάντα μαράνθη.
Ῥαῖνε δέ νιν Συρίοισιν ἀλείφασι, ῥαῖνε μύροισιν.
Ὀλλύσθω μύρα πάντα, τὸ σὸν μύρον ὤλετ' Ἄδωνις.

Κέκλιται ἁβρὸς Ἄδωνις ἐν εἵμασι πορφυρέοισιν,
ἀμφὶ δέ νιν κλαίοντες ἀναστενάχουσιν Ἔρωτες
κειράμενοι χαίτας ἐπ' Ἀδώνιδι. Χὢ μὲν ὀιστώς,

Und Blumen entsprießen, Rosen dem Blut,
den Zähren Anemonen.
Ich klag um Adonis. »Adonis ist tot,
Adonis, der holde Knabe.«
Nun klag um den holden Buhlen dein
nicht mehr im Bergwald, Kypris.
Schlecht schickt sich des öden Waldes Streu
als Polster für Adonis.
Es fordert, Kypris, dein Bette jetzt
Adonis sich im Tode.
Er ist im Tode so schön, so hold,
er liegt, als ob er schliefe.
So bett ihn wieder auf weichem Pfühl,
wo er so oft geschlummert,
wo er in deinen Armen errang
die Weihe der Liebesnächte.
Die güldene Lade nimmt gern ihn auf,
den entseelten, entstellten Adonis.
Streu Blumen darauf, schling Kränze darum –
die sind schon bei Adonis,
denn als Adonis gestorben war,
verdorrten die Blümlein alle.
Bring Nardenduft und Spezerein –
fort Spezerein und Narden,
der einzige Duft, der Wonne dir war,
der ist erstorben, Adonis.
»Wehe Kytheres Herrin, weh«,
klagen dazu die Eroten.

Nun liegt auf üppigem Purpurpfühl
wieder Adonis gebettet.
Geschornen Hauptes, mit Trauergestöhn
rings die Eroten weinen.

ὃς δ' ἐπὶ τόξον ἔβαλλεν, ὃ δὲ πτερόν, ὃς δὲ φαρέτραν.
Χὢ μὲν ἔλυσε πέδιλον Ἀδώνιδος, οἳ δὲ λέβητι
χρυσείωι φορέοισιν ὕδωρ, ὃ δὲ μηρία λούει,
ὃς δ' ὄπιθεν πτερύγεσσιν ἀναψύχει τὸν Ἄδωνιν.
Ἀἰαῖ τὰν Κυθέρειαν' ἐπαιάζουσιν Ἔρωτες.

Ἔσβεσε λαμπάδα πᾶσαν ἐπὶ φλιαῖς Ὑμέναιος
καὶ στέφος ἐξεπέτασσε γαμήλιον, οὐκέτι δ' ὑμήν,
ὑμὴν οὐκέτ' ἄειδεν ἑὸν μέλος, ἀλλ' ἐπαείδει
'αἰαῖ' καὶ 'τὸν Ἄδωνιν' ἔτι πλέον ἢ ὑμέναιον.
Αἱ Χάριτες κλαίοντι τὸν υἱέα τὸν Κινύραο
'ὤλετο καλὸς Ἄδωνις' ἐν ἀλλάλαισι λέγοισαι,
'αἰαῖ', δ' ὀξὺ λέγοντι πολὺ πλέον ἢ παιῶνα.
Καὶ Μοῖραι τὸν Ἄδωνιν ἀνακλαίοισιν ἐν Ἅιδα,
καί νιν ἐπαείδουσιν, ὃ δέ σφισιν οὐχ ὑπακούει·
οὐ μὰν οὐκ ἐθέλει, Κώρα δέ νιν οὐκ ἀπολύει.

Λῆγε γόων Κυθέρεια τὸ σήμερον, ἴσχεο κομμῶν,
δεῖ σε πάλιν κλαῦσαι, πάλιν εἰς ἔτος ἄλλο δακρῦσαι.

Sie wollten ihm alle ein Grabgeschenk
gern auf die Bahre legen,
hier einen Bogen, dort einen Pfeil,
ein Federchen, einen Köcher.
Und einer hat von Adonis' Fuß
geschäftig gelöst die Sandale;
dort schleppen zwei in güldenem Krug
Wasser, die Wunde zu waschen;
jener wäscht sie; der letzte steht
hinten zu Bettes Häupten,
möchte mit fächelndem Flügelschlag
kühlend Adonis beleben.
»Wehe Kytheres Herrin, weh«,
klagen dazu die Eroten.

Hymenaios verstreut den Hochzeitskranz,
singt nicht mehr: »Hymen, Hymen«,
er schlägt an der Schwelle die Fackel aus,
singt nur noch: »Weh Adonis.«
Die Chariten weinen um Kinyras' Sohn
und singen im Dreivereine:
»Adonis ist tot«, und singen so hell,
wie nie den Päan sie sangen.
Die Schicksalsfrauen im Hades selbst
sprechen gerührt für Adonis'
Erweckungszauber. Er hört sie nicht;
gern zwar würd er gehorchen,
aber die Totenfürstin verbeut's,
läßt nicht los ihre Beute.

Genug nun, Kypris, für dieses Jahr,
genug der Klagen und Tränen,
denn übers Jahr, da geht es wie heut,
mußt wieder stöhnen und weinen. *Ulrich von Wilamowitz*

ΜΕΛΕΑΓΡΟΣ

Εὕδεις, Ζηνοφίλα, τρυφερὸν θάλος· εἴθ' ἐπὶ σοὶ νῦν
ἄπτερος εἰσῄειν ὕπνος ἐπὶ βλεφάροις,
ὡς ἐπὶ σοὶ μηδ' οὗτος, ὁ καὶ Διὸς ὄμματα θέλγων,
φοιτήσαι, κάτεχον δ' αὐτὸς ἐγώ σε μόνος.

Ἄγγειλον τάδε, Δορκάς· ἰδού, πάλι δεύτερον αὐτῇ
καὶ τρίτον ἄγγειλον, Δορκάς, ἅπαντα· τρέχε.
Μηκέτι μέλλε, πέτου· βραχύ μοι, βραχύ, Δορκάς, ἐπίσχες.
Δορκάς, ποῖ σπεύδεις, πρίν σε τὰ πάντα μαθεῖν;
Πρόσθες δ' οἷς εἴρηκα πάλαι – μᾶλλον δ' ἔτι ληρῶ;
Μηδὲν ὅλως εἴπῃς – ἀλλ' ὅτι – πάντα λέγε·
μὴ φείδου τάδ' ἅπαντα λέγειν – καίτοι τί σέ, Δορκάς,
ἐκπέμπω, σὺν σοὶ καὐτός, ἰδού, προάγων;

Ἐν σοὶ τἀμὰ Μυίσκε, βίου πρυμνήσι' ἀνῆπται·
ἐν σοὶ καὶ ψυχῆς πνεῦμα τὸ λειφθὲν ἔτι.
Ναὶ γὰρ δὴ τὰ σά, κοῦρε, τὰ καὶ κωφοῖσι λαλεῦντα
ὄμματα, καὶ μὰ τὸ σὸν φαιδρὸν ἐπισκύνιον,
ἤν μοι συννεφὲς ὄμμα βάλῃς ποτέ, χεῖμα δέδορκα·
ἢν δ' ἱλαρὸν βλέψῃς, ἡδὺ τέθηλεν ἔαρ.

MELEAGROS

Du schläfst – o sänk ich jetzt auf dich hernieder
leicht wie ein Hauch,
darf doch des Schlafes Flügel deine Lider
berühren auch.

Und schließt er selbst dem Zeus die Augen zu
und wiegt ihn ein,
dir bleib er fern – ich hüte deine Ruh,
ich ganz allein.

August Oehler

»Dorkas, melde ihr das; hör, sag es ihr wieder und wieder;
dreimal präg es ihr ein, Dorkas – und alles! Nun lauf!
Halt dich nicht auf und fliege – nein, warte doch, Dorkas, ein Weilchen!
Dorkas, so hör doch! Wohin, ehe du alles gehört?
Setze zu dem, was ich vorhin gesagt – was schwatz ich noch immer?
Sag überhaupt nichts, nur – nein, sage alles genau!
Spare kein einziges Wörtchen – jedoch, was schick ich dich, Dorkas,
wo ich doch, weißt du, gleich mit dir selber hingeh!«

Bei dir, Myiskos, liegt mein Schiff vor Anker.
In dir nur lebe ich und atm' ich noch.
Bei deinen Augen, die so lebhaft sprechen,
daß auch, wer taub ist, sie verstehen kann;
bei deiner klaren Stirn, du lieber Jüngling:
wenn sich dein Aug umwölkt, ist bei mir Winter;
wenn froh du blickst, dann lächelt mir der Lenz.

CATULLUS

Ille mi par esse deo videtur,
ille, si fas est, superare divos,
qui sedens adversus identidem te
spectat et audit

dulce ridentem, misero quod omnis
eripit sensus mihi: nam simul te,
Lesbia, aspexi, nihil est super mi
...

lingua sed torpet, tenuis sub artus
flamma demanat, sonitu suopte
tintinant aures, gemina teguntur
lumina nocte.

Otium, Catulle, tibi molestum est:
otio exultas nimiumque gestis.
Otium et reges prius et beatas
perdidit urbes.

Passer, deliciae meae puellae,
quicum ludere, quem in sinu tenere,
cui primum digitum dare adpetenti
et acris solet incitare morsus,
cum desiderio meo nitenti

CATULL

Selig[1] wie ein himmlischer Gott erscheint mir,
wär's erlaubt, noch über den Göttern selig,
wer, vor dir hinsitzend, dich immer, immer
schauet und anhört,

wie so süß du lachst, was um alle Sinne
jählings bringt mich Armen; ja wenn ein Blick nur
dir begegnet, Lesbia, stockt der Atem
tief in der Brust mir;

und die Zung erlahmt, mein Gebein durchrieselt
abwärts flüchtges Feuer, vom eignen Klange
gellt der Ohren Paar, und es deckt die Augen
nächtiges Dunkel.

Still, Catullus! Muße bekommt dir übel,
Muße macht dich üppig und gar begehrlich.
Muße war's, die Kön'ge zu Boden stürzt' und
blühende Städte.

Otto Ribbeck

Auf Lesbias Sperling

Sperling du, meines Mädchens Lust, zum Spielen
und am Busen zu hegen ihr so teuer,
dem sie öfters die Fingerspitze hinhält
und zum Beißen ihn reizt, sobald er herstürmt!
Wenn mein reizendes Lieb bei Spiel und Scherzen

1 Vgl. Sappho S. 45.

carum nescioquid libet iocari
ut solaciolum sui doloris –
credo, tum gravis acquiescet ardor:
tecum ludere sicut ipsa possem
et tristis animi levare curas!

Vivamus, mea Lesbia, atque amemus
rumoresque senum severiorum
omnes unius aestimemus assis!
Soles occidere et redire possunt:
Nobis cum semel occidit brevis lux,
nox est perpetua una dormienda.
Da mi basia mille, deinde centum,
dein mille altera, dein secunda centum,
deinde usque altera mille, deinde centum.
Dein, cum milia multa fecerimus,
conturbabimus illa, ne sciamus
aut ne quis malus invidere possit,
cum tantum sciat esse basiorum.

Quaeris, quot mihi basiationes
tuae, Lesbia, sint satis superque.
Quam magnus numerus Libyssae arenae
lasarpiciferis iacet Cyrenis,
oraclum Iovis inter aestuosi
et Batti veteris sacrum sepulcrum,
aut quam sidera multa, cum tacet nox,
furtivos hominum vident amores:

manchmal so sich ergeht, die Zeit vertändelt,
nur ein wenig ihr Weh damit zu scheuchen,
und vielleicht dann die innre Glut sich mindert:
könnt ich selber wie sie dann mit dir spielen,
so vom Herzen die schwere Last mir wälzen!

Paul Lewinsohn

Laß uns leben, laß uns lieben,
und die Reden der bedachten
alten Herrn, wir wollen, Liebchen,
sie aufs gründlichste verachten.
Unsre Tage fliehn, und folgt auch
stets der Nacht die Morgensonne,
aus dem Todesschlaf erweckt uns
nichts zu neuer Liebeswonne.
Tausend Küsse drum, dann hundert –
weitre tausend, weitre hundert –
nochmals tausend, nochmals hundert –,
daß nach vielen tausend Küssen
jene Alten, die uns alles
nachgerechnet, ganz verwundert
ob der Küsse Zahl, das Zählen
und das Neiden lassen müssen.

Rudolf Westphal

Du fragst, wie viele deiner Küsse
genügen, um mich satt zu machen?
So viele Körner libyschen Sandes
das Silphionland Cyrene bedecken
zwischen Ammons Orakel, dem sonnendurchgluteten,
und des Ahnherrn Battus heiligem Grabe;
so viele Sterne in schweigender Nacht
der Menschen verstohlene Liebe schauen,

tam te basia multa basiare
vesano satis et super Catullo est,
quae nec pernumerare curiosi
possint nec mala fascinare lingua.

Lugete, o Veneres Cupidinesque
et quantum est hominum venustiorum!
Passer mortuus est meae puellae,
passer, deliciae meae puellae,
quem plus illa oculis suis amabat:
nam mellitus erat suamque norat
ipsam tam bene, quam puella matrem,
nec sese a gremio illius movebat,
sed circumsiliens modo huc, modo illuc
ad solam dominam usque pipiabat.
Qui nunc it per iter tenebricosum
illuc, unde negant redire quemquam.
At vobis male sit, malae tenebrae
Orci, quae omnia bella devoratis:
tam bellum mihi passerem abstulistis.
O factum male! O miselle passer!
Tua nunc opera meae puellae
flendo turgiduli rubent ocelli.

Iocundum, mea vita, mihi proponis amorem
hunc nostrum inter nos perpetuumque fore. –
Di magni, facite, ut vere promittere possit
atque id sincere dicat et ex animo,
ut liceat nobis tota perducere vita
aeternum hoc sanctae foedus amicitiae.

so vieler Küsse bedarf Catullus,
um seinen rasenden Durst zu stillen,
daß scheele Augen sie weder zählen
noch Lästerzungen berufen können.

Weint, ihr Götter und Göttin du der Liebe
und ihr liebeerfüllten Seelen alle!
Tot, ach tot ist der Sperling meines Mädchens,
hin der Kleine, die Freude ihres Herzens,
den sie heißer als ihre Augen liebte.
Goldig war er und süß und kannte seine
Frau so gut wie das Kind die eigne Mutter,
und er trennte sich nie von ihrem Schoße,
sondern hüpfte umher, bald hier-, bald dorthin,
sah allein auf die Herrin stets und piepte.
Jetzt nun wandelt er durch des Weges Dunkel
hin, von wo, wie es heißt, kein Wandrer heimkehrt.
Fluch euch, finstere unterirdische Mächte,
böse, die ihr verschlingt, was schön und lieblich;
solch ein niedliches Tierchen umzubringen!
Welche Untat! Der arme kleine Vogel!
Deinetwegen sind meines Mädchens Augen
angeschwollen und rot vom vielen Weinen!

Herrliche Tage, mein Leben, verheißest du unserer Liebe:
endlose Wonne und Glück, das sich tagtäglich erneut.
Götter, gewaltige, gebt, daß sie halten kann, was sie versprochen,
daß sie es ehrlich meint, es aus dem Herzen ihr kommt.
Sei uns vergönnt, den Bund geheiligter Liebe zu wahren
unverbrüchlich und fest bis in die Stunde des Tods!

Annales Volusi, cacata carta,
votum solvite pro mea puella:
nam sanctae Veneri Cupidinique
vovit, si sibi restitutus essem
desissemque truces vibrare iambos,
electissima pessimi poetae
scripta tardipedi deo daturam
infelicibus ustilanda lignis,
et hoc pessima se puella vidit
iocose lepide vovere divis.
Nunc, o caeruleo creata ponto,
quae sanctum Idalium Uriosque apertos
quaeque Ancona Gnidumque arundinosam
colis quaeque Amathunta quaeque Golgos
quaeque Durrachium, Hadriae tabernam,
acceptum face redditumque votum,
si non illepidum neque invenustum est!
At vos interea venite in ignem,
pleni ruris et inficetiarum
Annales Volusi, cacata carta!

Quintia formosa est multis, mihi candida, longa,
recta est. Haec ego sic singula confiteor,
totum illud 'formosa' nego: nam nulla venustas,
nulla in tam magno est corpore mica salis.

Ihr belämmertes Zeug, Volusius' Werke,
löst doch meines Mädchens Gelübde ein!
Venus, der heiligen, und Cupido schwor sie,
wenn ich versöhnt ihr wiedergegeben wäre,
nicht mehr meine trutzigen Jamben schleudre,
werde des schlechtesten Dichters erlesenstes Schundzeug
sie dem hinkenden Flammengotte opfern,
daß es in götterverfluchten Scheiten schwele.
Dabei wußte das Satansmädchen klärlich,
daß sie voll List und Schalkheit ihren Schwur tat.

Du dem blauen Meeresspiegel Entstiegne,
die das heilige Idalium du bewohnest,
Cnidus, das schilfumflüsterte, und Ancona,
Paphos', Amathunts, Durrachiums Göttin,
aller Adriaschiffer gesuchter Kneipe –
nimm für eingelöst des Mädchens Gelübde,
falls es nicht gar zu unschön scheint und lieblos:
also schwirret heran zum Werk der Flammen,
Albernheiten und blöder, läppischer Plunder,
ihr belämmertes Zeug, Volusius' Werke!

Paul Mahn

Quintia halten die Leute für schön.
Für mich ist sie nur
eine blendende Erscheinung,
hochgeschossen, gradegewachsen.
Das geb ich gerne zu.
Aber schön als Ganzes?
Nein.
Keine Grazie, keine Spur von Charme;
nur ein gewaltiger Körper.
Da lob ich mir Lesbia.

Lesbia formosa est, quae cum pulcerrima tota est,
tum omnibus una omnis subripuit veneres.

Caeli, Lesbia nostra, Lesbia illa,
illa Lesbia, quam Catullus unam
plus quam se atque suos amavit omnes:
nunc in quadriviis et angiportis
glubit magnanimi Remi nepotes.

Furi et Aureli, comites Catulli,
sive in extremos penetrabit Indos,
litus ut longe resonante Eoa
tunditur unda,

sive in Hyrcanos Arabasve molles
seu Sagas sagittiferosve Parthos,
sive quae septemgeminus colorat
aequora Nilus,

sive trans altas gradietur Alpes,
Caesaris visens monimenta magni,
Gallicum Rhenum, horribile aequor ulti-
mosque Britannos,

omnia haec, quaecumque feret voluntas
caelitum, temptare simul parati:
pauca nuntiate meae puellae
non bona dicta:

Die ist vollendet schön
und hat außerdem alle Reize
von aller Welt
auf sich gezogen.

Meine Lesbia, Cälius! Lesbia, Lesbia!
Die Catullus allein geliebt auf Erden,
mehr als sich und die Seinen alle, alle!
An Kreuzwegen, in schmutzigen Seitengäßchen
rupft sie die hochgeborene Römerjugend!

Walter Amelung

Furius und Aurel, des Catull Gefährten,
mag er ziehn zu Indiens fernsten Grenzen,
wo weithin erbrausende Brandung peitscht das
östliche Ufer,

mag zu weichen Arabern, zu Hyrkanern,
mag zu Saken, köcherbehangenen Parthern,
mag er südwärts ziehn, wo der Nil in sieben
Armen die See färbt,

mag er schreiten über die hohen Alpen,
Cäsars Siegesmale zu schaun, des großen,
Galliens Rhein, das grausige Meer, der Briten
äußerste Grenzmark –

alles dies, wie göttlicher Ratschluß auch es
fügt, gewillt, mit mir zu befahren, Freunde,
meldet meinem Mädchen ein paar nur – oh, nicht
freundliche Worte:

Cum suis vivat valeatque moechis,
quos simul conplexa tenet trecentos,
nullum amans vere, sed identidem omnium
ilia rumpens;

nec meum respectet, ut ante, amorem,
qui illius culpa cecidit velut prati
ultimi flos, praetereunte postquam
tactus aratro est.

Miser Catulle, desinas ineptire,
et quod vides perisse, perditum ducas.
Fulsere quondam candidi tibi soles,
cum ventitabas, quo puella ducebat
amata nobis, quantum amabitur nulla!
Ibi illa multa cum iocosa fiebant,
quae tu volebas nec puella nolebat,
fulsere vere candidi tibi soles.
Nunc iam illa non vult: tu quoque, inpote[ns, noli]
nec, quae fugit, sectare nec miser vive,
sed obstinata mente perfer, obdura.
Vale, puella. Iam Catullus obdurat
nec te requiret nec rogabit invitam.
At tu dolebis, cum rogaberis nulla.
Scelesta, vae te! Quae tibi manet vita?
Quis nunc te adibit? Cui videberis bella?
Quem nunc amabis? Cuius esse diceris?
Quem basiabis? Cui labella mordebis?
At tu, Catulle, destinatus obdura.

Pack sie sich und lebe mit ihren Buhlen,
deren sie dreihundert zugleich im Arm hält,
keinen wahrhaft liebend und allen nur die
Lenden zerrüttend!

Nie mehr denk wie früher sie meiner Liebe,
die durch ihr Verschulden dahinsank, welkend
wie am Wiesensaume die Blume, wenn sie
streifte die Pflugschar.

Otto Weinreich

Armer Catull, laß ab von deinem Narrenwahn!
Was du verloren siehst, das laß verloren sein!
Ja, einstens strahlten helle Sonnentage dir,
als du zum Stelldichein nach Liebchens Lockung gingst,
das du geliebt, wie keine je mehr wird geliebt.
Oh, gab's da Minnespiele süßer Seligkeit,
die du *gewollt und die* sie *gern geschehen ließ:*
da strahlten wahrlich helle Sonnentage dir. –
Nun sträubt sie sich; tu's ebenso und sei nicht schwach,
laß fahren, die dich flieht, und mach dich elend nicht!
Entschloßnen Sinnes harre aus und sei ein Mann!
Leb wohl, mein Mädchen! Ja, Catullus ist *ein Mann.*
Er sucht dich nimmer, fragt nach dir, du Spröde, nicht;
doch leid wird es dir tun, fragt niemand mehr nach dir.
Weh dir, Ruchlose, welch ein Leben droht dir nun!
Wer kommt zu dir hinfort? Wem scheinst du hold und schön?
Wen liebst du dann? Und wer nennt seine Schönste dich?
Wen küßt du dann? Wem beißest du die Lippen wund?…
Doch du, Catullus, bleibe fest und sei ein Mann!

Mauriz Schuster

Lesbia mi dicit semper male nec tacet umquam
de me: Lesbia me dispeream nisi amat.
Quo signo? Quia sunt totidem mea: deprecor illam
assidue, verum dispeream nisi amo.

Odi et amo. Quare id faciam, fortasse requiris.
Nescio, sed fieri sentio et excrucior.

Lesbia mi praesente viro mala plurima dicit:
haec illi fatuo maxima laetitia est.
Mule, nihil sentis. Si nostri oblita taceret,
sana esset; nunc quod gannit et obloquitur,
non solum meminit, sed, quae multo acrior est res,
irata est: hoc est, uritur et loquitur.

Dicebas quondam solum te nosse Catullum,
Lesbia, nec prae me velle tenere Iovem.
Dilexi tum te non tantum, ut vulgus amicam,
sed pater ut gnatos diligit et generos.
Nunc te cognovi: Quare etsi impensius uror,
multo mi tamen es vilior et levior.
'Qui potis est?' inquis. Quod amantem iniuria talis
cogit amare magis, sed bene velle minus.

Nulli se dicit mulier mea nubere malle
quam mihi, non si se Iupiter ipse petat.
Dicit: sed mulier cupido quod dicit amanti,
in vento et rapida scribere oportet aqua.

Lesbia macht mich schlecht und führt mich dauernd im Munde,
doch ich wette darum, daß sie mich immer noch liebt.
Grund? Ich weiß es genau von mir selbst. Ich verwünsche sie ständig,
aber ich wette darum, immer noch liebe ich sie.

Hassen muß ich und lieben zugleich. – Wieso? – Ach, ich weiß nicht.
Aber daß es so ist, fühl ich – und martre mich ab.

Vor ihrem Mann reißt Lesbia mich nach Kräften herunter,
und der alberne Tropf freut sich unbändig darob.
Merkst nichts, du Langohr. Schwieg sie mich tot und hätt mich vergessen,
wäre die Liebe vorbei. Nun, wo sie belfert und keift,
denkt sie nicht bloß an mich, nein, was viel mehr ins Gewicht fällt,
zürnt mir sogar, das heißt, immer noch siedet's in ihr.

Lesbia, sagtest mir einst, für dich gäb es nur den Catullus,
wolltest selbst Jupiter nicht lieber umarmen denn mich.
Damals liebte ich dich, nicht so, wie jeder sein Mädchen,
nein, wie ein Vater sein Kind und was zur Sippe gehört.
Nunmehr weiß ich Bescheid. Ich begehr dich zwar heißer denn jemals,
aber ich acht dich gering, bist mir viel weniger wert.
Sagst: Das begreife ich nicht. Wird ein Liebender derart betrogen,
flammt zwar die Leidenschaft auf, aber die Liebe vergeht.

Keinen wolle sie lieber, so sagt mein Mädchen, zum Manne
haben als mich, und käm Jupiter selber zu ihr.
Sagt es; doch was ein Weib einem schmachtenden Liebhaber vorsagt,
schreib's in den Wind, mein Freund, schreib's in den reißenden Strom!

Si qua recordanti benefacta priora voluptas
est homini, cum se cogitat esse pium
nec sanctam violasse fidem nec foedere nullo
divum ad fallendos numine abusum homines:
multa parata manent in longa aetate, Catulle,
ex hoc ingrato gaudia amore tibi.
Nam quaecumque homines bene cuiquam aut dicere possunt
aut facere, haec a te dictaque factaque sunt:
omnia quae ingratae perierunt credita menti.
Quare cur te iam amplius excrucies?
Quin tu animo offirmas atque istinc teque reducis
et dis invitis desinis esse miser?
Difficile est longum subito deponere amorem;
difficile est, verum hoc, qua lubet, efficias:
una salus haec est, hoc est tibi pervincendum;
hoc facias, sive id non pote sive pote. –
O di, si vestrum est misereri aut si quibus umquam
extremo, iam ipsa in morte, tulistis opem,
me miserum aspicite et, si vitam puriter egi,
eripite hanc pestem perniciemque mihi!
Hei mihi, subrepens imos ut torpor in artus
expulit ex omni pectore laetitias.
Non iam illud quaero, contra me ut diligat illa
aut, quod non potis est, esse pudica velit:
ipse valere opto et taetrum hunc deponere morbum.
O di, reddite mi hoc pro pietate mea!

Wenn es den Menschen mit Wonne erfüllt, an Gutes zu denken,
das er vordem getan, reinen Gemüts sich bewußt,
daß er die Treue nie brach und in keinem Bunde der Götter
himmlische Macht verletzt', Menschen zu schnödem Betrug:
wahrlich dann harren, Catull, gar lange noch reichliche Freuden
deiner und blühn aus dem Grab dankloser Liebe dir zu.
Denn was ein Sterblicher je in Tat und Rede dem andern
Liebes bereiten nur kann, hast du gesagt und getan.
Dies ist alles dahin, an ein treulos Herze verschwendet!
Warum quälst du dich noch, härmst dich in seelischer Pein?
Sprich, was stählst du den Willen dir nicht? Was reißt du nicht los dich?
Wider der Ewigen Schluß willst du ein Elender sein? –
Schwer ist's, plötzlich zu lassen ein langes, ein inniges Lieben,
schwer ist's, aber du mußt! Setze es durch, wie du kannst!
Hier winkt Rettung allein, dies bleibt dir nun durchzukämpfen:
ringe, du mußt, ob du siegst oder im Kampfe erliegst.
Himmlische, ist ein Erbarmen bei euch und habt ihr Bedrängten
selbst in Nöten des Tods gnädig noch Hilfe gebracht,
blickt auf mich Armen herab, und war ohne Fehle mein Wandel,
ach, so nehmet von mir diese verderbliche Pest,
die schon wie Grabesschauer in Mark und Glieder sich einschleicht
und aus dem Busen mir jegliche Freude verscheucht.
Nicht mehr fleh ich darum, daß sie *mein Lieben erwidre,*
nimmer – es kann ja nicht sein! – bitt ich um Keuschheit für sie.
Selbst *nach dem häßlichen Siechtum der Seele Genesung zu finden,*
dies, ihr Götter, nur dies sei meiner Frömmigkeit Sold!

Mauriz Schuster

Nulla potest mulier tantum se dicere amatam
vere, quantum a me Lesbia amata mea est;
nulla fides ullo fuit umquam foedere tanta,
quanta in amore tuo ex parte reperta mea est.

* *
*

Huc est mens deducta tua, mea Lesbia, culpa
atque ita se officio perdidit ipsa suo,
ut iam nec bene velle queat tibi, si optuma fias,
nec desistere amare, omnia si facias.

Si quoi quid cupido optantique optigit umquam
insperanti, hoc est gratum animo proprie.
Quare hoc est gratum nobis quoque, carius auro,
quod te restituis, Lesbia, mi cupido,
restituis cupido atque insperanti, ipsa refers te
nobis: O lucem candidiore nota!
Qui me uno vivit felicior aut magis hac res
optandas vita dicere quis poterit?

Acmen Septimius suos amores
tenens in gremio: 'Mea', inquit, 'Acme,
ni te perdite amo atque amare porro
omnes sum assidue paratus annos,
quantum qui pote plurimum perire,
solus in Libya Indiaque tosta
caesio veniam obvius leoni.'
Hoc ut dixit, Amor, sinistra ut ante,
dextra sternuit approbationem.

Solch wahrer Liebe kann kein Weib sich rühmen,
wie du von mir geliebt wardst, Lesbia.
Mit solcher Treue ward kein Bund gehalten,
wie ich in unsrer Liebe sie bewies.

* *
*

Jetzt ist mein Geist verstört, du *hast's verschuldet,*
er hat sich selbst in deinem Dienst verzehrt.
Würdst du auch gut, ich kann dir nicht mehr gut sein.
Ich muß dich lieben, wärst du noch so schlecht.

Wenn je das Unverhoffte sehnendem Verlangen
beschert ward – Sinne füllt es dir und Herz mit Lust.
Darum beglückt es mich, läßt Schätze mich verachten,
daß, Lesbia, meiner Sehnsucht du dich wiederschenkst –
ach Sehnsucht, die das Hoffen schon verlernt! – und selbst dich
mir bringst. O Tag, der leuchtendsten Erfüllung voll!
Wer lebt, der glücklicher als ich, wer kann verkünden,
was mehr als solch Geschenk ein Dasein wünschen mag?

Paul Mahn

Auf seinem Schoß hielt die geliebte Acme
Septimius. »O meine Acme«, sprach er,
»hab ich dich nicht zum Sterben lieb und denke,
dich immerdar zu lieben, Jahr für Jahr,
wie die nur können, die an Liebe sterben,
so will in Libyen ich, im sonnverbrannten Indien
allein dem katzenäugigen Leu begegnen.«
Sprach's, und als glückhaft Zeichen nieste Amor
zur Rechten wie zur Linken seine Gunst.

At Acme leviter caput reflectens
et dulcis pueri ebrios ocellos
illo purpureo ore saviata
'Sic', inquit, 'mea vita, Septimille,
huic uni domino usque serviamus,
ut multo mihi maior acriorque
ignis mollibus ardet in medullis.'
Hoc ut dixit, Amor, sinistra ut ante,
dextra sternuit approbationem.

Nunc ab auspicio bono profecti
mutuis animis amant amantur.
Unam Septimius misellus Acmen
mavult quam Syrias Britanniasque,
uno in Septimio fidelis Acme
facit delicias libidinisque.
Quis ullos homines beatiores
vidit, quis venerem auspicatiorem?

Doch Acme lehnte leicht zurück das Köpfchen
und küßte mit den schönen Purpurlippen
die trunknen Augen ihres süßen Jungen.
»Septimius, du mein Leben«, sprach sie, »immer
will ich dem einen *Mann, nur dir gehören,*
so wahr, wie noch viel stärker, noch viel heißer
die Glut in mir *die zarten Adern sengt.«*
Sprach's, und als glückhaft Zeichen nieste Amor
zur Rechten wie zur Linken seine Gunst.

Von guten Geistern so geleitet, tauschen
geliebt und liebend sie der Herzen Glut.
Allein vor Acme läßt der arme Schelm
Septimius Syrien und Britannien stehn;
nur in Septimius loht der treuen Acme
all ihre Leidenschaft und Liebeslust.
Wann sah man je zwei so beglückte Menschen,
wann Liebe, höherer Verheißung voll?

Paul Mahn

ΦΙΛΟΔΗΜΟΣ

α. Χαῖρε σύ. β. Καὶ σύ γε χαῖρε. α. Τί δεῖ σε καλεῖν; β. Σὲ δέ;
α. Μήπω
τοῦτο, φιλόσπουδος. β. Μηδὲ σύ. α. Μή τιν' ἔχεις;
β. Αἰεὶ τὸν φιλέοντα. α. Θέλεις ἅμα σήμερον ἡμῖν
δειπνεῖν; β. Εἰ σὺ θέλεις. α. Εὖ γε· πόσου παρέσῃ;
β. Μηδέν μοι προδίδου. α. Τοῦτο ξένον. β. Ἀλλ' ὅσον ἄν σοι
κοιμηθέντι δοκῇ, τοῦτο δός. α. Οὐκ ἀδικεῖς.
Ποῦ γίνῃ; Πέμψω. β. Καταμάνθανε. α. Πηνίκα δ' ἥξεις;
β. Ἣν σὺ θέλεις ὥρην. α. Εὐθὺ θέλω. β. Πρόαγε.

Ἡ κομψή, μεῖνόν με· τί σοι καλὸν οὔνομα; Ποῦ σε
ἔστιν ἰδεῖν; Ὃ θέλεις δώσομεν· οὐδὲ λαλεῖς;
Ποῦ γίνῃ; Πέμψω μετά σοῦ τινα. Μή τις ἔχει σε;
Ὦ σοβαρή, ὑγίαιν'. Οὐδ' ὑγίαινε λέγεις;
Καὶ πάλι καὶ πάλι σοι προσελεύσομαι· οἶδα μαλάσσειν
καὶ σοῦ σκληροτέρας· νῦν δ' ὑγίαινε, γύναι.

PHILODEMOS

Sei mir gegrüßt. – Auch du. – Wie ist dein Name? – Und deiner? –
Danach forsche noch nicht. – Ebenso du. – Bist du frei? –
Stets hab ich den, der mich will. – Willst diesen Abend mit mir du
speisen? – Wenn dir's beliebt. – Gut, und wie hoch ist der Preis? –
Mache vorher nichts aus. – Wie seltsam! – Sondern so viel dir
nach dem Lager gefällt, so viel gib. – Wahrlich gerecht!
Und wo bist du? Ich schicke. – So höre. – Wann wirst du kommen? –
Jegliche Zeit ist mir recht. – Gleich will ich. – Also voran!

Alfred Körte

»Warte auf mich, hübsches Kind! Dein schöner Name? – Wo kann ich
sehen dich? Was du verlangst, gebe ich. – Gönnst mir kein Wort?
Sag doch, wo wohnst du? Ich schick einen mit. Oder bist du versagt
schon? –
Stolze, so lebe denn wohl! – Wünschst du mir nicht einmal das?
Wieder und wieder versuch ich's bei dir; noch Härtre, als du bist,
kann ich erweichen; für heut, Mädchen, noch einmal: Leb wohl!«

VERGILIUS

Poeta Corydon

Formosum pastor Corydon ardebat Alexim,
delicias domini; nec quid speraret habebat.
Tantum inter densas umbrosa cacumina fagos
adsidue veniebat. Ibi haec incondita solus
montibus et silvis studio iactabat inani:

'O crudelis Alexi, nihil mea carmina curas?
Nil nostri miserere? Mori me denique coges.
Nunc etiam pecudes umbras et frigora captant;
nunc virides etiam occultant spineta lacertos,
Thestylis et rapido fessis messoribus aestu
alia serpullumque herbas contundit olentis.
At me cum raucis, tua dum vestigia lustro,
sole sub ardenti resonant arbusta cicadis.
Nonne fuit satius, tristis Amaryllidis iras
atque superba pati fastidia, nonne Menalcan,
quamvis ille niger, quamvis tu candidus esses?
O formose puer, nimium ne crede colori!
Alba ligustra cadunt, vaccinia nigra leguntur.
Despectus tibi sum, nec qui sim quaeris, Alexi,
quam dives pecoris, nivei quam lactis abundans:
mille meae Siculis errant in montibus agnae;
lac mihi non aestate novom, non frigore defit.
Canto, quae solitus, si quando armenta vocabat,
Amphion Dircaeus in Actaeo Aracyntho.
Nec sum adeo informis: nuper me in litore vidi,
cum placidum ventis staret mare; non ego Daphnim

VERGIL

Alexis

Dichter Corydon

Corydon brannte, der Hirt, für den reizenden Knaben Alexis;
den aber liebte sein Herr: so war ihm keinerlei Hoffnung.
Nur unterm schattigen Dach der dicht verschlungenen Buchen
fand er sich täglich ein und sang vergebenen Trachtens
Wäldern und Bergen umher die kunstlos rührende Klage:

»Grausamer, sag, Alexis, so gilt mein Singen dir gar nichts?
Rührt mein Leiden dich nicht? Du zwingst mich, wahrlich, zu sterben.
Selber das Vieh sucht jetzt die Kühlung unter den Schatten,
selber die grüne Lazerte verbirgt sich unter den Dornen.
Über den Mittag ruhn die ermatteten Schnitter, indessen
Thestylis Quendel und Knoblauch mischt, die riechende Mahlzeit.
Aber mit meinem Gesang, der Alexis' lieblicher Spur folgt,
schrillt unterm glühenden Tag der Hain von lauten Zikaden.
War's nicht übergenug, Amaryllidis widriges Zürnen
und verletzenden Stolz und den bösen Menalcas zu dulden?
Schwarz war jener gewiß; und du bist golden: O Schöner,
trau der Farbe nicht allzusehr! Man läßt ja des Weißdorns
Blüte verwehen und pflückt Hyazinthen, ob sie auch schwarz sind.
Du aber siehst mich gar nicht an, noch weißt du, Alexis,
wer ich sei, wie reich ich an wolligen Schafen und Milch sei:
tausend weiden für mich den Hang sizilischer Berge;
nie fehlt mir frischmolkene Milch, nicht sommers noch winters;
traun, und ich singe, wie einst der thebanische Sänger Amphion
am Aracynthus sang und rief die schweifenden Rinder.
Bin ich doch gar so häßlich nicht: ich sahe mich jüngst erst,
als am Gestade das Meer ganz windstill ruhte. Nicht Daphnis

iudice te metuam, si numquam fallit imago.
O tantum libeat mecum tibi sordida rura
atque humilis habitare casas et figere cervos
haedorumque gregem viridi compellere hibisco.
Mecum una in silvis imitabere Pana canendo.
Pan primum calamos cera coniungere pluris
instituit, Pan curat ovis oviumque magistros.
Nec te paeniteat calamo trivisse labellum:
haec eadem ut sciret, quid non faciebat Amyntas?
Est mihi disparibus septem compacta cicutis
fistula, Damoetas dono mihi quam dedit olim
et dixit moriens: Te nunc habet ista secundum.
Dixit Damoetas, invidit stultus Amyntas.
Praeterea duo nec tuta mihi valle reperti
capreoli, sparsis etiam nunc pellibus albo;
bina die siccant ovis ubera; quos tibi servo.
Iam pridem a me illos abducere Thestylis orat;
et faciet, quoniam sordent tibi munera nostra.
Huc ades, o formose puer: tibi lilia plenis
ecce ferunt nymphae calathis; tibi candida Nais,
pallentis violas et summa papavera carpens,
narcissum et florem iungit bene olentis anethi;
tum casia atque aliis intexens suavibus herbis
mollia luteola pingit vaccinia calta.
Ipse ego cana legam tenera lanugine mala
castaneasque nuces, mea quas Amaryllis amabat;
addam cerea pruna, honos erit huic quoque pomo;
et vos, o lauri, carpam et te, proxuma myrte,
sic positae quoniam suavis miscetis odores.
Rusticus es, Corydon: nec munera curat Alexis
nec, si muneribus certes, concedat Iollas.
Heu heu! Quid volui misero mihi? Floribus austrum
perditus et liquidis inmisi fontibus apros.

fürcht ich – richte du selbst –, sofern der Spiegel nicht falsch war.
Ah, und teiltest du nur mit mir die niedrige Hütte
und die bescheidene Flur! Wir stützten selbander die Reben,
trieben zusammen die Lämmer hinaus in den grünenden Eibisch
und versuchten zu zweit im Wald die Weise des Flurgotts.
Lehrte doch Pan zuerst mit Wachs die Rohre verbinden,
Pan, der die Herde beschützt und schützt die Meister der Herde.
Laß dich's nimmer verdrießen, am Rohr die Lippe zu wetzen;
denn was gäb Amyntas nicht, die Kunst zu erlernen!
Schau, diese Fistel ist meine, gefügt aus sieben gestuften
Stengeln, so einst Damötas, der Greis, mir sterbend vermachte;
traun, und der Sterbende sprach: ›Du bist ihr zweiter Besitzer.‹
Sprach es, Damöt: und neidisch stand der Tölpel Amyntas.
Zwei Rehkitzlein fand ich im Tal, nicht ohne Gefährde,
jetzt noch silbern gefleckt. Tagsüber trinken die beiden
zwei Schafseuter dir leer. Ich hab sie dir beide behalten.
Freilich bat mich Thestylis oft und wollte sie haben;
und so wird es geschehn: dir widern ja meine Geschenke.
Knabe, so komm, komm, Schöner, hieher! Dir bringen die Nymphen
Lilien, im Korbe gehäuft. Dir pflückt die glänzende Naïs
bleiche Violen und Mohn, der hoch vom Stengel herabnickt,
und Narzissen zum Kranz und Dill, die duftende Blume.
Zeiland windet sie drein, Hyazinthen zieren mit gelben
Ringelblumen und würzigem Kraut das schöne Gewinde.
Ich aber wähle für dich die grauen, flaumigen Quitten
und Amaryllidis' Lieblingsfrucht, Kastaniennüsse,
wächserne Pflaumen, und hier der Apfel komme zu Ehren.
Lorbeer pflück ich hernach; und dich, o Myrte, Gesellin,
leg ich dazu: ihr haucht vereint die lieblichste Würze.
Corydon, bäurisch dünkest du ihm, es spottet Alexis
deines Geschenks; wo nicht, so hält ihn doch immer Iollas.
Weh! Was tat ich mir an? Ich lasse den reißenden Ostwind
in meine Blüten und lasse den Quell die Säue zerwühlen.

Quem fugis, a, demens? Habitarunt di quoque silvas
Dardaniusque Paris. Pallas quas condidit arces
ipsa colat; nobis placeant ante omnia silvae.
Torva leaena lupum sequitur, lupus ipse capellam,
florentem cytisum sequitur lasciva capella,
te Corydon, o Alexi: trahit sua quemque voluptas.
Aspice aratra iugo referunt suspensa iuvenci,
et sol crescentis decedens duplicat umbras.
Me tamen urit amor: quis enim modus adsit amori?
A Corydon Corydon, quae te dementia cepit!
Semiputata tibi frondosa vitis in ulmo est.
Quin tu aliquid saltem potius, quorum indiget usus,
viminibus mollique paras detexere iunco?
Invenies alium, si te hic fastidit, Alexim.'

Tor, wen fliehest du denn? Auch Götter wohnen in Wäldern,
Paris, der Troer, zumal. Minerva hüte der Burgen,
welche sie schuf: uns wollen zumeist die Wälder gefallen!
Wütend folget der Leu den Wölfen, Wölfe den Zicklein,
Zicklein folgen dem Duft der blühenden Cytisussträucher,
Corydon dir, Alexis: denn jeglichen zieht sein Gelüste.
Schau, schon schleppen den Pflug verkehrt die Rinder nach Hause;
und das entschwindende Licht verlängt die steigenden Schatten.
Ich aber glühe vor Liebe; denn wo fänd Lieben ein Ende? –
Corydon, Corydon, ah, du dünkst mich wahrlich von Sinnen!
Halb nur beschnitten, hangt dein Weinstock unter der Ulme.
Nimm die Binsen zur Hand und die schmächtigen weidenen Ruten,
flicht dir Darren und Korb, der Hof kann's immer gebrauchen:
wenn dich dieser verschmäht, du findst einen andern Alexis.«

Rudolf Alexander Schröder

TIBULLUS

Asper eram et bene discidium me ferre loquebar:
at mihi nunc longe gloria fortis abest.
Namque agor ut per plana citus sola verbere turben,
quem celer adsueta versat ab arte puer.
Ure ferum et torque, libeat ne dicere quicquam
magnificum post haec: horrida verba doma.
Parce tamen, per te furtivi foedera lecti,
per venerem quaeso compositumque caput.
Ille ego, cum tristi morbo defessa iaceres,
te dicor votis eripuisse meis,
ipseque te circum lustravi sulphure puro,
carmine cum magico praecinuisset anus;
ipse procuravi, ne possent saeva nocere
somnia, ter sancta deveneranda mola;
ipse ego velatus filo tunicisque solutis
vota novem Triviae nocte silente dedi.
Omnia persolvi: fruitur nunc alter amore,
et precibus felix utitur ille meis.
At mihi felicem vitam, si salva fuisses,
fingebam demens, sed renuente deo.
Rura colam, frugumque aderit mea Delia custos,
area dum messes sole calente teret,
aut mihi servabit plenis in lintribus uvas
pressaque veloci candida musta pede;
consuescet numerare pecus, consuescet amantis
garrulus in dominae ludere verna sinu.
Illa deo sciet agricolae pro vitibus uvam,
pro segete spicas, pro grege ferre dapem.
Illa regat cunctos, illi sint omnia curae:
at iuvet in tota me nihil esse domo.

TIBULL

Trotzig war ich und prahlte, ich könne die Trennung ertragen.
Jetzt aber, ach, wie fern liegt mir die Ruhmredigkeit!
Jagt es mich doch, wie den Kreisel auf ebenem Boden die Peitsche
dreht, die ein Knabe schwingt rasch mit gewohntem Geschick.
Brenne und foltre den Narren, damit es ihn nie mehr gelüste,
prahlende Rede zu tun: zähme sein üppiges Wort!
Schone gleichwohl! Ich flehe beim Bund unsrer heimlichen Liebe,
flehe bei Venus und bei unsrer Gemeinsamkeit Glück.
Ich war's, das ist bekannt, der, als du von Krankheit ermattet
lagest, durch mein Gebet dich ihrem Wüten entriß.
Ich hab die Luft um dich her mit lauterem Schwefel gereinigt:
Zaubergesänge zuvor stimmte die Alte dir an.
Ich nur sorgte dafür, daß dir keine quälenden Träume
schaden: durch Opferschrot hab ich sie dreimal gebannt.
Ich habe selbst, mit der Binde geschmückt, im offnen Gewande
Hekate angefleht neunmal in schweigender Nacht.
Das hab ich alles vollbracht: jetzt freut sich ein andrer der Liebe,
und er genießt jetzt das Glück, das mein Gebet erst erwirkt.
Welch ein glückseliges Leben, sobald du wärest genesen,
malte ich Narr mir aus! Doch das verwehrte ein Gott.
Felder bestell ich, so dacht ich, und Delia hütet die Ernte,
wenn man bei sengender Glut drischt auf der Tenne das Korn,
oder sie wird in geräumigen Körben die Trauben bewahren,
bergen den schaumenden Most, hurtig mit Füßen gepreßt.
Täglich zählt sie das Vieh, und gerne gewöhnt sich des Knechtes
plapperndes Kind an das Spiel auf der Gebieterin Schoß.
Kundig bringt sie dem Gotte der Bauern für Reben die Traube,
Schmaus für die Herde dar, Ähren für fruchtbare Saat.
Allen gebietet sie dann und trägt auch Sorge für alles,
und mich vergnügt's, wenn im Haus nirgend mein Wille mehr gilt.

Huc veniet Messalla meus, cui dulcia poma
Delia selectis detrahat arboribus;
et tantum venerata virum hunc sedula curet,
huic paret atque epulas ipsa ministra gerat.
Haec mihi fingebam, quae nunc Eurusque Notusque
iactat odoratos vota per Armenios.
Saepe ego temptavi curas depellere vino:
at dolor in lacrimas verterat omne merum,
saepe aliam tenui: sed iam cum gaudia adirem,
admonuit dominae deseruitque Venus.
Tunc me discedens devotum femina dixit
et pudet et narrat scire nefanda meam.
Non facit hoc verbis, facie tenerisque lacertis
devovet et flavis nostra puella comis.
Talis ad Haemonium Nereis Pelea quondam
vecta est frenato caerula pisce Thetis.
Haec nocuere mihi, quod adest huic dives amator,
venit in exitium callida lena meum.
Sanguineas edat illa dapes atque ore cruento
tristia cum multo pocula felle bibat;
hanc volitent animae circum sua fata querentes
semper et e tectis strix violenta canat;
ipsa fame stimulante furens herbasque sepulcris
quaerat et a saevis ossa relicta lupis,
currat et inguinibus nudis ululetque per urbes,
post agat e triviis aspera turba canum.
Eveniet: dat signa deus; sunt numina amanti,
saevit et iniusta lege relicta Venus.
At tu quam primum sagae praecepta rapacis
desere: nam donis vincitur omnis amor.
Pauper erit praesto semper, te pauper adibit
primus et in tenero fixus erit latere,

Dann besucht mein Messalla mich hier, und Delia nimmt die
köstlichsten Äpfel für ihn ab vom erlesensten Baum.
Ja, sie verehrt diesen großen Mann und umsorgt ihn mit Eifer,
rüstet ihm selber das Mahl, trägt es als Dienerin auf.
All dies malt ich mir aus, was nun als vereitelte Wünsche
Ost- oder Südwind fegt bis nach Armenien hin.
Oft schon hab ich versucht, den Kummer mit Wein zu vertreiben:
alles jedoch, was ich trank, wandelt in Tränen der Schmerz.
Oft eine andre umarmt ich; doch eh ich noch Freuden gekostet,
mahnt' mich Venus an sie, *ließ das Gelüst mir vergehn.*
Dann, im Hinweggehn, meinte das Weib, ich sei wohl verzaubert,
und – welche Schande! – erzählt, Ruchloses treibe mein Lieb.
Nicht durch Sprüche tut es mein Mädchen: durch zärtliche Arme
zaubert sie, durch ihr Gesicht oder ihr goldenes Haar.
So ist Nereus' Tochter dereinst dem Peleus erschienen:
Thetis, die schimmernde, kam auf dem gebändigten Fisch.
Das ist mein Schade gewesen: Es kam ein reicher Verehrer,
kam zu meinem Verderb schlau eine Kupplerin gar.
Blutige Speisen möge sie essen, mit blutigem Gaumen
schlürfe sie bitteren Trank, reichlich mit Galle gemischt!
Mögen sie Geister umschweben, beklagend, was einst sie erlitten,
und von dem Dache herab heule die Eule dazu!
Selber von Hunger gequält, soll sie wütend auf Gräbern nach Kräutern
suchen, nach bleichem Gebein, welches die Wölfe verschmähn!
Schamlos entblößt soll sie laufen und wimmern durch Städte und Dörfer!
Möge sie Hundegekläff hetzen die Straße entlang!
So wird's geschehn: der Gott gibt Zeichen. Dem Liebenden hilft die
Gottheit, und Venus ist streng, wo man verletzt ihr Gebot.
Du aber meide die Lehren der gierigen Vettel nur schleunigst!
Wisse: Geschenken erliegt jegliche Liebe gar bald.
Stets ist der Arme zur Hand; der Arme wird immer zuerst dir
nahen und, wo du auch gehst, zärtlich zur Seite dir sein.

pauper in angusto fidus comes agmine turbae
subicietque manus efficietque viam,
pauper ad occultos furtim deducet amicos
vinclaque de niveo detrahet ipse pede.
Heu canimus frustra, nec verbis victa patescit
ianua, sed plena est percutienda manu.
At tu, qui potior nunc es, mea fata timeto:
versatur celeri Fors levis orbe rotae.
Non frustra quidam iam nunc in limine perstat
sedulus ac crebro prospicit ac refugit,
et simulat transire domum, mox deinde recurrit
solus et ante ipsas excreat usque fores.
Nescio quid furtivus amor parat. Utere quaeso,
dum licet: in liquida nat tibi linter aqua.

Sulpicia est tibi culta tuis, Mars magne, kalendis:
spectatum e caelo, si sapis, ipse veni.
Hoc Venus ignoscet: at tu, violente, caveto,
ne tibi miranti turpiter arma cadant.
Illius ex oculis, cum volt exurere divos,
accendit geminas lampadas acer Amor.
Illam, quidquid agit, quoquo vestigia movit,
conponit furtim subsequiturque Decor.
Seu solvit crines, fusis decet esse capillis
seu compsit, comptis est veneranda comis.
Urit, seu Tyria voluit procedere palla,
urit, seu nivea candida veste venit.
Talis in aeterno felix Vertumnus Olympo
mille habet ornatus, mille decenter habet.
Sola puellarum digna est, cui mollia caris
vellera det sucis bis madefacta Tyros,

Treulich geleitet der Arme im dichten Gedränge des Volks dich,
bietet zur Stütze den Arm, bahnt deinem Fuße den Weg.
Heimlich wird zu verborgenen Freunden der Arme dich führen,
und von dem schneeweißen Fuß löst er dir selber das Band.
Ach, ich singe umsonst: nicht Worten öffnet die Tür sich,
nein, es bedarf der Gewalt: nur mit den Fäusten gelingt's.
Du aber, der jetzt bevorzugt wird, befürchte mein Schicksal!
Eilends drehn sich im Kreis weiter die Räder des Glücks.
Nicht umsonst steht jetzt schon ein andrer und harrt an der Schwelle:
häufig kommt er, zu spähn, zieht sich beflissen zurück,
tut so, als ging er nach Hause und kommt gleich wieder gelaufen,
wartet allein vor der Tür, räuspert sich, daß man ihn hört.
Was die diebische Liebe noch vorhat, ich weiß nicht: genieße,
was sie dir gönnt! Deinen Kahn wiegt die bewegliche Flut.

Wilhelm Willige

Feier am 1. März

Mächtiger Mars, Sulpicia schmückt sich für deine Kalenden.
Bist du weise, so komm selber vom Himmel, zu schaun!
Venus wird es verzeihn; doch mußt du dich, Stürmischer, hüten,
daß deine Wehr dir nicht schmählich vor Staunen entfällt.
Will er die Götter entflammen, an ihren Augen entzündet
sich seiner Fackeln Paar Amor, der hitzige, selbst.
Was sie auch immer nur tut und wohin sie die Schritte auch wendet,
Anmut schmückt sie und folgt ihr insgeheim auf dem Fuß.
Trägt sie lose das Haar, gut stehn ihr die wallenden Locken;
legt sie's in Flechten, berückt auch das geflochtene Haar.
Sie entzückt, wenn's ihr paßt, in tyrischem Kleid zu erscheinen,
sie entzückt, wenn sie hell kommt und in weißem Gewand.
Also nennt auf dem ewgen Olymp der reiche Vertumnus
tausend Gestalten wohl sein, tausend, und alle voll Reiz.
Sie allein von den Mädchen ist wert, daß Tyros ihr Wolle,
weiche, von teuerem Saft doppelt getränkte, beschert,

possideatque, metit quidquid bene olentibus arvis
cultor odoratae dives Arabs segetis,
et quascumque niger Rubro de litore gemmas
proximus Eois colligit Indus aquis.
Hanc vos, Pierides, festis cantate kalendis
et testudinea Phoebe superbe lyra.
Hoc sollemne sacrum, multos hoc fumet in annos:
dignior est vestro nulla puella choro.

Natalis Iuno, sanctos cape turis acervos,
quos tibi dat tenera docta puella manu.
Tota tibi est hodie, tibi se laetissima compsit,
staret ut ante tuos conspicienda focos.
Illa quidem ornandi causas tibi, diva, relegat,
est tamen, occulte cui placuisse velit.
At tu, sancta, fave, neu quis divellat amantes,
sed iuveni quaeso mutua vincla para.
Sic bene conpones: ullae non ille puellae
servire aut cuiquam dignior illa viro.
Nec possit cupidos vigilans deprendere custos,
fallendique vias mille ministret Amor.
Adnue purpureaque veni perlucida palla:
ter tibi fit libo, ter, dea casta, mero.
Praecipit et natae mater studiosa quod optat:
illa aliud tacita, iam sua, mente rogat.
Uritur, ut celeres urunt altaria flammae,
nec, liceat quamvis, sana fuisse velit.
Sis iuveni grata, [et] veniet cum proximus annus,
hic isdem votis iam vetus extet amor.

daß sie besitzt, was des Balsamfelds begüterter Bauer
im arabischen Land erntet auf duftender Flur
und was am Strande des Roten Meers der dunkele Inder
nahe der östlichen See irgend an Perlen gewinnt.
Preist sie, ihr Musen, am Fest der Kalenden und auf deiner Leier,
die mit dem Schildpatt geziert, Phöbus, du Stolzer, auch du!
Und dies Opfer am Fest, es dampfe noch zahllose Jahre!
Ist doch kein Mädchen, das mehr eueren Reigen verdient.

Rudolf Helm

Geburtstag des Mädchens

Nimm am Geburtstag, Juno, die Fülle des köstlichen Weihrauchs,
die dir mit zarter Hand heute die Dichterin gibt.
Heut ist sie völlig nur dein, für dich nur schmückt sie sich fröhlich,
daß sie vor deinem Altar huldige, prächtig zu schaun.
Göttin, den Grund, sich zu schmücken, auf dich nur möcht sie ihn schieben;
doch gibt's einen, für den schön zu sein heimlich sie wünscht.
Doch du, Heil'ge, sei hold, daß keiner die Liebenden trenne!
Aber der Jüngling, ich fleh, fühle die Fesseln wie sie!
So nur einst du sie recht; denn er verdient, keiner andern
sich zu ergeben, und sie, auch keinem anderen Mann.
Und es mög die Verliebten kein wachender Späher ertappen;
tausend Mittel verleih Amor, der Hut zu entgehn!
O gewähr es und komm hell strahlend im purpurnen Mantel!
Dreimal heut sie dir Brot, züchtige Göttin, und Wein.
Schreibt die Mutter der Tochter die Wünsche auch vor voller Eifer,
steht sie doch selbst schon für sich, betet um anderes still.
Glüht' sie doch grad wie die Flammen, die flackernd glühn auf dem Altar;
wär es auch möglich, sie wünscht' dennoch die Ruhe sich nicht.
Sei du dem Jünglinge hold, und naht das folgende Jahr sich,
seien die Wünsche noch gleich, ob auch die Liebe schon alt!

Rudolf Helm

SULPICIA

Tandem venit amor, qualem texisse pudori
quam nudasse alicui sit mihi fama magis.
Exorata meis illum Cytherea Camenis
attulit in nostrum deposuitque sinum.
Exsolvit promissa Venus: mea gaudia narret,
dicetur siquis non habuisse sua.
Non ego signatis quicquam mandare tabellis,
ne legat id nemo quam meus ante, velim,
sed peccasse iuvat, voltus conponere famae
taedet: cum digno digna fuisse ferar.

Estne tibi, Cerinthe, tuae pia cura puellae,
quod mea nunc vexat corpora fessa calor?
A, ego non aliter tristes evincere morbos
optarim, quam te si quoque velle putem.
At mihi quid prosit morbos evincere, si tu
nostra potes lento pectore ferre mala?

Invisus natalis adest, qui rure molesto
et sine Cerintho tristis agendus erit.

SULPICIA

Liebesglück

Endlich ist die Liebe gekommen, und was für eine!
Man müßt mich eher tadeln, daß ich sie aus Scham
verschwieg, als daß ich sie nun kundgetan der Welt.
Kytheren rührte meiner Musen Kunst;
sie bracht ihn mir und legt' ihn mir ans Herz.
So löste Venus ihr Versprechen ein.
Die Freuden meiner Liebe mag bereden,
wer in dem Ruf steht, eigne kenn er nicht.
Nichts möcht ich Brief und Siegel anvertrauen;
es könnte einer lesen, eh er*'s las.*
Doch himmlisch ist's zu sünd'gen; eine Maske
der Unschuld tragen, um den Ruf zu wahren,
ist mir zuwider; mag man ruhig sagen:
Die Edle gab sich einem Edlen hin.

Krank

Bist du denn wirklich, Cerinth, auch zärtlich besorgt um dein Mädchen,
weil mich das Fieber jetzt quält, matt und erschöpft, wie ich bin?
Ach, ich möchte die häßliche Krankheit nur überwinden,
wäre ich dessen gewiß, daß du es ebenfalls wünschst.
Aber was hätt ich davon, mit der Krankheit fertig zu werden,
nimmst du gleichgültig hin, wie ich mich abquälen muß!

Verhinderte Geburtstagsfeier

Ach, nun mag ich auch nichts mehr wissen von meinem Geburtstag;
trüb wird er ohne Cerinth und auf dem garstigen Land!

Dulcius urbe quid est? An villa sit apta puellae
atque Arretino frigidus amnis agro?
Iam, nimium Messalla mei studiose, quiescas,
heu, tempestive saepe propinque tuae.
Hic animum sensusque meos abducta relinquo,
arbitrio quamvis non sinis esse meo.

Scis iter ex animo sublatum triste puellae?
Natali Romae iam licet esse tuae.
Omnibus ille dies nobis natalis agatur,
qui necopinanti nunc tibi forte venit.

Ne tibi sim, mea lux, aeque iam fervida cura,
ac videor paucos ante fuisse dies,
si quicquam tota conmisi stulta iuventa,
cuius me fatear paenituisse magis,
hesterna quam te solum quod nocte reliqui,
ardorem cupiens dissimulare meum.

Was ist schöner als Rom? Kann ein Mädchen sich freuen am Gutshaus
und an dem eisigen Fluß im arretinischen Land?
Ach, du sorgst dich zu sehr um mich, Messalla; laß gut sein!
Nahst deinem Schützling so oft leider zu störender Zeit.
Führst du mich fort, hier bleibt doch mein Herz und all meine Sinne,
läßt auch dein Wille mich nicht leben, wie mir es beliebt.

Rudolf Helm

Erlösung

Weißt du, erlöst ist dein Lieb von der Angst um die traurige Reise.
An dem Geburtstag bleibt also dein Mädchen in Rom.
Nun soll auch für uns alle ein Fest sein dieser Geburtstag,
das dir ein Glücksfall schenkt, wo du es nimmer geahnt.

Rudolf Helm

Geständnis

Ich will nicht sein dein heißgeliebtes Leben,
o du mein Licht –
wie ich es wohl gewesen bin noch eben –,
auch künftig nicht,

tat töricht etwas ich in all den Tagen
der Jugendzeit,
was mich noch mehr gereut – ich würd es sagen
in Offenheit –,

als daß ich in der Nacht, die nun vergangen,
konnt von dir gehn
und wollte nur mein eigen Glutverlangen
nicht eingestehn.

Letzte Strophe nach Georg Fischer

'Nulla tuum nobis subducet femina lectum':
hoc primum iuncta est foedere nostra Venus.
Tu mihi sola places, nec iam te praeter in urbe
formosa est oculis ulla puella meis.
Atque utinam posses uni mihi bella videri!
Displiceas aliis: sic ego tutus ero.
Nil opus invidia est, procul absit gloria vulgi:
qui sapit, in tacito gaudeat ipse sinu.
Sic ego secretis possum bene vivere silvis,
qua nulla humano sit via trita pede.
Tu mihi curarum requies, tu nocte vel atra
lumen et in solis tu mihi turba locis.
Nunc licet e caelo mittatur amica Tibullo,
mittetur frustra deficietque Venus.
Hoc tibi sancta tuae Iunonis numina iuro,
quae sola ante alios est mihi magna deos.
Quid facio demens? Heu heu mea pignora cedo.
Iuravi stulte: proderat iste timor.
Nunc tu fortis eris, nunc tu me audacius ures:
hoc peperit misero garrula lingua malum.
Iam faciam quodcumque voles, tuus usque manebo
nec fugiam notae servitium dominae,
sed Veneris sanctae considam vinctus ad aras.
Haec notat iniustos supplicibusque favet.

TIBULL

›Nie wird ein andres Weib dein Bett mir nehmen‹:
das war der Grundstein unsres Liebespakts.
Gefallen find ich nur an dir; in Rom
ist keine sonst in meinen Augen schön.
Erschienst du doch nur mir begehrenswert,
den andern reizlos, und ich wäre sicher.
Wozu der Neid? Wozu in aller Munde?
Der Kluge birgt sein Glück in eigner Brust.
Dann kann ich froh in stillen Wäldern leben,
wo keinen Pfad des Menschen Fuß betritt.
Du bist die Ruh im Drange meiner Nöte,
du bist für mich das Licht in finstrer Nacht
und in der Einsamkeit die bunte Welt.
Selbst wenn der Himmel mir ein Liebchen sendet,
ich mag es nicht, und leer geht Venus aus.
Das schwör ich dir bei Junos heil'ger Macht,
die mehr dir gilt als alle andern Götter. –
Ich Narr, was mach ich! Geb mein Pfand dir preis!
Der Schwur war Torheit, deine Angst ganz gut.
Jetzt hast du Macht, jetzt quälst du dreister mich.
Das kommt davon, wenn man den Mund nicht hält.
Nun muß ich brav nach deiner Pfeife tanzen;
ich bleibe immerfort in deiner Hand
und kann mich deinem Dienste nicht entziehn.
Doch will in Fesseln ich zur Venus gehen;
die merkt die Harten sich und hilft der Demut.

PROPERTIUS

Qualis Thesea iacuit cedente carina
languida desertis Gnosia litoribus,
qualis et accubuit primo Cepheia somno
libera iam duris cotibus Andromede,
nec minus assiduis Edonis fessa choreis
qualis in herboso concidit Apidano:
talis visa mihi mollem spirare quietem
Cynthia non certis nixa caput manibus,
ebria cum multo traherem vestigia Baccho
et quaterent sera nocte facem pueri.
Hanc ego, nondum etiam sensus deperditus omnes,
molliter inpresso conor adire toro.
Et quamvis duplici correptum ardore iuberent
hac Amor hac Liber, durus uterque deus,
subiecto leviter positam temptare lacerto,
osculaque admota sumere et arma manu,
non tamen ausus eram dominae turbare quietem
expertae metuens iurgia saevitiae;
sed sic intentis haerebam fixus ocellis,
Argus ut ignotis cornibus Inachidos.
Et modo solvebam nostra de fronte corollas
ponebamque tuis, Cynthia, temporibus
et modo gaudebam lapsos formare capillos,
nunc furtiva cavis poma dabam manibus
omniaque ingrato largibar munera somno,
munera de prono saepe voluta sinu.
Et quotiens raro duxit suspiria motu,
obstupui vano credulus auspicio,

PROPERZ

Nächtlicher Besuch

Wie Ariadne erschöpft am verlaßnen Gestade dahinsank,
während Theseus bereits auf seinem Schiffe entwich,
wie auf dem harten Gestein Andromeda, eben befreit erst,
dalag, in der Gewalt ersten erquickenden Schlafs,
und die Bacchantin nicht minder, vom ständigen Tanzen ermüdet,
hinsank nieder ins Gras auf des Apidanus Flur,
so schien Cynthia mir behagliche Ruhe zu atmen –
in den leicht schwankenden Arm war ihr Köpfchen geschmiegt –,
als ich trunken vom Wein mich nur mühsam vorwärtsbewegte,
spät; die begleitende Schar schwang ihre Fackeln dabei.
Ich, noch nicht völlig ohne Verstand, versuche mit Vorsicht,
ihrem Lager zu nahn, das nur gelinde berührt.
Doppelt war ich erhitzt: von Amor und Bacchus, den Göttern.
Beide, gewaltsam und streng, heischten befehlend von mir,
wie sie so lag, meinen Arm ganz sacht ihr unterzuschieben,
sie zu küssen und so kühn zu eröffnen den Kampf.
Dennoch wagte ich nicht, der Herrin Ruhe zu stören,
ihren unbändigen Zorn kenn ich und fürchte ihn sehr.
Vielmehr hing ich gebannt an dem Bild, es mit Blicken verschlingend,
so, wie Argus verblüfft Ios Hörner bestaunt.
Dann begann ich die Kränze von meiner Stirne zu lösen,
wand sie, Cynthia, dir um deine Schläfen herum,
und es machte mir Spaß, die entglittenen Haare zu ordnen,
schob in die offene Hand heimlich dir Äpfel hinein.
Undankbar ist der Schlaf: meine Spende mißachtet' er schmählich,
und von der wogenden Brust rollten die Äpfel herab.
Stöhnte sie manchmal auf im Schlummer, dann fuhr ich zusammen,
abergläubischen Sinns dacht ich an Schlimmes sogleich:

ne qua tibi insolitos portarent visa timores,
neve quis invitam cogeret esse suam:
donec diversas praecurrens luna fenestras,
luna moraturis sedula luminibus,
compositos levibus radiis patefecit ocellos.
Sic ait in molli fixa toro cubitum:
'Tandem te nostro referens iniuria lecto
alterius clausis expulit e foribus?
Namque ubi longa meae consumpsti tempora noctis
languidus exactis, ei mihi, sideribus?
O utinam tales perducas, inprobe, noctes,
me miseram quales semper habere iubes!
Nam modo purpureo fallebam stamine somnum,
rursus et Orpheae carmine fessa lyrae;
interdum leviter mecum deserta querebar
externo longas saepe in amore moras:
Dum me iocundis lapsam Sopor inpulit alis.
Illa fuit lacrimis ultima cura meis.'

Ecquid te mediis cessantem, Cynthia, Bais,
qua iacet Herculeis semita litoribus,
et modo Thesproti mirantem subdita regno
proxima Misenis aequora nobilibus
nostri cura subit memores, ah, ducere noctes?
Ecquis in extremo restat amore locus?
An te nescio quis simulatis ignibus hostis
sustulit e nostris, Cynthia, carminibus?
Atque utinam mage te, remis confisa minutis,
parvula Lucrina cumba moretur aqua,

daß dir Gesichte im Traum besondere Ängste verschafften
oder dich irgendein Schuft zwänge, die Seine zu sein.
Aber dann huschte der Mond hinter mir an den Fenstern vorüber,
eilig (ein jeglicher Strahl weilte gern länger bei ihr),
und er öffnete ihr mit mildem Lichte die Augen.
Jene stützt' sich im Bett mit ihrem Ellbogen auf:
»Kommst du endlich zu mir von der andern, die schon vergeben,
und du kriegtest es satt vor der verschlossenen Tür?
Wo treibst du dich herum in der Nacht, die mir doch gehörte,
und wie schlaff kommst du an, wenn schon die Sterne vergehn!
Ach, ich wünschte dir nur, du Taugenichts, auch solche Nächte,
wie ich Arme durch dich immer und immer sie hab!
Erst hinterging ich den Schlaf durch Weben mit purpurnem Faden,
summte zur Laute sodann müde ein sehnsüchtig Lied.
Manchmal weinte ich still für mich hin, daß ich so verlassen
und du des öftern so lang bei einer andern verweilst.
Schließlich sank ich aufs Bett, und der Schlafgott mit lieblichen Schwingen
rührte mich an, und seitdem rannen die Tränen nicht mehr.«

Brief ins Bad

Cynthia, immer noch bist du inmitten des Trubels von Bajä,
gehst am Gestade entlang über den Herkulesdamm,
schaust voll Entzücken aufs Meer am Fuß des thesprotischen Reiches
hin zum Misenischen Kap, das die Geschichte schon nennt –
kommt dir auch manchmal noch der Gedanke an mich in den Nächten,
hast du wohl noch einen Rest Liebe im Herzen für mich?
Oder hat irgendein Feind mit der Glut geheuchelter Liebe,
meine Cynthia, dich aus meinen Liedern getilgt?
Auf dem Lukriner See, in der Hand die niedlichen Ruder,
bringe du lieber die Zeit in einer Nußschale hin

aut teneat clausam tenui Teuthrantis in unda
alternae facilis cedere lympha manu,
quam vacet alterius blandos audire susurros
molliter in tacito litore compositam,
ut solet amoto labi custode puella
perfida, communes nec meminisse deos;
non quia perspecta non es mihi cognita fama,
sed quod in hac omnis parte timetur amor.
Ignosces igitur, si quid tibi triste libelli
attulerint nostri: culpa timoris erit.
Ah, mihi non maior carae custodia matris!
Aut sine te vitae cura sit ulla meae?
Tu mihi sola domus, tu, Cynthia, sola parentes,
omnia tu nostrae tempora laetitiae.
Seu tristis veniam seu contra laetus amicis,
quicquid ero, dicam: 'Cynthia causa fuit.'
Tu modo quam primum corruptas desere Baias:
multis ista dabant litora discidium,
litora, quae fuerant castis inimica puellis.
Ah, pereant Baiae, crimen Amoris, aquae!

Haec certe deserta loca et taciturna querenti,
et vacuum Zephyri possidet aura nemus:
hic licet occultos proferre inpune dolores,
si modo sola queant saxa tenere fidem.
Unde tuos primum repetam, mea Cynthia, fastus?
Quod mihi das flendi, Cynthia, principium?
Qui modo felices inter numerabar amantes,
nunc in amore tuo cogor habere notam.

oder besuch das Bassin mit den sanften Fluten des Teuthras,
die du mit wechselndem Schlag ohne viel Mühe durchschwimmst,
als einen andern betörend nur Süßholz raspeln zu hören,
wenn du behaglich dich streckst, da, wo es still ist am Strand.
Ohne Obhut und Schutz kommt ein Mädchen häufig zum Straucheln,
treulos vergißt sie den Eid, den man gemeinsam geschworn.
Zwar giltst du, wie ich weiß, als Mädchen von festem Charakter,
aber ein liebendes Herz ist hierin immer in Angst.
Darum wirst du verzeihn, wenn meine Briefe nicht fröhlich
klingen; es ist nur die Angst, die den Griffel mir führt.
Oder sollt ich dich nicht noch mehr als die Mutter umhüten?
Müßte ich ohne dich sein, was wär das Leben mir wert?
Du bist mir Heimat und Haus, du bist mir Vater und Mutter,
Cynthia; du bist allein Quelle der Freude für mich.
Komm zu den Freunden ich froh oder komm ich traurig zu ihnen,
so oder so, sag ich stets: »Cynthia hat das bewirkt.«
Kehr du so schnell nur wie möglich dem Sündenpfuhl Bajä den Rücken;
viele hat dieser Strand schon auseinandergebracht.
Niemals hat er bei sich unschuldige Mädchen gelitten.
Nieder mit Bajä, dem Bad, das nur die Liebe zerbricht.

Welteinsamkeit

Hier ist es still und einsam, und niemand hört's, wenn ich klage.
Nur der Zephyr berührt leise die Wipfel des Hains.
Hier kann verhehlten Kummer ich ohne Lauscher hinausschrein,
sind nur die Felsen ringsum zuverlässig und treu.
Warum warst du so hart, meine Cynthia? frag ich mich wieder.
Was war der Anstoß dazu, daß du zu Tränen mich bringst?
Eben noch rechnete ich zu den glücklich Liebenden; heute
prägte die Liebe zu dir auf mir ein schändliches Mal.

Quid tantum merui? Quae te mihi carmina mutant?
An nova tristitiae causa puella tuae?
Sic mihi te referas, levis ut non altera nostro
limine formosos intulit ulla pedes.
Quamvis multa tibi dolor hic meus aspera debet,
non ita saeva tamen venerit ira mea,
ut tibi sim merito semper furor et tua flendo
lumina deiectis turpia sint lacrimis.
An quia parva damus mutato signa calore,
et non ulla meo clamat in ore fides?
Vos eritis testes, si quos habet arbor amores,
fagus et Arcadio pinus amica deo.
Ah, quotiens teneras resonant mea verba sub umbras,
scribitur et vestris 'Cynthia' corticibus!
An tua quod peperit nobis iniuria curas?
Quae solum tacitis cognita sunt foribus.
Omnia consuevi timidus perferre superbae
iussa neque arguto facta dolore queri.
Pro quo divini fontes, et frigida rupes
et datur inculto tramite dura quies;
et quodcumque meae possunt narrare querelae,
cogor ad argutas dicere solus aves.
Sed qualiscumque es, resonent mihi 'Cynthia' silvae
nec deserta tuo nomine saxa vacent!

Hesterna, mea lux, cum potus nocte vagarer
nec me servorum duceret ulla manus,
obvia, nescio quot pueri, mihi turba minuta
venerat (hos vetuit me numerare timor),

Was hab ich Schlimmes getan? Entfremdete dich mir ein Zauber?
Oder hat dich vielleicht wieder ein Mädchen verstimmt?
Kämst du zurück doch zu mir, so gewiß kein lockeres Dirnchen
ihren reizenden Fuß über die Schwelle gesetzt!
Eigentlich wär ich verpflichtet, dir meinen Schmerz zu entgelten,
aber es wird sich mein Groll niemals entladen so wild,
daß ich dir Anlaß gäbe zur Wut und du Tränen vergössest,
deren rinnender Strom dir deine Augen entstellt.
War's, weil du wenig Zeichen veränderter Farbe gewahrtest
und nicht dauernd mein Mund ewige Treue verspricht?
Ihr sollt Zeugen mir sein, wenn Bäume Liebe empfinden,
Buche und Fichte, die Pan innige Neigung bewahrt!
Wie oft hallt mein Ruf zurück vom zitternden Laubdach
und in die Rinde des Stamms ritze ich ›Cynthia‹ ein! –
Oder etwa, weil dein eignes Verschulden mir Kummer gemacht hat,
Kummer, den einzig die Tür kennt, die verschwiegen und stumm?
Ängstlich halte ich mich, du Gestrenge, an deine Befehle.
Schmerzt mich auch heftig dein Tun, laut beklag ich mich nie.
Dafür hab ich nun heilige Quellen und eisige Felsen
und in der Wildnis des Walds härtestes Lager zur Ruh.
Alles, wovon meine Klagen berichten können, ich muß es
lärmenden Vögeln allein sagen in einsamem Schmerz.
Wie du auch seist, immer halle im Wald mein ›Cynthia‹ wider,
und in dem Felsengeklüft breche dein Name sich stets!

Liebesgötter

Liebste du, als ich zu Ende der Nacht, weintrunken, umherzog
und sich keiner mir bot, der mir Hilfe geliehn,
kam mir ein Haufe von Bübchen, ich weiß nicht wie viele, entgegen –
ach, mein Schreck ließ nicht zu, daß ich sie einzeln gezählt! –,

quorum alii faculas, alii retinere sagittas,
pars etiam visa est vincla parare mihi.
Sed nudi fuerant. Quorum lascivior unus:
'Arripite hunc!' inquit, 'iam bene nostis eum;
hic erat, hunc mulier nobis irata locavit.'
Dixit, et in collo iam mihi nodus erat.
Hic alter iubet in medium propellere, at alter:
'Intereat, qui nos non putat esse deos!
Haec te non meritum totas exspectat in horas;
at tu nescioquas quaeris, inepte, fores.
Quae cum Sidoniae nocturna ligamina mitrae
solverit atque oculos moverit illa graves,
afflabunt tibi non Arabum de gramine odores,
sed quos ipse suis fecit Amor manibus.
Parcite iam, fratres; iam certos spondet amores
et iam ad mandatam venimus, ecce, domum.'
Atque ita me iniecto duxerunt rursus amictu
'I nunc et noctes disce manere domi!'

Disce, quid Esquilias hac nocte fugarit aquosas,
cum vicina novis turba cucurrit agris.
Lanuvium annosi vetus est tutela draconis,
hic, ubi tam rarae non perit hora morae,
qua sacer abripitur caeco descensus hiatu,
qua penetrat virgo (tale iter omne cave!),
ieiuni serpentis honos cum pabula poscit
annua et ex ima sibila torquet humo.

einige waren mit Fackeln versehen, mit Pfeilen die andern,
einige auch, wie mir schien, hielten mir Fesseln bereit,
nackt jedoch waren sie alle, und einer, der Schlimmste von allen,
rief nun: »Den hier ergreift, kennt ihr ihn alle doch wohl;
dieser ist's, den die Beleidigte uns zu ergreifen gedungen!«
Und schon war mir der Hals eng von der Schlinge umschnürt.
Einer nun zerrt nach der Mitte mich hin, »zum Styx!« schreit ein andrer,
»fort mit ihm, der verneint, daß wir göttlichen Stamms!
Dich, der es nimmer verdient, erwartet seit Stunden die Freundin,
du jedoch, schwankender Tor, irrst um anderer Tür!
Löst zur Nacht sich dein Mädchen die Schleifen des purpurnen Häubchens,
schlägt sie, benommen vom Schlaf, eben die Augen nur auf,
Düfte dann weich dich umwehn, die Arabiens Fluren nicht kennen,
nein, wie sie Amors Hand kunstvoll selber nur mischt.
Doch nun schont ihn, ihr Brüder, schon reut's ihn gewiß, daß er irrte,
und schon sind wir am Haus, das uns jene benannt!«
Drauf nun hüllten sie mich in den Mantel aufs neue und riefen:
»Geh nun, und, besser belehrt, streife bei Nacht nicht umher!«

Paul Lewinsohn

Das Lanuvische Fest

Da war was los heute nacht in der esquilinischen Neustadt!
Alles Volk unterwegs! Laß dir berichten davon.
Lange schon schirmt Lanuviums Flur eine uralte Schlange.
Manches gibt's da zu sehn, was man nur selten erlebt.
Hier gähnt ein heiliger Schlund, der tief ins Dunkel hinabschießt
und den die Jungfrau betritt – Mädchen, von so was sieh ab! –,
wenn am Fest die hungrige Schlange ihr jährliches Futter
heischt und in Windungen sich zischend vom Boden erhebt.

Talia demissae pallent ad sacra puellae,
cum temere anguino conditur ore manus.
Ille sibi admotas a virgine corripit escas:
virginis in palmis ipsa canistra tremunt.
Si fuerint castae, redeunt in colla parentum,
clamantque agricolae: 'Fertilis annus erit!'
Huc mea detonsis avecta est Cynthia mannis:
causa fuit Iuno, sed mage causa Venus.
Appia, dic quaeso, quantum te teste triumphum
egerit effusis per tua saxa rotis,
turpis in arcana sonuit cum rixa taberna:
si sine me, famae non sine labe meae.
Spectaclum ipsa sedens primo temone pependit
ausa per inpuros frena movere locos.
Serica nam taceo vulsi carpenta nepotis
atque armillatos colla Molossa canes,
qui dabit inmundae venalia fata saginae,
vincet ubi erasas barba pudenda genas.
Cum fieret nostro totiens iniuria lecto,
mutato volui castra movere toro.
Phyllis Aventinae quaedam est vicina Dianae,
sobria grata parum: cum bibit, omne decet.
Altera Tarpeios est inter Teia lucos,
candida, sed potae non satis unus erit.
His ego constitui noctem lenire vocatis
et Venere ignota furta novare mea.
Unus erat tribus in secreta lectulus herba.
Quaeris concubitus? Inter utramque fui.
Lygdamus ad cyathos, vitrique aestiva supellex
et Methymnaei Graia saliva meri.

Da erblassen die Mädchen, die solches Opfer vollziehen
und dem züngelnden Maul blind ihre Hände vertraun.
Gierig schnappt das Reptil nach den ihm gebotenen Bissen;
jenen zittert dabei sogar der Korb in der Hand.
Waren sie keusch, dann kehrn sie zurück und umhalsen die Eltern.
Laut schallt der Landleute Ruf: »Das wird ein fruchtbares Jahr!« –
Dorthin ging Cynthias Fahrt mit den kurzgeschorenen Ponys,
angeblich, Juno zu ehrn; eher war Venus ihr Ziel.
Appische Straße, bezeuge du mir ihren stolzen Triumphzug!
Über dein Pflaster mit Schwung rollten die Räder dahin.
In der finsteren Kneipe gab's Streit. Für das Mädchen wie schimpflich!
War ich auch selbst nicht dabei, litt doch darunter mein Ruf.
Das war ein Schauspiel! Sie hing beim Kutschiern fast vorn auf der Deichsel,
lenkte keck ihr Gespann an üblen Orten vorbei.
Reden wir nicht von dem Weichling im seidenen Polster des Wagens,
von seiner Meute im Schmuck kostbarer Bänder am Hals.
Der frißt den Wanst sich noch voll, fürs Fechterdasein, im Schmutze,[1]
wenn erst der gräßliche Bart wächst auf dem glatten Gesicht.
Weil unser Lager schon oft so manche Unbill erfahren,
wollt ich zum Liebesgefecht andere Stellung beziehn.
Phyllis heißt ein Mädchen, das wohnt beim Tempel Dianas;
nüchtern taugt sie nicht viel, aber beim Weine – oho!
Eine andre heißt Teja, ihr Haus steht im Sattel Tarpejas;
durchaus solid, doch im Rausch kriegt sie nicht Männer genug.
Diese bestellte ich mir, um über die Nächte zu kommen
und auf heimlicher Fahrt Neuland der Liebe zu sehn.
Drei nahmen ein *Sofa ein an verschwiegener Stelle des Gartens.*
Wie wir lagen, fragst du. Ich inmitten der zwei.
Lygdamus war unser Mundschenk, und einfach waren die Gläser,
aber ein Weinchen darin: Lesbier edelster Art!

1 Gladiatoren mußten, um für den Kampf stark zu werden, sich mästen lassen, meist in unsauberen Räumen nach Art armer Leute.

Nile, tuus tibicen erat, crotalistria Phyllis,
et facilis spargi munda sine arte rosa;
magnus et ipse suos breviter concretus in artus
iactabat truncas ad cava buxa manus.
Sed neque suppletis constabat flamma lucernis,
reccidit inque suos mensa supina pedes.
Me quoque per talos Venerem quaerente secundos
semper damnosi subsiluere canes.
Cantabant surdo, nudabant pectora caeco:
Lanuvii ad portas, ei mihi, solus eram;
cum subito rauci sonuerunt cardine postes
et levia ad primos murmura facta Lares.
Nec mora, cum totas resupinat Cynthia valvas
non operosa comis, sed furibunda decens.
Pocula mi digitos inter cecidere remissos
pallueruntque ipso labra soluta mero.
Fulminat illa oculis et, quantum femina, saevit,
spectaclum capta nec minus urbe fuit.
Phyllidos iratos in vultum conicit ungues,
territa vicinas Teia clamat aquas.
Lumina sopitos turbant elata Quirites,
omnis et insana semita nocte sonat.
Illas direptisque comis tunicisque solutis
excipit obscurae prima taberna viae.
Cynthia gaudet in exuviis victrixque recurrit
et mea perversa sauciat ora manu,
imponitque notam collo morsuque cruentat,
praecipueque oculos, qui meruere, ferit.
Atque ubi iam nostris lassavit bracchia plagis,
Lygdamus ad plutei fulcra sinistra latens

Einer vom Nil blies Flöte, die Kastagnetten schlug Phyllis;
Rosen dazu, ohne Kunst leicht auf den Boden gestreut.
Und ein winziger Zwerg mit kurzen verwachsenen Gliedern
schwang seine Händchen im Takt zu unsrer Flötenmusik.
Aufgefüllt war das Öl, doch trüb nur brannten die Lampen,
und – unheimlich! der Tisch stürzte und kehrte sich um.
Krampfhaft würfelte ich und suchte die Venus zu treffen,
immer sprangen jedoch nur die Hunde heraus.[1]
Taub war ich für den Gesang und blind für die Brüste der Schönen;
ständig war ich im Geist nur am Lanuvischen Tor.
Da, ein Knarren der Haustür, ein heftiges Quietschen der Angeln,
und vom Eingang erscholl undeutlich leises Geräusch.
Und schon öffnen sich weit die Flügeltüren zum Garten:
Cynthia! Wirr die Frisur, aber schön in der Wut!
Gleich verlor ich das Glas aus meinen entsinkenden Händen,
und meine Lippen, vom Wein schlaff schon, wurden ganz blaß.
Blitze sprühn ihre Augen; sie rast wie eben nur Weiber;
dringt der Feind in die Stadt, kann man es schlimmer nicht sehn.
Phyllis bekommt zunächst ihre wütenden Nägel zu spüren,
Teja in Schrecken und Angst ruft alle Nymphen herbei.
Leuchtender Fackelschein reißt die Bürger empor aus dem Schlafe;
in der unseligen Nacht lärmt es auf Weg und auf Steg.
Jene, mit offenem Hemd und zerzausten Haaren, verziehn sich
in das erste Lokal, das sie im Dunkeln entdeckt.
Cynthia freut sich ihres Triumphs und der Zeichen des Sieges,
rennt dann zurück und versetzt mir einen Schlag ins Gesicht,
beißt in den Hals mir ein Mal, daß es blutet; dann kriegen die Augen
noch ihr besonderes Teil, wie sie's nicht anders verdient.
Als sie sich müde geschlagen an mir, spürt in seinem Versteck sie
links an der Seite des Betts nunmehr Lygdamus auf,

1 Venuswurf: wenn jeder der vier Würfel eine andere Seite zeigte; Hundswurf: wenn alle vier Würfel die Eins aufdeckten. Venuswurf war der beste, Hundswurf der schlechteste Wurf.

eruitur geniumque meum protractus adorat.
Lygdame, nil potui: tecum ego captus eram.
Supplicibus palmis tum demum ad foedera veni,
cum vix tangendos praebuit illa pedes,
atque ait: 'Admissae si vis me ignoscere culpae,
accipe, quae nostrae formula legis erit!
Tu neque Pompeia spatiabere cultus in umbra,
nec cum lascivum sternet harena forum;
colla cave inflectas ad summum obliqua theatrum
aut lectica tuae se det aperta morae;
Lygdamus in primis, omnis mihi causa querelae,
veneat et pedibus vincula bina trahat!'
Indixit legem; respondi ego: 'Legibus utar.'
Riserat imperio facta superba dato.
Dein, quemcumque locum externae tetigere puellae,
suffiit ac pura limina tergit aqua,
imperat et totas iterum mutare lacernas
terque meum tetigit sulpuris igne caput.
Atque ita mutato per singula pallia lecto
respondi, et toto solvimus arma toro.

zieht ihn hervor, und da liegt er vor mir und fleht mich um Schutz an.
Armer, ich konnte doch nicht! War ein Gefangner wie du.
Kniend mit flehenden Händen bat ich sie um Gnade. Berühren
durfte ich kaum ihren Fuß. Dann erst kam's zum Vertrag.
»Willst du«, so sprach sie, »daß ich dir deine Sünden verzeihe,
nimm die Bedingungen an, die von mir dir bestimmt.
Geh nie geputzt auf den Bummel im Säulengang des Pompejus;
meide den schlüpfrigen Markt, wenn der Sand ihn bedeckt![1]
Recke dir auch nicht den Hals aus zum obersten Rang des Theaters;
halte mit süßlichem Flirt offene Sänften nicht auf!
Lygdamus aber, der Schuft, der mein ganzes Elend verschuldet,
werde verkauft und sein Fuß zwiefach mit Ketten belegt!«
So verkündete sie. Ich erwiderte: »Alles befolg ich.«
Im Gefühl ihrer Macht lachte sie stolz und vergnügt;
räucherte dann überall, wo die fremden Mädchen gewesen,
holte Wasser vom Quell, wusch alle Schwellen im Haus,
hieß, mich von oben bis unten mit andern Kleidern versehen,
und umkreiste mein Haupt dreimal mit schwefligem Dampf.
Als sie zum Schluß auf dem Lager noch Decke für Decke gewechselt,
stand ich ihr zu Gebot, und es gab Frieden im Bett.

1 Das Forum wurde für die Gladiatorenspiele mit Sand bestreut.

HORATIUS

Quis multa gracilis te puer in rosa
perfusus liquidis urget odoribus
grato, Pyrrha, sub antro?
Cui flavam religas comam

simplex munditiis? Heu quotiens fidem
mutatosque deos flebit et aspera
nigris aequora ventis
emirabitur insolens,

qui nunc te fruitur credulus aurea,
qui semper vacuam, semper amabilem
sperat, nescius aurae
fallacis. Miseri, quibus

intemptata nites: me tabula sacer
votiva paries indicat uvida
suspendisse potenti
vestimenta maris deo.

HORAZ

Welch schlanker Junge
im Kranze von Rosen,
von Salben duftend,
beglückt in der Grotte,
setzt, Pyrrha, dir zu?
Wer ist es, für den du
dein Goldhaar aufsteckst,
mit eitler Berechnung
auf Schlichtheit frisiert?
Erfährt er erst, was Treue bei dir heißt
und wie die Götter ihre Gunst gewandt,
wie häufig wird es Tränen bei ihm geben!
Dann staunt er, unerfahren, wie er ist,
ob solcher Schwärze auf dem Meer der Liebe,
das Sturmesböen auf- und niederpeitschen,
und kommt aus dem Verwundern nie heraus.
Er ahnt ja nicht, wie schnell der Wind sich dreht.
Jetzt genießt er sein Goldkind
im festen Glauben
an Liebe und Treue,
die ewig währt.
Sie alle tun mir leid, die ahnungslos
von deinen Reizen sich noch blenden lassen.
Von mir verkündet eine Weihetafel
an heil'ger Wand, ich hätte hier im Tempel
des mächtgen Meeresgottes meine Kleider,
die noch vor Nässe trieften, aufgehängt.[1]

1 zum Dank für die glückliche Errettung aus dem Schiffbruch der Liebe.

Vides ut alta stet nive candidum
Soracte nec iam sustineant onus
silvae laborantes geluque
flumina constiterint acuto.

Dissolve frigus ligna super foco
large reponens atque benignius
deprome quadrimum Sabina,
o Thaliarche, merum diota.

Permitte divis cetera, qui simul
stravere ventos aequore fervido
deproeliantis, nec cupressi
nec veteres agitantur orni.

Quid sit futurum cras, fuge quaerere, et
quem Fors dierum cumque dabit, lucro
adpone, nec dulcis amores
sperne puer neque tu choreas,

donec virenti canities abest
morosa. Nunc et campus et areae
lenesque sub noctem susurri
conposita repetantur hora,

nunc et latentis proditor intumo
gratus puellae risus ab angulo
pignusque dereptum lacertis
aut digito male pertinaci.

HORAZ

Sieh, des Sorakte Felsengipfel
erglänzt im Schneegewande weiß!
Schwer drückt die Last der Bäume Wipfel,
und auf dem Fluß staut sich das Eis.

Leg, uns vor Kälte wohl zu wahren,
o Freund, ins Feuer Holz genug,
und ohne ängstlich heut zu sparen,
bring Wein uns im Sabinerkrug!

Gott sorgt fürs andre. Wenn sein Wille
der Meeresstürme Toben bricht,
so schweigen die Zypressen stille,
und selbst die Espe regt sich nicht.

Laß ab, zu bangen für das Morgen!
Ein jeder Tag sei dir Gewinn!
Um Liebe nur sollst du dich sorgen,
nur frohem Tanze gib dich hin!

Solang des Alters Gram dir ferne,
soll deine Lust der Ringplatz sein!
Wie lieblich lockt beim Licht der Sterne
ein stillvertrautes Stelldichein!

Wenn aus verstecktem Mädchenschwarme
verräterisches Kichern dringt –
wie süß das Pfand, das man vom Arme,
vom Finger sich mit Müh erzwingt!

Emil Ermatinger

HORATIUS

Tu ne quaesieris, scire nefas, quem mihi, quem tibi
finem di dederint, Leuconoe, nec Babylonios
temptaris numeros. Ut melius, quidquid erit, pati.
Seu pluris hiemes seu tribuit Iuppiter ultimam,
quae nunc oppositis debilitat pumicibus mare
Tyrrhenum: sapias, vina liques et spatio brevi
spem longam reseces. Dum loquimur, fugerit invida
aetas: carpe diem quam minimum credula postero.

HORAZ

Forsche du nicht,
welches Ziel dir die Götter und mir gesetzt,
Leukonoe, wissen darfst du es nicht.
Lasse von Astrologie, stell nicht das Horoskop;
besser, du nimmst
hin, was auch kommt.
Ob uns der Winter noch mehr die Gottheit beschert
oder ob es der letzte,
der jetzt die Wogen des tuskischen Meers am zerfressenen
Tropfstein bricht:
handele klug,
kläre den Wein,
und der Hoffnung Gespinst, das du langhin gezogen,
schneid es zurück.
Zeit gönnt keinen Verzug;
sprichst du, ist sie zerronnen schon.
Gib auf die Zukunft nichts!
Koste den Tag aus;
heute ist heut!

Integer vitae scelerisque purus
non eget Mauris iaculis neque arcu
nec venenatis gravida sagittis,
Fusce, pharetra,

sive per Syrtis iter aestuosas
sive facturus per inhospitalem
Caucasum vel quae loca fabulosus
lambit Hydaspes.

Namque me silva lupus in Sabina,
dum meam canto Lalagen et ultra
terminum curis vagor expeditis,
fugit inermem,

quale portentum neque militaris
Daunias latis alit aesculetis
nec Iubae tellus generat, leonum
arida nutrix.

Pone me pigris ubi nulla campis
arbor aestiva recreatur aura,
quod latus mundi nebulae malusque
Iuppiter urget,

pone sub curru nimium propinqui
solis, in terra domibus negata:
dulce ridentem Lalagen amabo,
dulce loquentem.

HORAZ

Unschuld und ein gut Gewissen
braucht nicht maurisch Spieß und Bogen,
auch den Köcher nicht, Freund Fuscus,
schwer von giftgetränkten Pfeilen,

sei es in der Glut der Syrten
oder in kaukas'scher Wildnis,
sei's an des Hydaspes Ufern,
der von Sagen viel umwoben.
Wie ich im Sabinerwalde
über meines Gütchens Grenzen
unbewehrt und sorglos schlendre,
meine Lalage besingend,

flieht vor mir ein Wolf: ein Untier,
wie's in seinen weiten Wäldern
Daunien nicht nährt, nicht Jubas
Land, der Löwen dürre Mutter.

Setz mich in die Steppen, wo kein
Baum im Sommerlüftchen auflebt,
dort, wo dichte Nebelschwaden
und ein finstrer Himmel dräuen;

setz mich allzunah der Sonne
in ein Land, besiedlungtrotzend:
lieben werd ich, Lalage, dein
süßes Lachen, süßes Plaudern.

Cum tu, Lydia, Telephi
cervicem roseam, cerea Telephi
laudas bracchia, vae meum
fervens difficili bile tumet iecur.

Tum nec mens mihi nec color
certa sede manet, umor et in genas
furtim labitur, arguens,
quam lentis penitus macerer ignibus.

Uror, seu tibi candidos
turparunt umeros inmodicae mero
rixae, sive puer furens
inpressit memorem dente labris notam.

Non, si me satis audias,
speres perpetuum dulcia barbare
laedentem oscula, quae Venus
quinta parte sui nectaris imbuit.

Felices ter et amplius
quos inrupta tenet copula nec malis
divolsus querimoniis
suprema citius solvet amor die.

Mater saeva Cupidinum
Thebanaeque iubet me Semelae puer
et lasciva Licentia
finitis animum reddere amoribus.

Wenn du des Telephos
rosigen Nacken und wachsweiche Arme rühmst,
Lydia:
gleich schwillt mir die Leber in glühendem Zorn;
ins Blut geht die Galle, ich bin gereizt,
die Sinne schwinden, die Farbe vergeht,
und über die Wangen
stiehlt sich die Träne
und zeugt von den schwelenden
Feuern im Herzen,
die mich verzehren.

Ob dir die schimmernden Schultern
trunkne Streitsucht geschändet,
rasend der Knabe ein Mal dir
in die Lippe gegraben:
das brennt, das brennt!

Hörst du auf mich, erwarte Treue nicht,
wenn einer nach Barbarenart die Küsse,
die süßen, roh entweiht, die Venus mit
dem fünften Teile ihres Nektars tränkte.

Dreimal glücklich das Paar und darüber,
dessen Ketten nicht zu sprengen, dessen Liebe, unberührt von
häßlichem Gezänk und Hader, eher nicht ihr Ende findet,
bis der letzte Tag erschienen.

Neue Liebe

Weckst du, Göttin, der Leidenschaft
wilde Mutter, und du, Knabe der Semele,
und du, lüsterner Übermut,
längst verschworene Glut wieder im Herzen mir?

Urit me Glycerae nitor
splendentis Pario marmore purius,
urit grata protervitas
et voltus nimium lubricus adspici.

In me tota ruens Venus
Cyprum deseruit nec patitur Scythas
et versis animosum equis
Parthum dicere nec quae nihil attinent.

Hic vivum mihi caespitem, hic
verbenas, pueri, ponite turaque
bimi cum patera meri:
mactata veniet lenior hostia.

Vitas inuleo me similis, Chloe,
quaerenti pavidam montibus aviis
matrem non sine vano
aurarum et siluae metu.

Nam seu mobilibus veris inhorruit
adventus foliis seu virides rubum
dimovere lacertae,
et corde et genibus tremit.

Atqui non ego te tigris ut aspera
Gaetulusve leo frangere persequor:
Tandem desine matrem
tempestiva sequi viro.

Stets an Glyceras schimmernden
Nacken denk ich, vor dem parischer Marmor weicht,
an ihr reizend verwegenes Spiel
und den trunkenen feucht schwimmenden Wonneblick.

Ihrer Insel vergessend, fällt
dann mit ganzer Gewalt Venus mich an und läßt
mich nicht Skythen noch flüchtiger
Partherreiter Geschoß singen noch andres sonst.

Bringt denn duftigen Rasen mir,
heil'ge Kräuter mir her, Knaben, und Räucherwerk,
auch die Schale mit Firnem reicht!
Wenn das Opfer gebracht, wird sie gelinder sein.

Emanuel Geibel

An Chloë

Warum fliehst du mich, Kind, scheu wie das junge Reh,
das im wilden Gebirg nach der geängsteten
Mutter sucht und in eitler
Furcht vor jeglichem Hauch erschrickt?

Gehn durchs zitternde Laub nur des erwachenden
Frühlings Schauer dahin, raschelt im Brombeerstrauch
nur die grüne Lazerte,
gleich erbeben ihm Herz und Knie.

Doch ich folge ja nicht wie ein Gätulerleu,
wie ein Tiger dir nach, der dich zerreißen will;
laß denn, laß von der Mutter
endlich, da du zur Liebe reif!

Emanuel Geibel

Natis in usum laetitiae scyphis
pugnare Thracum est: tollite barbarum
morem verecundumque Bacchum
sanguineis prohibete rixis.

Vino et lucernis Medus acinaces
immane quantum discrepat: inpium
lenite clamorem, sodales,
et cubito remanete presso.

Voltis severi me quoque sumere
partem Falerni? Dicat Opuntiae
frater Megyllae, quo beatus
volnere, qua pereat sagitta.

Cessat voluntas? Non alia bibam
mercede. Quae te cumque domat Venus,
non erubescendis adurit
ignibus, ingenuoque semper

amore peccas. Quidquid habes, age
depone tutis auribus. A miser,
quanta laborabas Charybdi,
digne puer meliore flamma.

Quae saga, quis te solvere Thessalis
magus venenis, quis poterit deus?
Vix inligatum te triformi
Pegasus expediet Chimaera.

HORAZ

Mit Bechern fechten, die für die Fröhlichkeit
geschaffen sind, steht Thraziern an. – Verbannt
Barbarenbrauch; dem frommen Bacchus
haltet die blutigen Händel ferne!

Ein greller Mißklang dünken mich Mederdolch
und Wein und Lampen. – Mäßiget, Freunde, denn
den gottvergeßnen Lärm und rastet,
friedlich ins Lager gelehnt, wie vordem.

Wollt ihr, ich spreche selber dem feurigen
Falerner zu? So sag der opuntischen
Megilla Bruder mir, von welchen
Wunden und Pfeilen er selig sterbe.

Er mag nicht? Gut, so trink ich auch nicht. Ich tu's
um diesen Preis, sonst keinen. – Wann immer dir
und wo dir Venus nahte, darfst du
nicht um dein Feuer erröten, frönst nicht

unedler Liebschaft. Sei's, was es sei, pack aus! –
Ich hör und weiß zu schweigen. – – Unseliger,
Charybdis schlang dich ein – und welche!
Sohn, der du besserer Flamme wert wärst!

Welch Zaubrer, welch thessalisches Kräuterweib
vermag's und löst dich, wer von den Himmlischen?
Dich würgt die dreifache Chimära,
der dich kaum Pegasus selbst entwände!

Rudolf Alexander Schröder

O Venus regina Cnidi Paphique,
sperne dilectam Cypron et vocantis
ture te multo Glycerae decoram
transfer in aedem.

Fervidus tecum puer et solutis
Gratiae zonis properentque Nymphae
et parum comis sine te Iuventas
Mercuriusque.

Albi, ne doleas plus nimio memor
inmitis Glycerae, neu miserabilis
decantes elegos, cur tibi iunior
laesa praeniteat fide.

Insignem tenui fronte Lycorida
Cyri torret amor, Cyrus in asperam
declinat Pholoen; sed prius Apulis
iungentur capreae lupis,

quam turpi Pholoe peccet adultero.
Sic visum Veneri, cui placet inparis
formas atque animos sub iuga aenea
saevo mittere cum ioco.

Ipsum me melior cum peteret Venus,
grata detinuit compede Myrtale
libertina, fretis acrior Hadriae
curvantis Calabros sinus.

Die du Paphos' Klippe beschirmst und Knidos,
laß dein Kypern, Kypria, stehn, erscheine,
wo mit Weihrauch Glycera dich im schönen
Hause bewirtet:

dir gesellt der feurige Sohn, die Schwestern
gürtellos, die dreie, zusamt den Nymphen
und Merkur und jene zumal, die dir nur
lächelt, Juventas.

Rudolf Alexander Schröder

An Albius Tibullus

Sei, mein Albius, nicht ewig des Harms gedenk,
den dir Glycera schuf, noch in elegischer
Klage singe dich müd, weil dich ein Jüngerer
ausstach bei der Verräterin.

Auch Lycoris, wiewohl reizend an Stirn und Braun,
glüht für Cyrus umsonst, Cyrus hat Pholoën,
die sein spottet, erwählt, doch dem apulischen
Wolf paart eher das Reh sich wohl,

eh sein wildes Bemühn Pholoës Gunst erringt.
Das ist Kyprias Lust, die von Gestalt und Sinn
Ungleichartiges gern unter das Joch von Erz
grausam scherzend zusammenzwingt.

Mich selbst, dem das Geschick edlere Liebe bot,
hielt im reizenden Netz Myrtale fest umgarnt,
Sklavin einst und im Zorn wild wie die Hadria,
die Kalabriens Buchten wühlt.

Emanuel Geibel

Ne sit ancillae tibi amor pudori,
Xanthia Phoceu: prius insolentem
serva Briseis niveo colore
movit Achillem,

movit Aiacem Telamone natum
forma captivae dominum Tecmessae,
arsit Atrides medio in triumpho
virgine rapta,

barbarae postquam cecidere turmae
Thessalo victore et ademptus Hector
tradidit fessis leviora tolli
Pergama Grais.

Nescias an te generum beati
Phyllidis flavae decorent parentes;
regium certe genus et penatis
maeret iniquos.

Crede non illam tibi de scelesta
plebe dilectam neque sic fidelem,
sic lucro aversam potuisse nasci
matre pudenda.

Bracchia et voltum teretesque suras
integer laudo – fuge suspicari –
cuius octavum trepidavit aetas
claudere lustrum.

Brauchst der Liebe zu der Magd dich nicht zu schämen,
Phoker Xanthias: Achill, den stolzen,
hat die Sklavin schon, Briseïs, mit dem Glanze
schneeigweißer Haut dereinst geblendet.

Anmut der Gefangenen Tekmessa reizte
ihren Herrn, den Telamonier Ajax.
Mitten im Triumph entbrannte der Atride
für ein Mädchen, das durch Raub gewonnen

damals, als die phrygschen Scharen hingesunken,
von thessalscher Siegerhand bewältigt,
und das Ende Hektors den erschöpften Griechen
leichter Trojas Feste in die Hand gab.

Weiß man's? Phyllis' Eltern sind wohl gar begütert,
Leute, die dem Eidam Ehre bringen!
Zweifellos fließt Königsblut in ihren Adern,
und sie härmt sich ob der Götter Ungunst.

Nein, du wählst dir keine aus des Volkes Hefe.
Eine, die so treu ist und so wenig
an Gewinn denkt, kann unmöglich eine Mutter
haben, deren man sich schämen muß.

Arme, Antlitz und die Waden, wie gedrechselt,
preis ich sonder Arg – denk doch nichts Schlimmes!
Hat ja leider schon der Lauf der flüchtgen Jahre
mich die Vierzig überschreiten lassen.

Ulla si iuris tibi peierati
poena, Barine, nocuisset umquam,
dente si nigro fieres vel uno
turpior ungui,

crederem: sed tu simul obligasti
perfidum votis caput, enitescis
pulchrior multo iuvenumque prodis
publica cura.

Expedit matris cineres opertos
fallere et toto taciturna noctis
signa cum caelo gelidaque divos
morte carentis.

Ridet hoc, inquam, Venus ipsa, rident
simplices Nymphae, ferus et Cupido
semper ardentis acuens sagittas
cote cruenta.

Adde quod pubes tibi crescit omnis,
servitus crescit nova nec priores
inpiae tectum dominae relinquunt
saepe minati.

Te suis matres metuunt iuvencis,
te senes parci miseraeque nuper
virgines nuptae, tua ne retardet
aura maritos.

HORAZ

Barine

Wärst du einmal *nur wegen all der Schwüre,*
die du treulos brachst, gestraft, Barine,
würd ein *Zahn nur schwarz, nur* ein *Nagel fleckig –*
glaubte ich gern dir!

Doch mit jedem Schwur, der dein Haupt belastet,
strahlest du in hellerem Glanz, o Mädchen!
Wo du nur erscheinst, fliegen alle Herzen
dir mit Gewalt zu.

Jeder Meineid frommt: bei der Mutter Asche,
bei der heil'gen Nacht, den verschwiegnen Sternen,
bei dem Himmel selbst und den Göttern, die kein
eisiger Tod trifft.

Das zwingt, mein ich, Venus sogar zum Lachen
und der Nymphen argloses Herz, den grausen
Amor, der stets flammende Pfeile schärft auf
blutigem Wetzstein.

Wunderbar! Dir fällt immer neu die Jugend
als Gefolge zu, aber auch die Alten
können nicht zurück von der Falschen Haus, wie
oft sie's auch drohen.

Mütter fürchten dich um der Jungen willen,
karge Väter dich, und die arme Jungfrau,
die erst jüngst vermählt, daß den Gatten nicht dein
Hauch ihr bezaubre.

Hans Färber

Quid fles, Asterie, quem tibi candidi
primo restituent vere favonii
Thyna merce beatum,
constantis iuvenem fidei

Gygen? Ille notis actus ad Oricum
post insana caprae sidera frigidas
noctes non sine multis
insomnis lacrimis agit.

Atqui sollicitae nuntius hospitae,
suspirare Chloen et miseram tuis
dicens ignibus uri,
temptat mille vafer modis;

ut Proetum mulier perfida credulum
falsis impulerit criminibus nimis
casto Bellerophontae
maturare necem, refert,

narrat paene datum Pelea Tartaro,
Magnessam Hippolyten dum fugit abstinens,
et peccare docentes
fallax historias movet.

Frustra: nam scopulis surdior Icari
voces audit adhuc integer. At tibi
ne vicinus Enipeus
plus iusto placeat cave,

HORAZ

Der ferne Geliebte

Was, Asterie, weinst du um den Gyges stets?
Bringt der heitere West dir ihn beim ersten Lenz,
reich an thynischen Waren,
den Getreuen, ja doch zurück!

Als der Ziege Gestirn tobte, nach Orikum
trieben Stürme ihn da; frostige Nächte nun
bringt er ohne den Schlummer
jetzt dort tränengebadet zu.

Doch die Wirtin voll Glut schickt ihm den Boten zu:
Chloë seufze um ihn, sagt er, und sehne sich
heiß, gerade wie du jetzt.
Schlau versucht er ihn tausendfach.

Er erzählt ihm, wie einst Prötus' verbuhltes Weib
durch erlognen Bericht reizte den gläub'gen Mann,
dem Bellerophon eiligst
Mord zu sinnen, der gar zu brav,

sagt: »Zum Tartarus auch sandte man Peleus fast,
der Hippolyte keusch mied in Magnesia.«
Listig bringt er Geschichten,
die verführerisch wirken, vor.

Doch umsonst! Denn er hört tauber die Worte noch
als des Ikarus Fels, hielt sich noch rein. Doch du,
schau, daß Nachbar Enipeus
dir nicht mehr, als es recht, gefällt!

quamvis non alius flectere equum sciens
aeque conspicitur gramine Martio
nec quisquam citus aeque
Tusco denatat alveo.

Prima nocte domum claude neque in vias
sub cantu querulae despice tibiae
et te saepe vocanti
duram difficilis mane.

Donec gratus eram tibi
nec quisquam potior bracchia candidae
cervici iuvenis dabat,
Persarum vigui rege beatior.

'Donec non alia magis
arsisti neque erat Lydia post Chloen,
multi Lydia nominis
Romana vigui clarior Ilia.'

Me nunc Thressa Chloe regit,
dulcis docta modos et citharae sciens,
pro qua non metuam mori,
si parcent animae fata superstiti.

'Me torret face mutua
Thurini Calais filius Ornyti,
pro quo bis patiar mori,
si parcent puero fata superstiti.'

Mag man keinen auch sonst noch auf dem Marsfeld sehn,
der so kundig wie er lenkte sein Roß durchs Gras,
schwimmt auch keiner so hurtig
je den tuskischen Strom hinab.

Schließ beim Nahen der Nacht immer das Haus! Und schau
nicht zur Gasse hinab, klagt dort der Flöte Klang!
Schmäht er oft dich auch grausam,
bleib du selber nur immer hart!

Rudolf Helm

Alte Liebe

Horaz Lydia

H. *Als willkommen ich dir noch war*
und kein trauterer Freund zärtlich die Arme dir
um den blendenden Nacken schlang:
o mit Persiens Schah hätt ich da nicht getauscht.

L. *Als nur ich dir im Herzen lag*
und vor Chloë noch nicht Lydias Reiz erblich,
als dir Lydia alles war:
o ich hätte mit Roms Ilia nicht getauscht.

H. *Jetzt ist's Chloë, die Thrakermaid,*
die mich fesselt; gar süß singt sie zum Lautenspiel;
freudig gäb ich das Leben hin,
wenn nur ihr das Geschick längeres Dasein gönnt.

L. *Mich hat Calais jetzt entflammt,*
wechselseitige Glut hält uns in süßem Bann;
zweimal gäb ich das Leben hin,
wenn nur ihm das Geschick längeres Dasein gönnt.

Quid si prisca redit Venus
diductosque iugo cogit aeneo,
si flava excutitur Chloe
reiectaeque patet ianua Lydiae?

'Quamquam sidere pulcrior
ille est, tu levior cortice et inprobo
iracundior Hadria,
tecum vivere amem, tecum obeam lubens.'

Extremum Tanain si biberes, Lyce,
saevo nupta viro, me tamen asperas
porrectum ante foris obicere incolis
plorares Aquilonibus.

Audis, quo strepitu ianua, quo nemus
inter pulcra satum tecta remugiat
ventis et positas ut glaciet nives
puro numine Iuppiter?

Ingratam Veneri pone superbiam,
ne currente retro funis eat rota:
non te Penelopen difficilem procis
Tyrrhenus genuit parens.

O quamvis neque te munera nec preces
nec tinctus viola pallor amantium
nec vir Pieria paelice saucius
curvat, supplicibus tuis

H. *Wie, wenn wieder die Liebe kehrt*
und ins eherne Joch neu die Getrennten zwingt?
Wenn ich Chloë den Abschied geb
und die Tür wie zuvor Lydien offensteht?

L. Er *ist schöner als Sternenglanz,*
du *noch leichter als Kork, zornig und ungestüm*
wie der Hadria wilde Flut:
dennoch, Liebster, mit dir leb ich und sterb ich gern.

Hermann Menge

Und wärest eine Skythin du,
Barbarenweib im fernsten Ort,
du sähst nicht ohne Rührung zu,
läg ich vor deiner Pforte dort
im kalten Nord!

Hör, wie die Tür gerüttelt knackt,
hör, wie im Garten Bö auf Bö
die armen Bäumchen schüttelnd packt!
Vom Himmel schickt uns Zeus, o weh,
schon Eis und Schnee.

Den Spröden zürnet Venus sehr.
Bedenke, daß die Kette bricht,
wenn ihre Last wird allzuschwer.
Mach kein Penelope-Gesicht;
das steht dir nicht.

Und beuget dich auch kein Geschenk
und keine Liebeslitanein:
dein braves Männchen, das bedenk,
ließ mit der Thrakierin sich ein.

parcas, nec rigida mollior aesculo
nec Mauris animum mitior anguibus:
non hoc semper erit liminis aut aquae
caelestis patiens latus.

Miserarum est neque amori dare ludum neque dulci mala vino lavere, aut exanimari metuentis patruae verbera linguae.

Tibi qualum Cythereae puer ales, tibi telas operosaeque Minervae studium aufert, Neobule, Liparaei nitor Hebri,

simul unctos Tiberinis umeros lavit in undis, eques ipso melior Bellerophonte, neque pugno neque segni pede victus,

catus idem per apertum fugientis agitato grege cervos iaculari et celer arto latitantem fruticeto excipere aprum.

Der harten Eiche gleicht dein Stolz.
Ein Schlangenherz in dir ich seh!
Denkst du, daß ich auf diesem Holz
noch länger lieg in Sturm und Schnee?
Nein, jetzt ade!

Hans Draheim

Die Haustochter

Ach, welch Elend, nie der Liebe
süßem Spiel sich hinzugeben,
nie sein Leid im Wein zu baden oder vor der Sitten-
richter
strengem Tadel zu erbeben! –

Doch den Nähkorb stiehlt dir Amor,
und das Strickzeug sinkt zu Boden,
und des Haushalts schöne Künste sind vergessen, junge
Neugier,
wenn dein Hebrus strahlend auftaucht

oder gar die blanken Schultern
in der Flut des Tiber badet.
Ach, er reitet wie kein andrer, sei's den Pegasus; im
Faustkampf
wie im Wettlauf nicht zu schlagen!

Ja, er kann in freier Wildbahn
aus dem aufgescheuchten Rudel
noch den flüchtgen Hirsch erjagen und gewandt den
Keiler fangen,
der im tiefen Dickicht lagert.

Josef Tiefenbacher

Vixi puellis nuper idoneus
et militavi non sine gloria;
nunc arma defunctumque bello
barbiton hic paries habebit,

laevom marinae qui Veneris latus
custodit. Hic, hic ponite lucida
funalia et vectis et arcus
oppositis foribus minacis.

O quae beatam diva tenes Cyprum et
Memphin carentem Sithonia nive,
regina, sublimi flagello
tange Chloen semel arrogantem.

Est mihi nonum superantis annum
plenus Albani cadus, est in horto,
Phylli, nectendis apium coronis,
est hederae vis

multa, qua crines religata fulges.
ridet argento domus, ara castis
vincta verbenis avet immolato
spargier agno;

cuncta festinat manus, huc et illuc
cursitant mixtae pueris puellae,
sordidum flammae trepidant rotantes
vertice fumum.

Kampfesmüde

Bis heute lebt ich ganz für die Mädchen, und
nicht ohne Kriegsruhm hab ich gedient; doch jetzt
soll, müd des Kampfspiels, Schwert und Leier
hier an der Mauer mir ruhn, die schützend

der Meeresgöttin Venus zur Linken steht.
Hier, Knaben, legt die Fackeln, die leuchtenden,
die Hebel hier, die Bogen nieder,
die den verrammelten Pforten drohten.

O Göttin, die im seligen Cyprus thront,
in Memphis, frei vom Schnee des Sithonerlands,
nur einmal noch, o Fürstin, triff mit
schwirrender Geißel die stolze Chloë!

Hans Färber

Mäcenas' Geburtstag

Bei mir liegt ein Krug voll Albanerweines,
älter als neun Jahre; im Garten wächst mir
Eppich, Phyllis, Kränze daraus zu flechten;
reichlich besitz ich

Efeu, den du prangend ins Haar dir windest;
Silber lacht im Haus, und, mit keuschem Laube
rings bekränzt, verlangt der Altar die Tropfen
Blutes vom Lämmlein.

Ringsum regt die Schar sich, und hier- und dorthin
laufen eilend Mädchen zugleich und Knaben.
Auf dem Herd den rußigen Staub aufwirbelnd,
flackern die Flammen.

Ut tamen noris, quibus advoceris
gaudiis: Idus tibi sunt agendae,
qui dies mensem Veneris marinae
findit Aprilem,

iure sollemnis mihi sanctiorque
paene natali proprio, quod ex hac
luce Maecenas meus affluentes
ordinat annos.

Telephum, quem tu petis, occupavit
non tuae sortis iuvenem puella
dives et lasciva tenetque grata
compede vinctum.

Terret ambustus Phaethon avaras
spes et exemplum grave praebet ales
Pegasus terrenum equitem gravatus
Bellerophontem,

semper ut te digna sequare et ultra
quam licet sperare nefas putando
disparem vites. Age iam, meorum
finis amorum

(non enim posthac alia calebo
femina), condisce modos, amanda
voce quos reddas: minuentur atrae
carmine curae.

Aber wissen sollst du, zu welchen Freuden
ich dich ruf: zu feiern den Tag der Iden,
der der meerentstiegenen Venus Monat,
der den April teilt,

der für mich stets festlich mit Recht und heil'ger
fast noch als der eigne Geburtstag selber;
rechnet mein Mäcen doch von ihm die Jahre,
die sich ihm runden.

Komm! Den jungen Telephus, dem du nachgehst,
der nicht deines Standes, gewann ein reiches,
lockres Mädchen sich, und in süßen Banden
hält sie ihn fest jetzt.

Hoff nicht gierig! Phaëthon, der versengt ward,
warnt dich und Bellerophons ernstes Beispiel,
den als irdschen Reiter, beschwingt sich hebend,
Pegasus abwarf.

Folge immer dem, was dir ziemt! Und weiter,
als erlaubt, zu hoffen, das halt für Frevel!
Wer dir ungleich, meide! Du meiner Lieben
letzte, wohlan denn –

nimmer glüh ich ja für ein ander Weib noch –,
lern von mir die Weisen, mit lieber Stimme
dann sie uns zu singen! Der düstre Kummer
schwindet beim Liede.

Rudolf Helm

Nox erat et caelo fulgebat luna sereno
inter minora sidera,
cum tu, magnorum numen laesura deorum,
in verba iurabas mea,
artius atque hedera procera astringitur ilex
lentis adhaerens bracchiis,
dum pecori lupus et nautis infestus Orion
turbaret hibernum mare
intonsosque agitaret Apollinis aura capillos,
fore hunc amorem mutuum.
O dolitura mea multum virtute Neaera!
Nam siquid in Flacco viri est,
non feret assiduas potiori te dare noctes
et quaeret iratus parem
nec semel offensi cedet constantia formae,
si certus intrarit dolor.
Et tu, quicumque es felicior atque meo nunc
superbus incedis malo,
sis pecore et multa dives tellure licebit
tibique Pactolus fluat
nec te Pythagorae fallant arcana renati
formaque vincas Nirea,
eheu, translatos alio maerebis amores,
ast ego vicissim risero.

HORAZ

Vergeltung

Nacht war's, und es erstrahlte inmitten der kleinren Gestirne
am heitern Himmel hell der Mond.
Da – du dachtest wohl schon, die großen Götter zu täuschen –
schwurst du den vorgesagten Eid,
enger, als Efeu selbst an die ragende Eiche sich klammert,
mit weichen Armen angeschmiegt:
»Wahrlich, solange der Wolf noch feind den Schafen, Orion
im Herbst den Schiffern stört die See
und auf dem Haupte Apolls noch im Lufthauch wallen die Locken,
erwidr ich deine Liebe auch!« –
Wirst es, Neära, voll Schmerz noch empfinden, daß fest ich mich zeige.
Denn steckt in Flaccus nur ein Mann,
trägt er es nicht, daß du stets einem anderen eher die Nacht weihst,
und sucht erbost ein Lieb, ihm gleich.
Hart, wenn einmal gekränkt, erliegt er nie deinen Reizen,
weiß er genau, daß Grund zum Schmerz. –
Aber auch du, der du glücklicher jetzt und stolz triumphierend
ob meines Leids einherstolzierst,
magst du an Herden auch reich und magst du begütert an Land sein
und fließe dir ein Strom voll Gold,
magst du Pythagoras' Wissen, des neu stets lebenden, haben
und Schönheit mehr als Nireus selbst,
ach, einst trauerst du doch; da geht ihre Liebe zum andern.
Dann werde ich der Lacher sein!

Rudolf Helm

ἈΝΑΚΡΕΟΝΤΕΙΑ

Θέλω λέγειν Ἀτρείδας,
θέλω δὲ Κάδμον ᾄδειν·
ἁ βάρβιτος δὲ χορδαῖς
ἔρωτα μοῦνον ἠχεῖ.
Ἤμειψα νεῦρα πρώην
καὶ τὴν λύρην ἅπασαν·
κἀγὼ μὲν ᾖδον ἄθλους
Ἡρακλέους· λύρη δὲ
ἔρωτας ἀντεφώνει.
Χαίροιτε λοιπὸν ἡμῖν
ἥρωες· ἡ λύρη γὰρ
μόνους ἔρωτας ᾄδει.

Λέγουσιν αἱ γυναῖκες·
'Ἀνάκρεον, γέρων εἶ·
λαβὼν ἔσοπτρον ἄθρει
κόμας μὲν οὐκέτ' οὔσας,
ψιλὸν δέ σευ μέτωπον.'
Ἐγὼ δὲ τὰς κόμας μέν,
εἴτ' εἰσὶν εἴτ' ἀπῆλθον,
οὐκ οἶδα· τοῦτο δ' οἶδα,
ὡς τῷ γέροντι μᾶλλον
πρέπει τὸ τερπνὰ παίζειν,
ὅσῳ πέλας τὰ Μοίρης.

ANAKREONTISCH

Die Laute

Ich will von Atreus' Söhnen,
ich will von Kadmos künden;
doch meiner Laute Saiten,
sie singen nur von Liebe.
Jüngst tauschte ich die Saiten,
sogar die ganze Leier,
zu singen von den Taten
des Herakles: die Laute
erklang in Liebestönen.
So lebt denn wohl, ihr Helden;
es singt ja meine Leier
doch nur allein von Liebe.

Antwort

Es sagen mir die Mädchen:
»Anakreon, du alterst.
Schau nur in deinen Spiegel;
die Haare sind geschwunden,
und licht sind deine Schläfen.«
Ob ich noch Haare habe,
ob sie mir ausgegangen,
ich weiß es nicht; doch weiß ich,
daß um so mehr dem Greise
Scherz und Vergnügen ziemen,
als er dem Ende nah ist.

Μεσονυκτίοις ποθ' ὥραις,
στρέφετ' [ἦμος] Ἄρκτος ἤδη
κατὰ χεῖρα τὴν Βοώτου,
μερόπων δὲ φῦλα πάντα
κέαται κόπῳ δαμέντα,
τότ' Ἔρως ἐπισταθείς μευ
θυρέων ἔκοπτ' ὀχῆας.
'Τίς' ἔφην 'θύρας ἀράσσει;
Κατά μευ σχίζεις ὀνείρους.'
Ὁ δ' Ἔρως 'ἄνοιγε' φησίν·
'βρέφος εἰμί, μὴ φόβησαι·
βρέχομαι δὲ κἀσέληνον
κατὰ νύκτα πεπλάνημαι.'
Ἐλέησα ταῦτ' ἀκούσας,
ἀνὰ δ' εὐθὺ λύχνον ἅψας
ἀνέῳξα, καὶ βρέφος μὲν
ἐσορῶ φέροντα τόξον
πτέρυγάς τε καὶ φαρέτρην.
Παρὰ δ' ἱστίην καθῖσ[α],
παλάμαις τε χεῖρας αὐτοῦ
ἀνέθαλπον, ἐκ δὲ χαίτης
ἀπέθλιβον ὑγρὸν ὕδωρ.
Ὁ δ', ἐπεὶ κρύος μεθῆκεν,
'φέρε' φησί 'πειράσωμεν
τόδε τόξον, εἴ τι μοι νῦν
βλάβεται βραχεῖσα νευρή.'
Τανύει δὲ καί με τύπτει
μέσον ἧπαρ, ὥσπερ οἶστρος·
ἀνὰ δ' ἅλλεται καχάζων,
'ξένε' δ' εἶπε 'συγχάρηθι·
κέρας ἀβλαβὲς μὲν ἡμῖν,
σὺ δὲ καρδίαν πονήσεις.'

Nächtlicher Besuch

Jüngst in mitternächtger Stunde,
als am Himmel schon der Wagen
zu Bootes' Hand sich drehte
und, ermattet von der Arbeit,
schlafend lagen alle Menschen,
da kam Eros noch und pochte
an der Türe meines Hauses.
»Wer doch«, rief ich, »lärmt da draußen
so? Wer störet meine Träume?«
»Öffne«, rief er mir dagegen,
»fürchte nichts. Ich bin ein Knabe.
Habe mich verirrt in mondlos
finstrer Nacht, von Regen triefend.«
Mitleidsvoll vernahm ich dieses,
nahm in Eile meine Lampe,
öffnete und sah ein Knäbchen,
welches Flügel an den Schultern
hatte, Pfeil und Bogen führte.
Alsbald ließ ich ihn zum Feuer
sitzen, wärmte seine Hände
in den meinen; aus den Locken
drückt ich ihm die Regennässe.
Drauf, als ihn der Frost verlassen,
sprach er: »Laß uns doch den Bogen
auch versuchen, ob die Sehne
nicht vom Regen schlaff geworden.«
Spannte, traf, und mir im Busen
saß es wie der Bremse Stachel.
Er nun hüpfte auf und lachte:
»Lieber Wirt, jetzt freu dich mit mir!
Unbeschädigt ist mein Bogen,
doch dir wird das Herz erkranken.« *nach Eduard Mörike*

Δότε μοι, δότ', ὦ γυναῖκες,
Βρομίου πιεῖν ἀμυστί·
ὑπὸ καύματος γὰρ ἤδη
προδοθεὶς ἀναστενάζω.
Δότε δ' ἀνθέων ἐκείνου
στεφάνους, [δόθ', ὡς] πυκάζω·
τὰ μέτωπά μου 'πικαίει·
τὸ δὲ καῦμα τῶν Ἐρώτων,
κραδίη, τίνι σκεπάζω;

Εἰ φύλλα πάντα δένδρων
ἐπίστασαι κατειπεῖν,
εἰ κύματ' οἶδας εὑρεῖν
τὰ τῆς ὅλης θαλάσσης,
σὲ τῶν ἐμῶν ἐρώτων
μόνον ποῶ λογιστήν.
Πρῶτον μὲν ἐξ Ἀθηνῶν
ἔρωτας εἴκοσιν θές,
καὶ πεντεκαίδεκ' ἄλλους.
Ἔπειτα δ' ἐκ Κορίνθου
θὲς ὁρμαθοὺς ἐρώτων·
Ἀχαΐης γάρ ἐστιν,
ὅπου καλαὶ γυναῖκες.
Τίθει δὲ Λεσβίους μοι
καὶ μέχρι τῶν Ἰώνων
καὶ Καρίης Ῥόδου τε
δισχιλίους ἔρωτας.

Glut

Gebt mir, Mädchen, gebt mir Wein her;
will auf einen *Zug ihn trinken.*
Bin schon gänzlich ausgetrocknet,
stöhne unter dieser Hitze!
Gebet mir von Bakchos' Blumen
Kränze, meine Stirn zu kühlen;
denn es brennt in meinen Schläfen. –
Doch die Glut der Liebesflammen,
Herz, wie soll ich sie ersticken?

Rechnung

Verstehst du, alle Blätter
der Bäume anzugeben,
hast du gelernt, die Wellen
der weiten See zu zählen,
sollst du allein die Summe
berechnen meiner Mädchen.

Erst von Athen nimm zwanzig
und dann noch fünfzehn andre.
Dann eine lange Reihe
von Liebchen aus Korinthos;
denn in Achaia liegt es,
wo schöne Frauen blühen
Aus Lesbos und Ionien,
aus Karien und Rhodos
nimm an: zweitausend Mädchen.
Was sagst du, Freund? – Ja, schreib nur!

Τί φῄς; [ἐκηριώθης;]
Οὔπω Σύρους ἔλεξα,
οὔπω πόθους Κανώβου,
οὐ τῆς ἅπαντ' ἐχούσης
Κρήτης, ὅπου πόλεσσιν
Ἔρως ἐποργιάζει.
Τί σοι θέλεις ἀριθμῶ
καὶ τοὺς Γαδείρων ἐκτός,
τῶν Βακτρίων τε κἰνδῶν
ψυχῆς ἐμῆς ἔρωτας;

Φύσις κέρατα ταύροις,
ὁπλὰς δ' ἔδωκεν ἵπποις,
ποδωκίην λαγωοῖς,
λέουσι χάσμ' ὀδόντων,
τοῖς ἰχθύσιν τὸ νηκτόν,
τοῖς ὀρνέοις πέτασθαι,
τοῖς ἀνδράσιν φρόνημα.
Γυναιξὶν οὐκ ἔτ' εἶχεν.
Τί οὖν; Δίδωσι κάλλος
ἀντ' ἀσπίδων ἁπασᾶν,
ἀντ' ἐγχέων ἁπάντων.
Νικᾷ δὲ καὶ σίδηρον
καὶ πῦρ καλή τις οὖσα.

ANAKREONTISCH

Noch hab ich zu gedenken
der Schätzchen aus Kanobos,
aus Syrien und Kreta,
dem segensreichen Kreta,
wo Eros in den Städten
der Liebe Feste feiert.
Wie? Soll ich, was von Gades
und weiterher, von Baktra
und Indien mich beglückt hat,
dir alles hererzählen?

nach Eduard Mörike

Waffen

Es gab Natur die Hörner
dem Stier, dem Roß die Hufe,
Schnellfüßigkeit dem Hasen,
dem Löwen Rachenzähne,
dem Fische seine Flossen,
dem Vogel seine Schwingen.
Dem Manne gab sie Denkkraft,
doch für das Weib blieb nichts mehr.
Was tun? Sie gab ihm Schönheit
statt aller unsrer Schilde,
statt aller unsrer Lanzen.
Ja, über Stahl und Feuer
siegt eine Frau, die schön ist.

nach Eduard Mörike

Χαλεπὸν τὸ μὴ φιλῆσαι,
χαλεπὸν δὲ καὶ φιλῆσαι,
χαλεπώτερον δὲ πάντων
ἀποτυγχάνειν φιλοῦντα.
Γένος οὐδὲν εἰς Ἔρωτα·
σοφίη, τρόπος πατεῖται·
μόνον ἄργυρον βλέπουσιν.
Ἀπόλοιτο πρῶτος αὐτὸς
ὁ τὸν ἄργυρον φιλήσας.
Διὰ τοῦτον οὐκ ἀδελφός,
διὰ τοῦτον οὐ τοκῆες·
πόλεμοι, φόνοι δι' αὐτόν.
Τὸ δὲ χεῖρον, ὀλλύμεσθα
διὰ τοῦτον οἱ φιλοῦντες.

Μή με φύγῃς ὁρῶσα
τὰν πολιὰν ἔθειραν·
μηδ' ὅτι σοὶ πάρεστιν
ἄνθος ἀκμαῖον, [ὥρας]
ἐμᾶς δῶρα [διώσῃ].
Ὅρα κἀν στεφάνοισιν
ὅπως πρέπει τὰ λευκὰ
ῥόδοις κρίνα πλακέντα.

ANAKREONTISCH

Weder Rat noch Trost

Leidig ist es, nicht zu lieben;
leidig auch fürwahr zu lieben;
aber leidiger als beides,
lieben sonder Gegenliebe.

Nicht auf Adel sieht die Liebe;
Weisheit, Tugend stehn verachtet;
Gold allein wird angesehen.
O daß den Verdammnis treffe,
der zuerst das Gold geliebet!
Gold – daneben gilt kein Bruder
mehr, nicht Mutter mehr noch Vater;
Mord und Krieg ist seinetwegen.
Und wir Liebenden – das Ärgste! –
müssen seinethalb verderben.

Eduard Mörike

An ein Mädchen

Nicht fliehen mußt du, Mädchen,
vor diesen grauen Haaren!
Nicht, weil der Jugend Blume
noch herrlich an dir leuchtet,
verachten meine Gaben.
Sieh nur am Kranze selber,
wie lieblich weiße Lilien
mit Rosen sich verflechten!

Eduard Mörike

ἈΝΩΝΥΜΟΙ

Εἴτε σε κυανέῃσιν ἀποστίλβουσαν ἐθείραις,
εἴτε πάλιν ξανθαῖς εἶδον, ἄνασσα, κόμαις,
ἴση ἐπ' ἀμφοτέρων λάμπει χάρις. Ἦ ῥά γε ταύταις
θριξὶ συνοικήσει καὶ πολιῇσιν Ἔρως.

α. Χαῖρε, κόρη. β. Καὶ δὴ σύ. α. Τίς ἡ προιοῦσα; β. Τί πρὸς σέ;
α. Οὐκ ἀλόγως ζητῶ. β. Δεσπότις ἡμετέρη.
α. Ἐλπίζειν ἔξεστι; β. Θέλεις δὲ τί; α. Νύκτα. β. Φέρεις τί;
α. Χρυσίον. β. Εὐθύμει. α. Καὶ τόσον. β. Οὐ δύνασαι.

UNBEKANNTE DICHTER

Mag ich in dunklem Haar dich glänzen sehn,
magst, Herrin, du vor mir in Blond erscheinen:
der gleiche Liebreiz strahlt von beidem aus.
Auf diesen Haaren wird – des bin ich sicher –,
auch wenn sie grau sind, noch Gott Eros ruhn.

»Tag, mein Kind.«. – »Guten Tag.«. – »Wer ist das dort?« – »Geht es dich an?« –
»Frage dich nicht ohne Grund.« – »Nun, meine Herrin ist das.« –
»Darf man hoffen?« – »Du wünschst?« – »Eine Nacht.« – »So sage, was bringst du?«
»Gold.« – »Sei getrost.« – »Und so viel.« – »Damit schaffst du es nicht.«

OVIDIUS

Aestus erat, mediamque dies exegerat horam:
adposui medio membra levanda toro.
Pars adaperta fuit, pars altera clausa fenestrae,
quale fere silvae lumen habere solent,
qualia sublucent fugiente crepuscula Phoebo,
aut ubi nox abiit, nec tamen orta dies:
illa verecundis lux est praebenda puellis,
qua timidus latebras speret habere pudor.
Ecce, Corinna venit, tunica velata recincta
candida dividua colla tegente coma:
qualiter in thalamos famosa Semiramis isse
dicitur et multis Lais amata viris.
Deripui tunicam; nec multum rara nocebat,
pugnabat tunica sed tamen illa tegi;
quae cum ita pugnaret, tamquam quae vincere nollet,
victast non aegre proditione sua.
Ut stetit ante oculos posito velamine nostros,
in toto nusquam corpore menda fuit.
Quos umeros, quales vidi tetigique lacertos!
Forma papillarum quam fuit apta premi!
Quam castigato planus sub pectore venter!
Quantum et quale latus! Quam iuvenale femur!
Singula quid referam? Nil non laudabile vidi
et nudam pressi corpus ad usque meum.
Cetera quis nescit? Lassi requievimus ambo.
Proveniant medii sic mihi saepe dies!

OVID

Sommer war es, Mittag war bereits verflossen:
meine Glieder ruhten auf dem Pfühle,
und es war der Fensterladen halb geöffnet,
Zwielicht war im Raum wie in den Wäldern;
wie die Dämmerung verglüht, wenn Phöbus hinflieht,
wie vor Tage, wenn die Nacht gewichen;
die Beleuchtung paßt so recht für zage Mädchen,
ihre Scham verbärg sie gern im Dunkeln.
Sieh, Corinna kommt, entgürtet ist ihr Kleidchen,
und ihr Haar fließt lose um den Nacken;
so betrat Semiramis die Brautgemächer,
Laïs so, die alle Männer liebten.
Ich riß das Gewand fort, das nicht viel verborgen,
das sie dennoch festzuhalten strebte;
doch sie stritt, als sei ihr nichts am Sieg gelegen –
leicht gewann ich, sie verriet sich selber.
Wie sie meinem Auge hüllenlos sich darbot,
fand an ihrem Leib ich keinen Tadel.
Schultern durfte ich da schauen, Arme streicheln!
Wie die Brüste zum Umspannen luden!
Straff und knapp, der Leib darunter ebenmäßig.
Voll die Hüfte, jugendlich die Beine!
Doch was zähl ich auf, denn nichts war nicht vollkommen –
und ich zog die Nackte innig an mich.
Wer wüßt nicht das Ende? – Müde ruhn wir beide.
Käm noch oft ein solcher Mittag wieder!

Rudolph Schott

Ianitor, indignum, dura religate catena,
difficilem moto cardine pande forem!
Quod precor, exiguumst: Aditu fac ianua parvo
obliquum capiat semiadaperta latus!
Longus amor tales corpus tenuavit in usus
aptaque subducto corpore membra dedit;
ille per excubias custodum leniter ire
monstrat, inoffensos dirigit ille pedes.
At quondam noctem simulacraque vana timebam;
mirabar, tenebris quisquis iturus erat:
risit, ut audirem, tenera cum matre Cupido
et leviter 'fies tu quoque fortis' ait.
Nec mora, venit amor: non umbras nocte volantis,
non timeo strictas in mea fata manus;
te nimium lentum timeo, tibi blandior uni:
tu, me quo possis perdere, fulmen habes.
Adspice (uti videas, inmitia claustra relaxa!),
uda sit ut lacrimis ianua facta meis!
Certe ego, cum posita stares ad verbera veste,
ad dominam pro te verba tremente tuli;
ergo quae valuit pro te quoque gratia quondam,
(heu facinus!) pro me nunc valet illa parum?
Redde vicem meritis! Grato licet esse, quod optas.
Tempora noctis eunt; excute poste seram!
Excute: sic umquam longa relevere catena,
nec tibi perpetuo serva bibatur aqua!
Ferreus orantem nequiquam, ianitor, audis,
roboribus duris ianua fulta riget.
Urbibus obsessis clausae munimina portae
prosunt: in media pace quid arma times?
Quid facies hosti, qui sic excludis amantem?
Tempora noctis eunt; excute poste seram!

Pförtner, der du an der harten Kette schmachtest,
dreh das böse Tor in seiner Angel!
Kleine Bitte: Öffne nur gerad ein bißchen,
daß durch einen Spalt ich seitlich schlüpfe!
Lange Liebe macht geschickt zu derlei Dingen,
da die Glieder schlank und leicht geworden;
Amor lehrt, die Posten leise zu passieren,
lenkt den Fuß, daß er sich nicht verletze.
Angst empfand ich einst vor Nacht und vor Gespenstern,
staunte, wenn im Finstern einer ausging.
Amor lachte da mit seiner holden Mutter,
leichthin sagt' er: »Du wirst schon noch tapfer.«
Bald darauf kam schon die Liebe. Nicht die Schatten
fürcht ich nachts noch jemand, der mir nachstellt;
dich, der allzu langsam, fürcht ich, dir nur schmeichl ich
du nur hast die Macht, mich zu vernichten.
Schau, und um zu sehen, zieh den bösen Riegel,
wie die Türe meine Tränen netzen!
Wie du standest, nackt schon, Prügel zu erhalten,
legte ich ein Wort ein bei der Herrin;
also, was ich damals zu Gefallen dir tat,
kannst du – schmählich – nicht auch jetzt für mich tun?
Tilge deine Dankschuld! Jetzt ist es dir möglich;
Pförtner, mach doch auf, die Nacht verstreicht ja.
Mach doch auf, dann fällt noch einstens deine Kette,
und nicht ewig ißt du Brot der Knechtschaft!
Pförtner, du bist eisern und hörst keine Bitten;
hart, aus Eichenbalken ist die Türe.
Städte, die belagert, schließen ihre Tore,
doch was fürchtest du im Frieden Waffen?
Was tust du dem Feind, wenn du der Liebe zusperrst?
Pförtner, mach doch auf, die Nacht verstreicht ja!
Ich komm nicht mit Kriegern her und nicht mit Waffen,

Non ego militibus venio comitatus et armis:
solus eram, si non saevus adesset Amor;
hunc ego, si cupiam, nusquam dimittere possum:
ante vel a membris dividar ipse meis.
Ergo Amor et modicum circa mea tempora vinum
mecumst et madidis lapsa corona comis.
Arma quis haec timeat? Quis non eat obvius illis?
Tempora noctis eunt; excute poste seram!
Lentus es: an somnus, qui te male perdat, amantis
verba dat in ventos aure repulsa tua?
At, memini, primo, cum te celare volebam,
pervigil in mediae sidera noctis eras.
Forsitan et tecum tua nunc requiescit amica:
heu! Melior quanto sors tua sorte mea!
Dummodo sic, in me durae transite catenae!
Tempora noctis eunt; excute poste seram!
Fallimur, an verso sonuerunt cardine postes,
raucaque concussae signa dedere fores?
Fallimur: inpulsast animoso ianua vento.
Ei mihi! Quam longe spem tulit aura meam!
Si satis es raptae, Borea, memor Orithyiae,
huc ades et surdas flamine tunde foris!
Urbe silent tota, vitreoque madentia rore
tempora noctis eunt; excute poste seram!
Aut ego iam ferroque ignique paratior ipse,
quem face sustineo, tecta superba petam.
Nox et Amor vinumque nihil moderabile suadent:
illa pudore vacat, Liber Amorque metu.
Omnia consumpsi, nec te precibusque minisque
movimus, o foribus durior ipse tuis:
non te formosae decuit servare puellae
limina, sollicito carcere dignus eras;

wär allein, wär nicht der schlimme Amor;
wollt ich selbst, den könnte nirgends ich entlassen,
eher noch verließ ich meine Glieder.
Amor demnach und ein bißchen Wein im Kopfe
bring ich und den Kranz, der aus dem Haar fiel.
Wer zög solchen Waffen furchtlos nicht entgegen?
Pförtner, mach doch auf, die Nacht verstreicht ja!
Du bist langsam – oder läßt der Schlaf die Worte
in den Wind von deinem Ohr entgleiten?
Aber anfangs, als ich dich vermeiden wollte,
warst du mitternächtlich nur zu wachsam.
Möglich, bei dir ruht jetzt eben deine Freundin –
ach, um wieviel beßres Los als meines!
Ist dem so, dann kommt auf mich, ihr schweren Ketten!
Pförtner, mach doch auf, die Nacht verstreicht ja!
Täuscht es – kracht da nicht die Türe in der Angel,
geben nicht die Pfosten knarrend Zeichen?
Ach, es täuscht – nur launisch traf das Tor ein Windstoß.
Liebe Zeit – wie weit verfliegt mein Hoffen!
Boreas, denk an den Raub der Orithyia.
Mach dich her und spreng die tauben Balken!
Still ist rings die Stadt, und im kristallnen Frühtau,
Pförtner, streicht die Nacht hin, mach doch auf jetzt!
Oder soll ich selber, doch mit Schwert und Feuer,
mit der Fackel dieses Dach erstürmen?
Liebe, Wein und Nacht stimmt nicht zu Schwächlichkeiten,
Nacht kennt keine Scham, und Lieb' ist furchtlos.
Alles habe ich versucht doch Bitten, Drohen
nützt nichts, du bist härter als die Türe.
Anstatt dieses schönen Mädchens Schwelle hüten,
solltest du in schwerem Kerker schmachten.
Schon holt Luzifer den taubenetzten Wagen,
und den Armen ruft der Hahn zur Arbeit.

iamque pruinosus molitur Lucifer axes,
inque suum miseros excitat ales opus.
At tu, non laetis detracta corona capillis,
dura super tota limina nocte iace:
tu dominae, cum te proiectam mane videbit,
temporis absumpti tam male testis eris.
Qualiscumque vale sentique abeuntis honorem;
lente nec admisso turpis amante, vale!
Vos quoque, crudeles rigido cum limine postes
duraque conservae ligna, valete, fores!

Colligere incertos et in ordine ponere crines
docta neque ancillas inter habenda Nape
inque ministeriis furtivae cognita noctis
utilis et dandis ingeniosa notis,
saepe venire ad me dubitantem hortata Corinnam,
saepe laboranti fida reperta mihi,
accipe et ad dominam peraratas mane tabellas
perfer et obstantes sedula pelle moras!
Nec silicum venae nec durum in pectore ferrum
nec tibi simplicitas ordine maior adest;
credibilest et te sensisse Cupidinis arcus:
in me militiae signa tuere tuae!
Si quaeret, quid agam, spe noctis vivere dices;
cetera fert blanda cera notata manu.
Dum loquor, hora fugit: vacuae bene redde tabellas.
Verum continuo fac tamen illa legat!
Adspicias oculos mando frontemque legentis:
e tacito vultu scire futura licet.
Nec mora, perlectis rescribat multa, iubeto:
odi, cum late splendida cera vacat;
conprimat ordinibus versus, oculosque moretur
margine in extremo littera rasa meos!

Du jedoch, mein Kranz, der du vom Haar entsunken,
lieg die ganze Nacht noch auf der Schwelle;
in der Frühe sieht dich dann die Herrin liegen
als den Zeugen schlecht verbrachter Stunden.
Immerhin – leb wohl und fühl, daß ich dich achte,
träger Feind der Liebe – lebe wohl denn!
Und auch euch, ihr Pfosten mit der starren Schwelle,
grausam hartes Holz, sag ich ade nun!

Rudolph Schott

Nape, die du so geschickt die losen Haare
ordnest und nicht zu den Mägden zählest,
die im Dienst verstohlner Nächte du erfahren
und zum Zeichengeben viel Talent hast,
oft Corinnen zusprachst, doch zu mir zu kommen,
du in schweren Fällen treu Erfundne –
nimm und bring der Herrin emsig ohne Zögern
dieses Briefchen, heute früh geschrieben!
Ist dein Herz doch nicht von Stein und nicht von Eisen,
und du bist naiver nicht als billig;
fühltest wohl auch selber schon Cupidos Bogen:
diene drum in mir der eignen Sache!
Fragt sie, was ich tue, sag: die Nacht ersehnen.
Alles weitre Süße sagt das Brieflein.
Aber ich verschwatz mich – gib's ihr, wann sie Zeit hat;
doch paß auf, daß sie's auch sofort durchliest!
Halt, solang sie liest, ihr Mienenspiel im Auge;
daraus schon errät man, was sie tun wird.
Ist sie fertig, soll sie sofort lang erwidern;
unbeschriebner, freier Raum verdrießt mich.
Enge Zeilen soll sie machen, ich entziffre
selbst, was auf den Rand hinausgekritzelt!

Quid digitos opus est graphio lassare tenendo?
Hoc habeat scriptum tota tabella 'veni!'
Non ego victrices lauro redimire tabellas
nec Veneris media ponere in aede morer;
subscribam 'Veneri fidas sibi Naso ministras
dedicat.' At nuper vile fuistis acer.

Iam super oceanum venit, seniore marito
flava pruinoso quae vehit axe diem.
Quo properas, Aurora? Mane! Sic Memnonis umbris
annua sollemni caede parentet avis!
Nunc iuvat in teneris dominae iacuisse lacertis;
si quando, lateri nunc bene iuncta meost.
Nunc etiam somni pingues et frigidus aer,
et liquidum tenui gutture cantat avis.
Quo properas, ingrata viris, ingrata puellis?
Roscida purpurea supprime lora manu!
Ante tuos ortus melius sua sidera servat
navita nec media nescius errat aqua;
te surgit quamvis lassus veniente viator,
et miles saevas aptat ad arma manus;
prima bidente vides oneratos arva colentes,
prima vocas tardos sub iuga panda boves;
tu pueros somno fraudas tradisque magistris,
ut subeant tenerae verbera seava manus,
atque vades sponsum stultos ante Atria mittis,
unius ut verbi grandia damna ferant;
nec tu consulto, nec tu iucunda diserto:
cogitur ad lites surgere uterque novas;

Doch am End, was soll sie ihre Hand ermüden?
Mag der ganze Brief nur »Komm« enthalten!
Unverzüglich schmücke ich ihn dann mit Lorbeer
und leg ihn im Venustempel nieder;
drunter schreib ich: ›Naso widmet diesen Helfer
Venus.‹ Ganz gemeines Holz war's vorher.

Rudolph Schott

Morgenklage

Schon steigt hoch überm Meer, ihrem alten Tithonos enteilend,
die mit bereiftem Gespann hochführt, die Blonde, den Tag.
Wohin eilst du, Aurora? Ach bleib! Und am Grab deines Sohnes
Memnon mögen ihr Blut Vögelein opfern all Jahr!
Jetzt tut es gut, in den lieblichen Armen der Liebsten zu liegen,
inniger, enger als je schmiegt sie sich zärtlich mir an.
Jetzt ist der Schlaf auch behaglich, die Luft von erquickender Kühle,
zart läßt erklingen ihr Lied zwitschernd der Vögelein Schar.
Ach, wohin eilst du, den Männern mißfallend, mißfallend den Mädchen,
hemm doch die Zügel betaut mit deiner purpurnen Hand.
Eh du erscheinst, kann sichrer der Seemann nach seinen Sternen
steuern und irrt nicht umher mitten im Meer ohne Kurs.
Kommst du herauf, erhebt sich, so müd er noch sein mag, der Wandrer,
und es ergreift der Soldat waffengewohnt seine Wehr.
Du siehst zuerst seine zinkige Hacke schultern den Landmann,
rufst träge Ochsen zuerst unter ihr kurviges Joch.
Knaben betrügst du um ihren Schlaf, übergibst sie den Lehrern,
daß ihre zartweiche Hand leide manch grausamen Schlag;
schickst auch so manchen vors Haus des Gerichts, um Bürgschaft zu schwören,
daß ein einziges Wort bringe ihm Schaden und Not.
Dich liebt kein Rechtsgelehrter und ebensowenig der Redner,
schreckst du sie beide doch hoch immer zu neuem Gezänk.

tu, cum feminei possint cessare labores,
lanificam revocas ad sua pensa manum.
Omnia perpeterer; sed surgere mane puellas,
quis, nisi cui non est ulla puella, ferat?
Optavi quotiens, ne Nox tibi cedere vellet,
ne fugerent vultus sidera mota tuos;
optavi quotiens, aut ventus frangeret axem,
aut caderet spissa nube retentus equus!
(Quid, si Cephalio numquam flagraret amore?
An putat ignotam nequitiam esse suam?)
Invida, quo properas? Quod erat tibi filius ater,
materni fuerat pectoris ille color.
Tithono vellem de te narrare liceret:
femina non caelo turpior ulla foret;
illum dum refugis, longo quia grandior aevo,
surgis ad invisas a sene mane rotas;
at si, quem mavis, Cephalum conplexa teneres,
clamares: 'Lente currite, Noctis equi!'
Cur ego plectar amans, si vir tibi marcet ab annis?
Num me nupsisti conciliante seni?
Adspice, quot somnos iuveni donarit amato
Luna! Neque illius forma secunda tuae.
Ipse deum genitor, ne te tam saepe videret,
commisit noctes in sua vota duas.
Iurgia finieram; scires audisse: rubebat;
nec tamen adsueto tardius orta dies.

Könnten doch einmal feiern der Frauen fleißige Hände!
Du holst die Spinnerin doch wieder zur Arbeit heran.
Alles das würd ich ertragen, doch daß auch die Mädchen früh aufstehn,
das kann doch dulden, weiß Gott, nur wer kein Mädchen nennt sein.
Ach wie oft wünschte ich mir, die Nacht möchte nimmer dir weichen,
nimmer vor deinem Gesicht fliehen des Sternhimmels Pracht.
Ach wie oft wünscht ich, es möchte der Sturm eine Achse dir brechen
oder im dichten Gewölk stutzen und stürzen ein Pferd.
Neidische, wohin eilst du? Daß Memnon dein schwarzfarbner Sohn war,
ist es ein Wunder, wenn schwarz ist seiner Mutter Gemüt?
Wirklich, als ob sie niemals für Kephalus flammte in Liebe?
Oder glaubt sie, es wär unbekannt dies ihr Vergehn?
Ach, ich möcht über dich Tithonos aufklären dürfen,
keine im Himmel trüg dann größere Schande als du.
Ihn freilich fliehst du, er ist ja alt; von der Seit eines Greises
hebst du dich frühe und schirrst schnell dein verhaßtes Gespann.
Doch wenn du Kephalus, der dir viel lieber, hieltest im Arme,
riefest du sicher: »O lauft langsam, ihr Pferde der Nacht!«
Soll meine Liebe drum leiden, daß dein Mann alt und erschlafft ist,
half denn ich *dir dabei, dich zu vermählen dem Greis?*
Sieh, wieviel Schlaf gewährte doch Luna ihrem geliebten
Jüngling, dabei steht sie dir sicher an Schönheit nicht nach.
Jupiter selbst wollt so oft dich nicht sehen, der Vater der Götter,
und einer Liebe zulieb schmolz er zwei Nächte in eins.[1]
Grad war ich fertig mit Schelten – sie hört' es gewiß; denn sie wurde rot – und der Tag stieg herauf, keine Minute zu spät.

Viktor von Marnitz

1 als er mit Alkmene den Herkules zeugte.

Siquis erit, qui turpe putet servire puellae,
illo convincar iudice turpis ego;
sim licet infamis, dum me moderatius urat,
quae Paphon et fluctu pulsa Cythera tenet.
Atque utinam dominae miti quoque praeda fuissem,
formosae quoniam praeda futurus eram!
Dat facies animos: facie violenta Corinnast;
me miserum! Cur est tam bene nota sibi?
Scilicet a speculi sumuntur imagine fastus,
nec nisi conpositam se prius illa videt.
Non, tibi si facies nimium dat in omnia regni,
(o facies oculos nata tenere meos!)
collatum idcirco tibi me contemnere debes:
aptari magnis inferiora licet.
Traditur et nymphe mortalis amore Calypso
capta recusantem detinuisse virum;
creditur aequoream Phthio Nereida regi,
Egeriam iusto concubuisse Numae,
Vulcano Venerem, quamvis incude relicta
turpiter obliquo claudicet ille pede.
Carminis hoc ipsum genus inpar, sed tamen apte
iungitur herous cum breviore modo.
Tu quoque me, mea lux, in quaslibet accipe leges:
te deceat medio iura dedisse foro.
Non tibi crimen ero, nec quo laetere remoto:
non erit hic nobis infitiandus amor.
Sunt mihi pro magno felicia carmina censu,
et multae per me nomen habere volunt;

OVID

Gabe und Gegengabe

Stünd einer auf und meint', einer Frau zu dienen sei schimpflich,
der hätt als Richter mich bald schimpflicher Tat überführt.
Aber was schert mich mein Ruf, ließ die Göttin mich nur nicht so brennen,
die man in Paphos verehrt und an Kytheras Gestad.
Wäre ich wenigstens noch einer milden Herrin verfallen,
da einer schönen ich schon wurde als Beute bestimmt!
Mut macht ein schönes Gesicht – ihr Gesicht macht Corinna so grausam,
ach, ich Ärmster, warum kennt sie sich selber so gut?
Nun, das ist klar: Ihr Bild im Spiegel ist Quell ihres Stolzes,
sieht sie's doch niemals, bevor sie sich's zurechtgemacht hat.
Doch dir gibt dein Gesicht leider allzuviel Macht über alles –
o du Gesicht, meinem Aug steten Entzückens ein Quell!
Drum, verglichen mit dir, mußt du freilich minder mich achten,
aber dem Höheren paart sich auch Geringres mit Fug.
Liebe zum Sterblichen packte die Nymphe Kalypso, sie hielt drum
trotz seines Sträubens Ulyß auf ihrer Insel zurück.
Thetis stieg aus dem Meer, sich mit König Peleus zu einen,
und Egeria, sie gab Numa, dem frommen, sich hin.
Venus, die schöne, vereint sich Vulkan, wenn auch dieser, sein Schmiedwerk
hinter sich lassend, ihr naht häßlich mit hinkendem Fuß.
Selbst dieses Liedes Teile sind ungleich; dennoch wie schmiegsam
paßt der heroische Vers jeweils dem kürzern sich an.
So nimm auch du mich, mein Licht, unter deine Gesetze, und reizend
auf deinem Richterthron künde, was Recht mir sein soll.
Unehre bring ich dir nicht, doch Freude, läßt du mich bei dir,
denn unsre Liebe wird nicht nur im Verborgenen blühn.
Mir ward kein großer Besitz, doch der Lieder glückliche Gabe,
manche wünschte, durch mich würde ihr Name bekannt.

novi aliquam, quae se circumferat esse Corinnam:
ut fiat, quid non illa dedisse velit?
Sed neque diversi ripa labuntur eadem
frigidus Eurotas populiferque Padus,
nec nisi tu nostris cantabitur ulla libellis:
ingenio causas tu dabis una meo.

Nec te nobilium fugiat certamen equorum:
multa capax populi commoda circus habet.
Nil opus est digitis, per quos arcana loquaris,
nec tibi per nutus accipienda notast;
proximus a domina, nullo probibente, sedeto,
iunge tuum lateri, qua potes usque, latus.
Et bene, quod cogit, si nolit, linea iungi,
quod tibi tangendast lege puella loci!
Hic tibi quaeratur socii sermonis origo,
et moveant primos publica verba sonos.
Cuius equi veniant, facito studiose requiras,
nec mora, quisquis erit, cui favet illa, fave!
At cum pompa frequens certantibus ibit ephebis,
tu Veneri dominae plaude favente manu;
utque fit, in gremium pulvis si forte puellae
deciderit, digitis excutiendus erit,
et si nullus erit pulvis, tamen excute nullum:
quaelibet officio causa sit apta tuo.
Pallia si terra nimium demissa iacebunt,
collige et inmunda sedulus effer humo;

Ja, ich weiß sogar eine, die umstreut, sie *wäre Corinna –*
daß sie es würde, was möcht sie wohl nicht geben darum?
Doch nie fließen zwei Ströme getrennt zwischen nämlichen Ufern:
kühl des Eurotas Flut, pappelbegleitet der Po.
Nein, nur dich, keine sonst sollen meine Lieder besingen,
und meinen Dichtergeist nährst immer du nur allein.

Viktor von Marnitz

Der Zirkus

Laß dir auch nicht entgehn den Wettkampf der edelen Pferde;
drängt sich im Zirkus das Volk, mancher Vorteil dir blüht.
Brauchst dich nicht insgeheim mit Fingersprache zu mühen,
brauchst auch nicht auszuschaun, ob vielleicht Botschaft dir winkt.
Neben die Dame ganz dicht – wer soll dich dran hindern? –, da setz dich,
rück ihr, so nah du nur kannst, Seite an Seite heran.
Zwingt doch, selbst wenn sie nicht mag, der Grenzstrich euch beide zusammen,
daß du die Dame berührst, ist ja des Ortes Gesetz.
Deine Sorge nur sei's, mit ihr ein Gespräch anzuknüpfen,
Anstoß gebe zuerst, was man so üblich bemerkt.
Wessen Pferde jetzt laufen, zum Beispiel frage beflissen,
und einerlei, wer es ist, ihr Favorit sei auch sein.
Zieht dann der Festzug vorbei mit den Kämpfern und Bildern der Götter,
Venus als Herrscherin grüß du mit begeisterter Hand.
Wenn dabei, wie es so kommt, vielleicht in den Schoß deiner Dame
fällt etwas Staub, gewandt klopf mit den Fingern ihn ab.
Findest du keinen Staub, so klopf eben keinen, doch klopfe!
Suche nur stets einen Grund, daß du dich dienstfertig zeigst.
So, wenn ihr Mantel gerutscht und ein Zipfel berührt schon die Erde,
greif ihn, vom schmutzigen Grund hebe ihn eifrig ihr auf.

protinus, officii pretium, patiente puella
contingent oculis crura videnda tuis.
Respice praeterea, post vos quicumque sedebit,
ne premat opposito mollia terga genu.
Parva levis capiunt animos: fuit utile multis
pulvinum facili conposuisse manu;
profuit et tenui vento movisse tabellam
et cava sub tenerum scamna dedisse pedem.

Magna superstitio tibi sit natalis amicae:
quaque aliquid dandum est, illa sit atra dies.
Cum bene vitaris, tamen auferet. Invenit artem
femina, qua cupidi carpat amantis opes.
Institor ad dominam veniet discinctus emacem,
expediet merces teque sedente suas:
quas illa, inspicias, sapere ut videare, rogabit:
oscula deinde dabit. Deinde rogabit, emas.
Hoc fore contentam multos iurabit in annos,
nunc opus esse sibi, nunc bene dicet emi.
Si non esse domi, quos des, causabere nummos.
Littera poscetur, ne didicisse iuvet.
Quid, quasi natali cum poscit munera libo,
et quotiens opus est, nascitur illa sibi?
Quid, cum mendaci damno maestissima plorat,
elapsusque cava fingitur aure lapis?
Multa rogant utenda dari, data reddere nolunt:
perdis, et in damno gratia nulla tuo.
Non mihi, sacrilegas meretricum ut persequar artes,
cum totidem linguis sint satis ora decem.

Gleich als des Dienstes Entgelt muß schon sie gefallen sich's lassen,
daß ihr dein Blick gar geschickt dabei die Schenkelchen streift.
Schau auch bisweilen zurück, daß, wer da hinter euch sitzet,
nicht sein spitziges Knie stemmt in ihr molliges Kreuz.
Kleine Dienste erfreun ein empfänglich Gemüt, und oft lohnt' es,
rückt' man ein Kissen zurecht leicht mit gefälliger Hand.
Mancher hatt auch Erfolg, der leise Kühlung gefächelt
oder ein Schemelchen schob unter den reizenden Fuß.

Viktor von Marnitz

Doch mit besonderer Scheu denk an der Geliebten Geburtstag;
jeglicher Tag sei schwarz, wo man Geschenke verlangt.
Meidest du sorglich ihn auch, doch setzt sie es durch; denn ein Weib hat
immer ein Künstchen bereit, wie den Geliebten sie rupft.
Beim kaufsüchtigen Mädchen erscheint ein entgürteter Krämer.
Während du dasitzest, kramt munter die Waren er aus.
Und sie bittet dich, sie zu besehn, dich als Kenner zu zeigen,
küßt dich alsdann, und zuletzt bittet sie: »Kauf doch davon!«
Schwört, sie werde damit manch Jahr hindurch sich begnügen,
jetzt nur sei es ihr not, jetzo zum Kaufen die Zeit.
Gibst du vor, du habest kein Geld vorrätig zum Zahlen,
fordert sie Schriftliches; du *fluchst, daß du Schreiben gelernt.*
Wie, wenn Geburtstagskuchen sie bäckt, um Geschenke zu fordern,
und, wenn's not tut, sich täglich geboren erklärt?
Wenn von Verlusten sie lügt, höchst niedergeschlagen und weinend
heuchelt, ihr sei aus dem Ohr kürzlich gefallen der Stein?
Allerlei wollen sie leihn, doch niemals wiedererstatten;
du hast den Schaden, und doch dankt man den Schaden dir nicht.
Nicht erschöpf ich des Dirnengezüchts raubgierige Kniffe,
wenn zehn Menschen zugleich Zunge mir lieben und Mund.

Franz Burger nach Wilhelm Hertzberg

At cum discedet mensa conviva remota,
ipsa tibi accessus turba locumque dabit:
insere te turbae leviterque admotus eunti
velle latus digitis et pede tange pedem!
Conloquii iam tempus adest: fuge rustice longe
hinc Pudor! Audentem Forsque Venusque iuvat.
Non tua sub nostras veniat facundia leges;
fac tantum cupias: sponte disertus eris.
Est tibi agendus amans imitandaque vulnera verbis:
haec tibi quaeratur qualibet arte fides!
Nec credi labor est: sibi quaeque videtur amanda;
pessima sit, nulli non sua forma placet.
Saepe tamen vere coepit simulator amare,
saepe, quod incipiens finxerat esse, fuit.
Quo magis o, faciles imitantibus este, puellae:
fiet amor verus, qui modo falsus erat.
Blanditiis animum furtim deprendere nunc sit,
ut pendens liquida ripa subitur aqua:
nec faciem nec te pigeat laudare capillos
et teretes digitos exiguumque pedem.
Delectant etiam castas praeconia formae:
virginibus curae grataque forma suast.
Nam cur in Phrygiis Iunonem et Pallada silvis
nunc quoque iudicium non tenuisse pudet?
Laudatas ostendit avis Iunonia pinnas:
si tacitus spectes, illa recondit opes;
quadrupedes inter rapidi certamina cursus
depexaeque iubae plausaque colla iuvant.

OVID

Vom Nähern

Sind dann die Tische entfernt und die Gäste gehn auseinander,
bietet des Aufbruchs Gewirr beste Gelegenheit dir.
Mische dich dreist in den Schwarm, such neben sie zu gelangen,
zupf von der Seite sie leicht, tupf mit dem Fuß ihr den Fuß.
Jetzt ist es Zeit, sprich sie an, sei nicht schüchtern, nicht blöd wie ein Bauer!
Wagst du, so hilft dir der Gott Zufall und Venus dazu.
Zwar was du sagen jetzt sollst, in Regeln kann ich's nicht fassen,
wenn nur dein Wunsch dich belebt, fließt dir die Rede von selbst.
Spiel den Verliebten und sprich von angeblichen Wunden des Herzens,
spar weder Künste noch Kniff, daß es auch glaubhaft erscheint.
Ist solch Vertrauen zu wecken doch leicht, für liebenswert hält sich
auch das häßlichste Weib, keine sich selber mißfällt.
Und manch Angeber ward dann wirklich von Liebe ergriffen;
was nur Verstellung zuerst, wurde doch Wahrheit zuletzt.
Drum um so mehr, ihr Mädchen, seid freundlich gegen den Heuchler,
echte Liebe beginnt gern mit solch frommem Betrug.
Jetzt also gilt's, mit Schmeicheln listig ihr Herz zu berücken,
so wie die Strömung des Bachs hangenden Uferrand höhlt.
Heb ihr Gesicht, ihr Haar in den Himmel, laß nichts dich verdrießen,
rühm, wie die Finger so fein, preise, wie niedlich ihr Fuß.
Hören doch selbst die Züchtigen gern das Lob ihrer Schönheit,
Jungfrauen pflegen sie gar, sich ihrer Reize zu freun.
Heute noch grämen sich Juno und Pallas, daß ihnen Paris,
als um die Schönste es ging, weigert' die Palme des Siegs.
Lobst du den Pfau, so schlägt er zum Rade sein buntes Gefieder,
doch er verbirgt seine Pracht, schaust du nur schweigend ihn an.
Auch das Pferd hat es gern, wenn man zwischen den Rennen zum Lohne
freundlich die Mähne ihm streicht oder den Nacken ihm klopft.

Nec timide promitte: trahunt promissa puellas;
pollicito testes quoslibet adde deos!
Iuppiter ex alto periuria ridet amantum
et iubet Aeolios inrita ferre Notos.
Per Styga Iunoni falsum iurare solebat
Iuppiter: exemplo nunc favet ipse suo.
Expedit esse deos, et, ut expedit, esse putemus:
dentur in antiquos tura merumque focos;
nec secura quies illos similisque sopori
detinet: innocue vivite, numen adest.
Reddite depositum, pietas sua foedera servet;
fraus absit, vacuas caedis habete manus:
ludite, si sapitis, solas inpune puellas!
Hac magis est una fraude pudenda fides.
Fallite fallentes: ex magna parte profanum
sunt genus; in laqueos, quos posuere, cadant!

Quis sapiens blandis non misceat oscula verbis?
Illa licet non det, non data sume tamen!
Pugnabit primo fortassis et 'inprobe' dicet:
pugnando vinci se tamen illa volet;
tantum ne noceant teneris male rapta labellis
neve queri possit dura fuisse, cave!
Oscula qui sumpsit, si non et cetera sumpsit,
haec quoque, quae data sunt, perdere dignus erit.
Quantum defuerat pleno post oscula voto?
Ei mihi! Rusticitas, non pudor ille fuit!

Sei mit Versprechen nicht schüchtern, Versprechen ködern die
Mädchen,
ruf dir zum Zeugen des Schwurs, welchen der Götter du magst.
Jupiter oben lächelt zum Meineid eines Verliebten,
läßt vom Südwind verwehn solcherlei nichtigen Schwur.
Pflegte doch Jupiter selbst seiner Juno beim Styx gar zu schwören
manchen fälschlichen Eid, nun ist sein Beispiel uns hold.
Gut, daß es Götter gibt, lasset uns an Götter drum glauben,
spenden auf altem Altar Weihrauch für sie und auch Wein.
Aber sorglose Ruhe, die ähnlich dem Schlafe, wird nie sie
locken. Lebt ohne Schuld, dann steht die Gottheit euch bei.
Gebt Geliehnes zurück, und haltet euch treu an Verträge,
fern sei Betrug, und rein haltet die Hände von Mord.
Nur die Fraun hintergeht, wenn ihr klug seid, ganz ohne Strafe,
dieser eine Betrug gar sich mit Anstand verträgt.
Täuscht, die euch selber täuschen, sie sind eine gottlose Sippschaft
meistens und solln sich daher fangen im eigenen Netz!

Viktor von Marnitz

Vom Küssen und von der Gewalt

Welcher vernünftige Mann mischt nicht Küsse zu kosenden Worten?
Gibt sie dir keine zurück, nimm dir, was sie nicht gewährt.
Wehrt sie sich erst auch ein wenig und lispelt: »O Unverschämter!«,
möchte sie doch, ach, so gern kapitulieren im Kampf.
Nur, daß sie, tölpisch geraubt, nicht die zarten Lippen versehren,
sieh dich fein vor, sie darf nicht klagen, sie wären zu hart!
Wer aber Küsse erlangt und dann auf das Weitre verzichtet,
der verdient, daß er noch, was er gewann schon, verliert.
Fehlt denn so viel noch vom Kuß zur vollen Erfüllung der
Wünsche?
Nein, das wär nicht mehr Scheu, das wäre bauernhaft blöd!

Vim licet appelles, gratast vis ista puellis:
quod iuvat, invitae saepe dedisse volunt.
Quaecumquest Veneris subita violata rapina,
gaudet, et inprobitas muneris instar habet;
at quae cum posset cogi, non tacta recessit,
ut simulet vultu gaudia, tristis erit.
Vim passast Phoebe, vis est allata sorori;
et gratus raptae raptor uterque fuit.

Haec ego cum canerem, subito manifestus Apollo
movit inauratae pollice fila lyrae.
In manibus laurus, sacris induta capillis
laurus erat. Vates ille videndus adit.
Is mihi 'Lascivi' dixit 'praeceptor Amoris,
duc, age, discipulos ad mea templa tuos,
est ubi diversum fama celebrata per orbem
littera, cognosci quae sibi quemque iubet.
Qui sibi notus erit, solus sapienter amabit,
atque opus ad vires exiget omne suas.
Cui faciem natura dedit, spectetur ab illa:
cui color est, umero saepe patente cubet:
qui sermone placet, taciturna silentia vitet:
qui canit arte, canat. Qui bibit arte, bibat.
Sed neque declamet medio sermone diserti.
Nec sua non sanus scripta poeta legat!'
Sic monuit Phoebus: Phoebo parete monenti.
Certa dei sacro est huius in ore fides.
Ad propiora vocor. Quisquis sapienter amabit,
vincet et e nostra, quod petet, arte feret.
Credita non semper sulci cum fenore reddunt,
nec semper dubias adiuvat aura rates.

Nenn's schon Gewalt, doch Gewalt dieser Art haben gerne die Mädchen;
was sie entzückt, aus Zwang soll es gegeben nur sein.
Manche, die unverhofft von der Liebe Gewalt überfallen,
freut sich nachher, und Geschenk dünkt ihr doch schließlich der Raub.
Die aber unberührt wich, obschon sie bezwingbar gewesen,
tut sie auch noch so erfreut, innerlich ist sie betrübt.
Kastor und Pollux entführten gewaltsam die Töchter Leukippos',
keinem der Räuber darob seine Geraubte war gram.

Viktor von Marnitz

Grad als dieses ich sang, da erschien mir plötzlich Apollo,
wie mit der Hand durch das Spiel goldener Saiten er fuhr.
Lorbeer schmückte die Hand; es schlang um die heiligen Locken
Lorbeer sich: er tritt sichtbar als Seher heran.
Und er sagte zu mir: »Du Sänger des üppigen Amor,
an mein heiliges Haus führe die Schüler heran,
dort, wo die Inschrift steht, die, berühmt rings über den weiten
Erdkreis, ›Erkenne dich selbst!‹ jeglichem Menschen gebeut.
Wer sich selber erkennt, nur der wird lieben mit Weisheit
und nach der eigenen Kraft regeln ein jegliches Werk.
Wer ein schönes Gesicht von Natur hat, laß es auch sehen;
wer recht schön ist von Haut, liege, die Schulter entblößt.
Wer durch Sprechen gefällt, der vermeid ein längeres Schweigen;
singe, wer singt mit Geschick; trinke, wer trinkt mit Geschick.
Doch nie darf ein Redner im Liebesgespräch deklamieren,
nie ein toller Poet laut rezitieren sein Lied.«
Dies war Phöbus' Gebot; ihr, tut, was Phöbus gebietet:
lautere Wahrheit enttönt seinem erhabenen Mund.
Näher nun rück ich dem Ziel: Wer mit Weisheit liebt, ist des Sieges
sicher; in unserer Kunst findet er, was er verlangt.
Nicht gibt immer die Furche mit Zins zurück das Vertraute,
nicht weht immer der Wind günstig dem schwankenden Kiel.

Quod iuvat, exiguum. Plus est, quod laedat amantes.
Proponant animo multa ferenda suo.
Quot lepores in Atho, quot apes pascuntur in Hybla,
caerula quot bacas Palladis arbor habet,
litore quot conchae, tot sunt in amore dolores.
Quae patimur, multo spicula felle madent.
Dicta erit isse foras, quam tu fortasse videbis:
isse foras et te falsa videre puta.
Clausa tibi fuerit promissa ianua nocte:
perfer et inmunda ponere corpus humo.
Forsitan et vultu mendax ancilla superbo
dicet: 'Quid nostras obsidet iste fores?'
Postibus et durae supplex blandire puellae,
et capiti demptas in fore pone rosas.
Cum volet, accedes. Cum te vitabit, adibis:
dedecet ingenuos tae dia ferre sui.
'Effugere hunc non est' quare tibi possit amica
dicere? Non omni tempore sensus obest.
Nec maledicta puta nec verbera ferre puellae
turpe nec ad teneros oscula ferre pedes.

Omnia tradantur – portas reseravimus hosti –
et sit in infida proditione fides.
Quod datur ex facili, longum male nutrit amorem:
miscenda est laetis rara repulsa iocis.
Ante fores iaceat, 'crudelis ianua!' dicat,
multaque summisse, multa minanter agat.
Dulcia non ferimus: suco renovemur amaro:
saepe perit ventis obruta cumba suis.

Was uns ergötzt, ist gering; viel mehr, was verletzt in der Liebe.
Drum sei immer der Geist, viel zu ertragen, gefaßt.
So viel Hybla Bienen ernährt und Hasen der Athos,
so viel Pallas' Baum bläuliche Beeren erzeugt,
so viel Muscheln der Strand: so viel hat Qualen die Liebe;
jedes Geschoß, das die Brust trifft, ist in Galle getaucht.
Sagt man, sie sei nicht zu Haus, und du hast sie doch eben gesehen,
denke dann lieber, sie ist *aus und du hast dich versehn.*
Ist dir verschlossen die Tür, obschon sie die Nacht dir versprochen,
streck dich geduldig zum Schlaf hin auf den schmutzigen Grund.
Heuchlerisch fragt vielleicht hochmütigen Blickes die Sklavin:
»Was nur immer der Mensch unsere Türe besetzt?«
Schmeichle mit Demut du den Pfosten des grausamen Mädchens,
nimm dir die Rosen vom Haupt, schmücke die Türe damit.
Wünscht sie es, nähere dich; doch entferne dich, wenn sie dich meidet:
kein anständiger Mensch drängt sich dem anderen auf.
»Kann man ihm gar nicht entgehn?«, so laß dein Mädchen dich niemals
fragen! Es ist ja nicht stets ihre Empfindung dir feind.
Halt es für schimpflich auch nicht, Scheltworte des Mädchens und Schläge
ruhig zu dulden, und küß selbst ihr den niedlichen Fuß.

Franz Burger nach Wilhelm Hertzberg

Anweisung für die Mädchen

Alles verrat ich dir nun. Ich öffne dem Feinde die Tore.
Treulos ist der Verrat; doch im Verrat bin ich treu.
Was man leicht uns gewährt, das nährt nie lange die Liebe.
Mische zuweilen der Lust kränkende Weigerung bei.
Laß auf der Schwell ihn ruhn; laß ›Grausame Türe!‹ ihn klagen,
laß demütig ihn flehn, laß ihn auch zürnen und drohn.
Süßes ertragen wir nicht. Man beleb uns mit bitteren Säften.
Oft schlägt grade der Kahn um durch den günstigen Wind.

Hoc est, uxores quod non patiatur amari:
conveniunt illas, cum voluere, viri.
Adde forem, et duro dicat tibi ianitor ore
'non potes', exclusum te quoque tanget amor!
Ponite iam gladios hebetes. Pugnetur acutis.
Nec dubito, telis quin petar ipse meis.
Dum cadit in laqueos, captus quoque nuper, amator,
solum se thalamos speret habere tuos;
postmodo rivalem partitaque foedera lecti
sentiat! Has artes tolle: senescit amor.
Tum bene fortis equus reserato carcere currit,
cum quos praetereat, quosque sequatur, habet.
Quamlibet extinctos iniuria suscitat ignes.
En, ego – confiteor! – non nisi laesus amo.
Causa tamen nimium non sit manifesta doloris,
pluraque sollicitus, quam sciet, esse putet.
Incitat et ficti tristis custodia servi
et nimium duri cura molesta viri.
Quae venit ex tuto, minus est accepta voluptas:
ut sis liberior Thaide, finge metus.
Cum melius foribus possis, admitte fenestra
inque tuo vultu signa timentis habe.
Callida prosiliat dicatque ancilla 'perimus!'
tu iuvenem trepidum quolibet abde loco.
Admiscenda tamen venus est secura timori,
ne tanti noctes non putet esse tuas.

Dies ist der Grund, weshalb in der Ehe die Frau nicht geliebt wird;
wenn es ihm irgend gefällt, geht zur Gemahlin der Mann.
Schließ ihm die Tür, und laß ihn einmal vom grausamen Pförtner
hören: »Du kannst nicht!« Wie bald wär er verliebt in die Frau!
Stellt nun das stumpfe Rapier beiseit! Es geht an die scharfen!
Und kein Zweifel, daß bald gegen mich selbst ihr sie kehrt.
Bis sich der kürzlich gefangne Galan in die Garne verstrickt hat,
leb er der Hoffnung, nur er werde beherrschen das Bett;
später erst werd er gewahr, daß ein andrer des Kämmerleins Bündnis
mit ihm teilt! Wenn die List fehlt, so ermattet die Glut.
Dann stürzt mutig das Roß sich aus den entriegelten Schranken,
wenn es noch andre gewahrt, die es verfolgt und besiegt.
Ja, die Beleidigung schürt selbst längst verloschene Flammen.
Sieh, ich gesteh es, ich selbst liebe nur, bin ich verletzt.
Aber der Kränkung Grund muß nicht handgreiflich und klar sein,
daß der Bekümmerte stets mehr noch sich denkt, als er weiß.
Gib, ihn zu reizen, auch vor, daß ein grämlicher Sklav dich bewache,
daß dich des grausamen Manns lästige Sorge verfolgt.
Die ganz sicher uns ist, die *Lust schafft wenig Vergnügen.*
Wärst du auch freier als selbst Thaïs, erheuchle Gefahr.
Laß durchs Fenster ihn ein, ist die Türe dir selbst auch bequemer,
les er auf deinem Gesicht immer Befürchtung und Schreck.
Springe die listige Magd hervor und schreie: »Verloren!«,
bringe den Zitternden du gleich in das nächste Versteck.
Aber ein sichrer Genuß versüße zuweilen die Schrecken,
daß er nicht denkt: »So viel sind doch die Nächte nicht wert!«

Franz Burger nach Wilhelm Hertzberg

RUFINUS

Τίς γυμνὴν οὕτω σε καὶ ἐξέβαλεν καὶ ἔδειρεν,
τίς ψυχὴν λιθίνην εἶχε καὶ οὐκ ἔβλεπεν;
Μοιχὸν ἴσως ηὕρηκεν ἀκαίρως κεῖνος ἐσελθών;
Γινόμενον· πᾶσαι τοῦτο ποοῦσι, τέκνον.
Πλὴν ἀπὸ νῦν, ὅταν ᾖ τις ἔσω, κεῖνος δ' ὅταν ἔξω,
τὸ πρόθυρον σφήνου, μὴ πάλι ταὐτὸ πάθῃς.

Εὐκαίρως μονάσασαν ἰδὼν Προδίκην ἱκέτευον
καὶ τῶν ἀμβροσίων ἁψάμενος γονάτων
'Σῶσον' ἔφην 'ἄνθρωπον ἀπολλύμενον παρὰ μικρόν
καὶ φεῦγον ζωῆς πνεῦμα σύ μοι χάρισαι.'
Ταῦτα λέγοντος ἔκλαυσεν· ἀποψήσασα δὲ δάκρυ
ταῖς τρυφεραῖς ἡμᾶς χερσὶν ὑπεξέβαλεν.

Εἰ δυσὶν οὐκ ἴσχυσας ἴσην φλόγα, πυρφόρε, καῦσαι,
τὴν ἑνὶ καιομένην ἢ σβέσον ἢ μετάθες.

RUFINUS

Wer hat dich nackt an die Luft gesetzt und so dich verprügelt?
Hatt er ein Herz denn von Stein und keine Augen im Kopf?
Kam wohl zur Unzeit hin und fand bei dir einen Buhlen?
Ja, das kommt vor, liebes Kind. Machen's ja alle wie du. –
Aber von jetzt an, ist einer drin, und jener ist draußen,
sperre die Haustür zu, daß dir's nicht wieder so geht.

Zu gegebener Zeit, als ich Prodike allein sah,
schlang ich flehend den Arm um die ambrosischen Knie.
»Rett einen Menschen«, so sprach ich, »mit dem es beinahe zu Ende;
siehe, mein Leben, es flieht; du *beschenk mich damit!«*
Tränen vergoß sie dabei, und als sie die Tränen getrocknet,
warf sie mit samtener Hand mich so allmählich hinaus.

Konntst du nicht, Bringer des Feuers, in beiden die Flamme entfachen,
lösch in dem einen sie aus, oder ändre das ab.

PETRONIUS

Aurea mala mihi, dulcis mea Marcia, mittis,
mittis et hirsutae munera castaneae.
Omnia grata putem, sed si magis ipsa venires,
ornares donum, pulchra puella, tuum.
Tu licet adportes stringentia mala palatum,
tristia mandenti est melleus ore sapor.
At si dissimulas multum mihi cara venire,
oscula cum pomis mitte: vorabo lubens.

Sit nox illa diu nobis dilecta, Nealce,
quae te prima meo pectore composuit:
sit torus et lecti genius secretaque longa,
queis tenera in nostrum veneris arbitrium.
Ergo age duremus, quamvis adoleverit aetas,
utamurque annis quos mora parva tenet.
Fas et iura sinunt veteres extendere amores;
fac cito quod coeptum est, non cito desinere.

Qualis nox fuit illa, di deaeque,
quam mollis torus. Haesimus calentes
et transfudimus hinc et hinc labellis
errantes animas. Valete, curae
mortalis. Ego sic perire coepi.

PETRONIUS

Marcia, meine süße, schickst mir goldne Äpfel,
schickst Kastanien auch in rauher Schale.
Reizend dein Geschenk; doch wenn du selber kämest,
schönes Mädchen, würdst du's noch verschönen.
Brächtest du selbst Äpfel, die den Gaumen schmerzen,
auch die herben schmecken mir wie Honig.
Aber scheust du den Besuch, den heiß erwünschten,
schicke Küsse mit: ich stürz mich drauf!

Geliebt bleib uns noch lange jene Nacht, Nealke,
da du zuerst an meiner Brust geruht,
der Pfühl, des Bettes Schutzgeist, all die Heimlichkeiten;
durch sie gewonnen, gabst du Feine dich.
Kommt auch das Alter, möge unsre Liebe dauern,
genießen wir die Zeit, die uns noch bleibt.
So lautet das Gebot des Himmels und der Erde;
laß drum, was schnell begann, nicht schnell vergehn!

Welch eine Nacht, ihr Götter und Göttinnen!
Wie Rosen war das Bett! Da hingen wir
zusammen im Feuer und wollten in Wonne zerrinnen!
Und aus den Lippen flossen dort und hier,
verirrend sich, unsre Seelen in unsre Seelen! –
Lebt wohl, ihr Sorgen! Wollt ihr mich noch quälen?
Ich hab in diesen entzückenden Sekunden,
wie man mit Wonne sterben kann, empfunden!

Wilhelm Heinse

PETRONIUS

Lecto compositus vix prima silentia noctis
carpebam et somno lumina victa dabam,
cum me saevus Amor prensum sursumque capillis
excitat et lacerum pervigilare iubet.
'Tu famulus meus' inquit 'ames cum mille puellas,
solus, io solus, dure, iacere potes?'
Exsilio et pedibus nudis tunicaque soluta
omne iter impedio, nullum iter expedio.
Nunc propero, nunc ire piget, rursumque redire
poenitet, et pudor est stare via media.
Ecce tacent voces hominum strepitusque viarum
et volucrum cantus turbaque fida canum:
solus ego ex cunctis paveo sumnumque torumque
et sequor imperium, magne Cupido, tuum.

PETRONIUS

Im Bette lag ich grade und genoß die stille Nacht
hindämmernd müde schon im Schlaf. –
Da packt mich Amor wütend an, reißt mich am Haar
und jagt mich auf. Wach soll ich sein und leiden.
»Du bist mein Knecht«, so spricht er, »liebst doch tausend Mädchen
und wagst es, Harter, einsam hier zu ruhn?«
Ich spring empor mit nackten Füßen, schnell um den Mantel
und eile fort. Fort geht's durch viele Straßen,
doch keine Straße hat ein Ziel.
Ich haste weiter, doch mich reut der Gang, ich kehre um
und ärgere mich, da steh ich mitten in der Stadt, schamüberwältigt.
Still ist es, keines Menschen Stimme, kein Lärm der Gassen,
kein Vogel singt, kein Hund schlägt an;
ich nur allein von allen wache und habe Angst vor Bett und Schlaf
und folge deiner Herrschaft, großer Liebesgott.

Rudolf von Delius

SENECA?

'Garrula, quod totis resonant mihi noctibus aures,
nescio quem dicis nunc meminisse mei?'
'Hic quis sit, quaeris? Resonant tibi noctibus aures:
et resonant totis: Delia te loquitur.' –
'Non dubie loquitur me Delia: mollior aura
venit et exili murmure dulce fremit.
Delia non aliter secreta silentia noctis
submissa ac tenui rumpere voce solet,
non aliter teneris collum complexa lacertis
auribus admotis condita verba dare.
Agnovi: Verae venit mihi vocis imago,
blandior arguta tinnit in aure sonus.
Ne cessate, precor, longos gestare susurros!
Dum loquor haec, iam vos opticuisse queror.'

Iam libet ad lusus lascivaque furta reverti.
Ludere, Musa, iuvat; Musa severa, vale!
Nunc mihi narretur tumidis Arethusa papillis
nunc astricta comas nunc resoluta comas;
et modo nocturno pulset mea limina signo
intrepidos tenebris ponere docta pedes,
nunc collo molles circum diffusa lacertos
inflectat niveum semisupina latus,
inque modos omnes, dulcis imitata tabellas,
transeat et lecto procubet illa meo.
Nec pudeat quidquam, sed me quoque nequior ipso
exultet toto non requieta toro.
Non deerit, Piramum qui defleat, Hectora narret:
ludere, Musa, iuvat; Musa severa, vale!

SENECA?

»In allen Nächten klingt's mir in den Ohren!
Ihr Plaudertaschen, wer mag an mich denken?«
»Du fragst noch? Denke, in den Nächten *schallt es,*
die Nacht hindurch! – Nun, Delia spricht von dir!«
»Natürlich, ja sie ist's! Mich traf ein Hauch
ganz sanft mit einem leisen süßen Rauschen.
So unterbricht sie die verschwiegne Stille
der Nacht auch sonst mit zarter halber Stimme;
so schlingt sie um den Hals die weichen Arme
und flüstert ihre Worte mir ins Ohr.
Ich merk's: Zu mir drang ihrer Stimme Abbild,[1]
und wärmer klingt's im Ohr wie Schmeichellaut.
O hört nicht auf und saust noch lange weiter! –
Noch spreche ich; da seid ihr leider still.«

Wieder liegen mir jetzt die Scherze und lockren Amouren;
Scherzen, Muse, ist schön; Muse, gestrenge, leb wohl!
Stoff geb mir jetzt Arethusa mit ihrem schwellenden Busen,
mal mit gebundenem Schopf, mal auch mit wallendem Haar.
Klopfen soll sie an meine Tür mit nächtlichem Zeichen,
sie, die im Dunkeln den Fuß sicher zu setzen versteht.
Schlingen soll sie sodann um den Hals mir die Arme, die weichen,
schmiegen, halb rückwärts gelehnt, an mich den schneeigen Leib;
dann zu jeglicher Form, die die süßen Bildchen ihr wiesen,
gehe sie über und streck auf meinem Bette sich aus.
Scham sei ferne von ihr; nichtswürdiger noch als ich selber
gebe der Lust sie sich hin, kommt auf dem Pfühl nicht zur Ruh.
Der bleibt nicht aus, der um Priamus weint und von Hektor berichtet:[2]
Scherzen, Muse, ist schön; Muse, gestrenge, leb wohl!

1 Nach antiker Vorstellung lösen sich beim Sprechen Bildchen vom Munde ab, die ins Ohr des anderen eindringen. – 2 der epische Dichter.

MARTIALIS

Quidquid agit Rufus, nihil est nisi Naevia Rufo.
Si gaudet, si flet, si tacet, hanc loquitur.
Cenat, propinat, poscit, negat, innuit: una est
Naevia; si non sit Naevia, mutus erit.
Scriberet hesterna patri cum luce salutem,
'Naevia lux', inquit, 'Naevia lumen, have.'
Haec legit et ridet demisso Naevia voltu.
Naevia non una est: quid, vir inepte, furis?

MARTIAL

Alles ist Nävia, was er auch treibt, in den Augen des Rufus;
ob er lacht oder weint, wortlos selbst spricht er von ihr.
Ißt er und zecht er, wünscht er etwas, lehnt er ab oder winkt bloß:
Nävia heißt es allein; sonst bringt kein Wort er hervor.
An seinen Vater schrieb einen Brief er am gestrigen Tage:
»Nävia«, schloß er, »mein Licht, Nävia, Süßes, leb wohl!«
Nävia liest es und lacht mit niedergebogenem Köpfchen.
Nävia gibt's nicht allein; warum, du Toller, so wild?

ANONYMUS

Pervigilium Veneris

Cras amet qui numquam amavit, quique amavit cras amet.
Ver novum, ver iam canorum, vere natus orbis est,
vere concordant amores, vere nubunt alites,
et nemus comam resolvit de maritis imbribus.
Cras amorum copulatrix inter umbras arborum
inplicat casas virentes de flagello myrteo:
cras Dione iura dicit fulta sublimi throno.
Cras amet qui numquam amavit, quique amavit cras amet.

Ipsa gemmis purpurantem pingit annum floridis;
ipsa surgentes papillas de Favoni spiritu
urget in nodos tepentes; ipsa roris lucidi,
noctis aura quem relinquit, spargit umentes aquas.
Gutta praeceps orbe parvo sustinet casus suos.
En, micant lacrimae trementes de caduco pondere;
en, pudorem florulentae prodiderunt purpurae:
umor ille, quem serenis astra rorant noctibus,
mane virgineas papillas solvit umenti peplo.
Ipsa iussit, mane ut udae virgines nubant rosae:
facta Paphies de cruore deque Amoris osculis
deque gemmis deque flammis deque solis purpuris
cras ruborem, qui latebat veste tectus ignea,
unico marita voto non pudebit solvere.
Cras amet qui numquam amavit, quique amavit cras amet.

Ipsa nymphas diva luco iussit ire myrteo:
'Ite, nymphae, posuit arma, feriatus est Amor!'
It puer comes puellis; nec tamen credi potest

UNBEKANNTER DICHTER

Die Nachtfeier der Venus

Morgen liebe, wer geliebt hat; morgen, wer noch nie geliebt.
Lenz erneut sich, Lenz ertönet, Lenz ist die Geburt der Welt,
Liebe klingt im Lenz zusammen, Vögel gatten sich im Lenz,
und der Hain löst seine Flechten in des Regens Fruchtbarkeit.
Aller Liebesbünde Herrin in dem schattenden Gehölz
windet morgen Myrtenzweige durch die grünen Lauben hin,
morgen kündet Recht Dione, sitzend auf erhabnem Thron.
Morgen liebe, wer geliebt hat; morgen, wer noch nie geliebt.

Sie läßt mit dem Purpur blumiger Sprossen färben sich das Jahr,
sie treibt mit des Westwinds lauem Hauche Knospenschwall hervor,
sie entfaltet ihn zu Büscheln; träufelt Feuchte über sie,
welche Nacht zurückgelassen in dem Lichterspiel des Taus.
Seine Tropfen sinken nieder, ballen sich in ihrem Fall,
und sie funkeln und erbeben tränengleich von ihrer Last.
Schau, die Purpurblüten gaben die verhüllte Scham nun preis!
Jenes Naß, das die Gestirne in den heiteren Nächten taun,
löst die jungfräulichen Knospen aus der feuchten Hülle früh.
Denn die Göttin heißt sie, alle morgendlich zur Ros erblühn.
Aus dem Blut der Cytherea, aus den Küssen ihres Sohns,
aus den Knospen, aus den Flammen, aus der Sonne Purpurglut
wob sich Röte, die verborgen unter feurigem Gewand.
Bräutlich darf sie sich entschleiern morgen, von der Scham gelöst.
Morgen liebe, wer geliebt hat; morgen, wer noch nie geliebt.

Sie, die Göttin selbst, entbot die Nymphen in den Myrtenhain.
»Geht, ihr Nymphen, Amor legte seine Waffen ab zum Fest.«
Mit den Mädchen geht der Knabe; aber niemand glaube doch,

esse Amorem feriatum, si sagittas vexerit.
'Iussus est inermis ire, nudus ire iussus est,
neu quid arcu, neu sagitta, neu quid igne laederet.'
Sed tamen nymphae cavete, quod Cupido pulcher est:
est in armis totus idem, quando nudus est Amor.
Cras amet qui numquam amavit, quique amavit cras amet.

Conpari Venus pudore mittit ad te virgines:
'Una res est, quam rogamus: Cede, virgo Delia,
ut nemus sit incruentum de ferinis stragibus,
ipsa vellet te rogare, si pudicam flecteret;
ipsa vellet ut venires, si deceret virginem.
Iam tribus choros videres feriatis noctibus
congreges inter catervas ire per saltus tuos,
floreas inter coronas, myrteas inter casas:
nec Ceres nec Bacchus absunt nec poetarum deus.
Detinenda tota nox est, perviglanda canticis:
regnet in silvis Dione! Tu recede, Delia!'
Cras amet qui numquam amavit, quique amavit cras amet.

Iussit Hyblaeis tribunal stare diva floribus:
praeses ipsa iura dicet, adsidebunt Gratiae.
Hybla, totos funde flores, quidquid annus adtulit;
Hybla, florum sume vestem, quantus Aetnae campus est,
et recentibus virentes ducat umbras floribus.
Ruris hic erunt puellae vel puellae montium
quaeque silvas, quaeque lucos, quaeque fontes incolunt.
Iussit omnes adsidere pueri mater alitis;
iussit, et nudo, puellas nil Amori credere.
Cras amet qui numquam amavit, quique amavit cras amet.

Cras erit quom primus Aether copulavit nuptias;
ut pater totum crearet vernus annum nubibus,

Amor pflege nun der Muße, weil er ohne Pfeile ist.
»Ohne Waffen muß er gehen; nackt zu gehn ward ihm Befehl,
daß er nicht mit Pfeil, mit Bogen, nicht mit Feuer euch versehrt.«
Müßt euch dennoch vorsehn, Nymphen, denn Cupido ist so schön.
Amor ist ja ganz in Waffen, ist derselbe, wenn er nackt.
Morgen liebe, wer geliebt hat; morgen, wer noch nie geliebt.

Venus sendet dir die Mädchen, die so schamhaft sind wie du:
»Eines ist's, worum wir bitten: Weich von hinnen, Delierin,
daß der Hain nicht blutig werde von dahingestrecktem Wild.
Selbst ja würde sie dich bitten, gäbst du Züchtige ihr Gehör.
Selbst ja wünschte sie, du kämest, ziemte es der Jungfrau sich.
Schautest dann in dreien Nächten, unsern Reigen sich ergehn
unter festesfrohen Scharen durch dein Waldgebirge hin,
Blumenkränze in den Haaren, Myrtenlauben als Gelaß.
Ceres fehlt nicht, Bacchus fehlt nicht. Auch der Dichter Gott ist da.
Ganz soll diese Nacht geweiht sein und mit Chorgesang durchwacht.
Herrin sei im Wald Dione; und du weiche, Delierin.«
Morgen liebe, wer geliebt hat; morgen, wer noch nie geliebt.

Hyblas bunter Flor verzieret unsrer Göttin Richtersitz:
selber wird sie Satzung sprechen, und die Grazien sitzen bei.
Hybla, spende alle Blumen, die das Jahr dir zugebracht!
Hybla, breite Blumenteppich über Ennas Fluren hin!
Grüner Schatten soll sich wölben über frischem Blumenflor.
Von dem Lande, von den Bergen kommen Mädchen allzuhauf;
sie auch, die in Wäldern wohnen, in den Hainen und im Quell.
Denn des Flügelknaben Mutter lud sie all zu ihrem Sitz;
doch befahl, dem nackten Amor dürfe keine sich vertraun.
Morgen liebe, wer geliebt hat; morgen, wer noch nie geliebt.

Morgen kehrt der Tag, da Äther erstes Liebesbündnis schloß;
goß der Frühlingswolken Samen zeugend übers ganze Jahr.

in sinum maritus imber fluxit almae coniugis,
unde foetus mixtus omnes aleret magno corpore.
Tunc cruore de superno spumeo pontus globo
caerulas inter catervas inter et bipedes equos
fecit undantem Dionen de marinis imbribus.
Cras amet qui numquam amavit, quique amavit cras amet.

Ipsa venas atque mentem permeanti spiritu
intus occultis gubernat procreatrix viribus
perque caelum perque terras perque pontum subditum
pervium sui tenorem seminali tramite
inbuit iussitque mundum nosse nascendi vias.
Cras amet qui numquam amavit, quique amavit cras amet.

Ipsa Troianos nepotes in Latinos transtulit,
ipsa Laurentem puellam coniugem nato dedit.
Moxque Marti de sacello dat pudicam virginem;
Romuleas ipsa fecit cum Sabinis nuptias,
unde Ramnes et Quirites proque prole posterum
Romuli patrem crearet et nepotem Caesarem.
Cras amet qui numquam amavit, quique amavit cras amet.

Rura fecundat voluptas, rura Venerem sentiunt;
ipse Amor, puer Dionae, rure natus dicitur.
Hunc, ager cum parturiret, ipsa suscepit sinu.
Ipsa florum delicatis educavit osculis.
Cras amet qui numquam amavit, quique amavit cras amet.

Ecce! Iam subter genestas explicant tauri latus,
quisque tutus, quo tenetur coniugali foedere.
Subter umbras cum maritis, ecce! balantum greges,
et canoras non tacere diva iussit alites.
Iam loquaces ore rauco stagna cygni perstrepunt;

In den Schoß der hehren Göttin strömte er als Regen ein,
alles Wachstum draus ernährend in dem großen Weltenbau.
Aus der obern Feuchte schuf er und geballtem Meeresschaum
die Dione in den Wogen zwischen grünem Seegetier.
Morgen liebe, wer geliebt hat; morgen, wer noch nie geliebt.

Sie durchwaltet Saft und Seele mit verborgner Geisteskraft,
lenkt von innen die Geschicke, fügt als Schöpferin den Plan.
Ihren eignen Lebensatem gab sie allen Keimen mit
durch den Himmel, durch die Länder, durch des Meeres untres Reich.
Selbst ergoß sie ins Geäder aller Welt den Schöpfungshauch,
denn sie wollte, daß die Welten wüßten alles Werdens Weg.
Morgen liebe, wer geliebt hat; morgen, wer noch nie geliebt.

Die Penaten Trojas hat sie überführt nach Latium,
gab das Mädchen aus Laurentum selbst dem Sohn zum Ehgemahl.
Aus dem Heiligtum der Vesta holte sie dem Mars die Braut,
gattete Sabinerinnen mit dem Volk des Romulus.
Dies die Sippe der Quiriten. Ihr entstammt als später Sproß
eines neuen Romulus Mutter und der Cäsar unsrer Zeit.
Morgen liebe, wer geliebt hat; morgen, wer noch nie geliebt.

Wollust macht die Fluren trächtig; Flur, sie spürt der Venus Macht;
selbst der Knabe Amor, sagt man, ward geboren auf der Flur.
Als der Acker mit ihm kreißte, barg Dione ihn im Schoß.
Selbst hat sie ihn aufgezogen mit der Blumen zartem Kuß.
Morgen liebe, wer geliebt hat; morgen, wer noch nie geliebt.

Schau, schon breiten sich die Stiere unter Ginsterbüschen hin.
Band der Paarung führt zusammen Gattung jeglichen Getiers.
Unter Schatten blöken Herden mit der brünstigen Böcke Schar.
Was geflügelt, darf nicht schweigen, denn die Göttin will es so.
Schwäne kreischen heiser schnatternd in der schlammigen Fluten Naß.

adsonat Terei puella subter umbram populi,
ut putes motus amoris ore dici musico.

Illa cantat, nos tacemus. Quando ver venit meum?
Quando fiam uti chelidon, ut tacere desinam?
Perdidi Musam tacendo, nec me Apollo respicit:
Cras amet qui numquam amavit, quique amavit cras amet.

ΜΑΡΚΟΣ ἈΡΓΕΝΤΑΡΙΟΣ

Παρθένον Ἀλκίππην ἐφίλουν μέγα, καί ποτε πείσας
αὐτὴν λαθριδίως εἶχον ἐπὶ κλισίῃ.
Ἀμφοτέρων δὲ στέρνον ἐπάλλετο, μή τις ἐπέλθῃ,
μή τις ἴδῃ τὰ πόθων κρυπτὰ περισσότερον.
Μητέρα δ᾽ οὐκ ἔλαθεν κείνης λάλον· ἀλλ᾽ ἐσιδοῦσα
ἐξαπίνης ‚Ἑρμῆς κοινός᾽ ἔφη ‚θύγατερ᾽.

Schwalbe tönet die Begleitung unter schattigem Pappeldach,
und du glaubst, in ihrem Liede klinge aller Liebesdrang.

Jene singt, indes ich schweige. Wann kommt auch für mich der Lenz?
Wann darf ich's der Schwalbe gleichtun, brechen meines Schweigens
Bann?
Ich verscherzte durch mein Schweigen Phöbus' und der Muse Gunst.
Morgen liebe, wer geliebt hat; morgen, wer noch nie geliebt.

Ernst Robert Curtius

MARKOS ARGENTARIOS

Für die Alkippe war ich entbrannt in glühender Liebe,
endlich gewährte sie mir seligen Liebesgenuß.
Beiden klopfte das Herz, als, auf heimlichem Lager vereinigt,
eng umschlungen uns hielt zärtlicher Liebe Gewalt.
Daß nur niemand störe das Glück – da tat sich die Tür auf,
und ihre Mutter, die schreit: »Mädel, die Hälfte krieg ich!«

Richard Nordhausen

AUSONIUS

Ubi nata sit Bissula et quomodo in manus domini venerit

Bissula, trans gelidum stirpe et lare prosata Rhenum,
conscia nascentis Bissula Danuvii,
capta manu, sed missa manu dominatur in eius
deliciis, cuius bellica praeda fuit.
Matre carens, nutricis egens nescivit ... ere
... imperium.
Fortunae ac patriae quae nulla obprobria sensit,
illico inexperto libera servitio,
sic Latiis mutata bonis, Germana maneret
ut facies, oculos caerula, flava comas.
Ambiguam modo lingua facit, modo forma puellam:
haec Rheno genitam praedicat, haec Latio.

De eadem Bissula

Delicium, blanditiae, ludus, amor, voluptas,
barbara, sed quae Latias vincis alumna pupas,
Bissula, nomen tenerae rusticulum puellae,
horridulum non solitis, sed domino venustum.

AUSONIUS

Bissula: Ihre Heimat, ihr Schicksal

Bissula, jenseits des Rheins, des kalten, bist du entsprossen
und an der Quelle zu Haus, welcher die Donau entspringt.
Die dich gefangen, die Hand, befreite dich, daß du im Herzen
dessen herrschtest und Sinn, der dich erbeutet im Krieg. –

Fern von der liebenden Sorge der Mutter, hast du der Herrin
Willen doch nimmer gespürt, nimmer die Härte des Herrn.
Fühltest dein Los noch nicht und die Schmach der Besiegung des Stammes;
eh du die Knechtschaft erfuhrst, wurdest Gebieterin du. –

Hat auch römische Art dich berührt, deutsch bliebst du von Ansehn:
blau ist dein Auge, es wallt golden vom Haupte das Haar.
Sprache und schöne Gestalt, sie schmücken dich doppelt; es preist dich
diese als rheinisches Kind, jene als Römerin mir.

M. W. Besser

Nochmals Bissula

Du meine Lust, mein Schmeichelkätzchen,
Spielzeug, meine Liebe, mein Vergnügen,
bist Barbarin, aber stichst doch,
Kind, die römschen Mädchen aus.
Bissula heißt das zarte Geschöpf, ein bäurischer Name,
scheußlich dem Ohr, das ihn nicht gewohnt ist,
aber dem Herrn und Gebieter Musik!

Ad pictorem de Bissulae imagine

Bissula nec ceris nec fuco imitabilis ullo
naturale decus fictae non commodat arti.
Sandyx et cerusa, alias simulate puellas:
temperiem hanc vultus nescit manus. Ergo age, pictor,
puniceas confunde rosas et lilia misce,
quique erit ex illis color aeris, ipse sit oris.

Ad uxorem

Uxor, vivamus, quod viximus, et teneamus
nomina, quae primo sumpsimus in thalamo:
nec ferat ulla dies, ut commutemur in aevo;
quin tibi sim iuvenis tuque puella mihi.
Nestore sim quamvis provectior aemulaque annis
vincas Cumanam tu quoque Deïphoben;
nos ignoremus, quid sit matura senectus.
Scire aevi meritum, non numerare decet.

Qualem velit habere amicam

Sit mihi talis amica velim,
iurgia quae temere incipiat
nec studeat quasi casta loqui;
pulcra procax petulante manu,
verbera quae ferat et regerat
caesaque ad oscula confugiat.
Nam nisi moribus his fuerit:
casta modesta pudenter agens,
dicere abominor, uxor erit.

Bissulas Bild · An den Maler

Bissula! Dich trifft nimmer mit Wachs und Farben der Künstler;
bleibt doch dem Bilde versagt der Reiz der natürlichen Anmut.
Andere Mädchen zu malen, mag Bleiweiß frommen und Mennig;
deine Farben trotzen der Kunst! Drum rat ich dir, Maler:
Lilien mische mit Rosen von purpurner Farbe! So duftig,
wie von beiden erglüht der Reflex, so male das Antlitz!

M. W. Besser

An meine Frau

Wie wir gelebt, so laß uns weiter leben,
und die wir in der ersten Nacht uns gaben,
die trauten Namen, laß sie fest uns halten!
Kein Tag erscheine, der uns ändern mag;
ich sei für dich der Jüngling, du mein Mädchen!
Und wenn ich älter wäre selbst als Nestor
und du betagter noch als die Sibylle,
wir wollen nichts von hohem Alter wissen.
Es gilt der Jahre Wert, nicht ihre Zahl.

Wie ich mir meine Freundin denke

Zur Freundin möcht ein Mädchen ich,
das grundlos Streit vom Zaune bricht
und nicht nach feinen Worten sucht,
ein lockres Wesen, schön und frech,
das Schläge nimmt und wieder gibt
und dann zu Küssen übergeht.
Denn wäre sie von andrer Art,
solid, bescheiden und verschämt,
dann wäre es – verhüt es Gott! –
nichts andres als ein Eheweib.

AUSONIUS

Dyseros

'Suasisti, Venus, ecce, duas dyseros ut amarem.
Odit utraque: aliud da modo consilium.'
'Vince datis ambas.' – 'Cupio: verum arta domi res.'
'Pellice promissis.' – 'Nulla fides inopi.'
'Antestare deos.' – 'Nec fas mihi fallere divos.'
'Pervigila ante fores.' – 'Nocte capi metuo.'
'Scribe elegos.' – 'Nequeo, Musarum et Apollinis expers.'
'Frange fores.' – 'Poenas iudicii metuo.'
'Stulte, ab amore mori pateris: non vis ob amorem?'
'Malo miser dici, quam miser atque reus.'
'Suasi, quod potui: tu alios modo consule.' – 'Dic quos?'
'Quod sibi suaserunt, Phaedra et Elissa dabunt,
quod Canace Phyllisque et fastidita Phaoni.'
'Hoc das consilium? Tale datur miseris.'

AUSONIUS

Unglückliche Liebe

»Venus, du hast mir geraten,
zwei in schwerer Not zu lieben,
und nun hassen sie mich beide;
gib mir einen andern Rat.«
»Schenke nur, dann wirst du siegen!«
»Gern; doch fehlt's an barem Gelde.«
»So verlock sie durch Versprechen!«
»Armen Teufeln glaubt man nicht.«
»Ruf die Götter an zu Zeugen!«
»Soll die Götter ich betrügen?«
»Wach die Nacht vor ihren Türen!«
»Nacht ist keines Menschen Freund!«
»Schreib Gedichte!« – »Wenn ich's könnte!
Ohne aller Musen Hilfe?«
»Brich gewaltsam auf ihr Haustor!«
»Ach, die Richter strafen streng.«
»Tor, willst du an Liebe sterben,
doch nicht sterben um die Liebe?«
»Lieber will mein Leid ich tragen
als strafwürdig, schuldig sein.«
»Nun, ich riet, soweit ich konnte,
frage andre!« – »Sag mir, wen doch!«
»Frag die Phädra, frag die Dido;
bessern Rat weiß ich dir nicht.«

Josef Maria Stowasser

PAULUS SILENTIARIUS

Χρυσῆς εἰρύσσασα μίαν τρίχα Δωρὶς ἐθείρης,
οἷα δορικτήτους δῆσεν ἐμεῦ παλάμας.
Αὐτὰρ ἐγὼ τὸ πρὶν μὲν ἐκάγχασα, δεσμὰ τινάξαι
Δωρίδος ἱμερτῆς εὐμαρὲς οἰόμενος·
ὡς δὲ διαρρῆξαι σθένος οὐκ ἔχον, ἔστενον ἤδη,
οἷά τε χαλκείῃ σφιγκτὸς ἀλυκτοπέδῃ.
Καὶ νῦν ὁ τρισάποτμος ἀπὸ τριχὸς ἠέρτημαι,
δεσπότις ἔνθ' ἐρύσῃ, πυκνὰ μεθελκόμενος.

ἈΓΑΘΙΑΣ

Ἠιθέοις οὐκ ἔστι τόσος πόνος, ὁππόσος ἡμῖν
ταῖς ἀταλοψύχοις ἔχραε θηλυτέραις.
Τοῖς μὲν γὰρ παρέασιν ὁμήλικες, οἷς τὰ μερίμνης
ἄλγεα μυθεῦνται φθέγματι θαρσαλέῳ,
παίγνιά τ' ἀμφιέπουσι παρήγορα καὶ κατ' ἀγυιὰς
πλάζονται γραφίδων χρώμασι ῥεμβόμενοι·
ἡμῖν δ' οὐδὲ φάος λεύσσειν θέμις, ἀλλὰ μελάθροις
κρυπτόμεθα ζοφεραῖς φροντίσι τηκόμεναι.

PAULUS SILENTIARIUS

Doris riß sich ein Haar aus der Fülle der goldenen Locken;
als Gefangenem band sie mir die Hände damit.
Anfangs lacht ich darüber; die Fessel des reizenden Mädchens
von mir zu werfen, das schien leicht mir und einfach zu sein.
Doch es gebrach mir an Kraft, sie zu zerreißen. Da seufzt ich,
gleich als hielt mich ein Band eherner Fesseln umstrickt.
Nunmehr häng ich an einem Haar, ich Ärmster, und werde
hin gezogen und her, wie es der Herrin beliebt.

AGATHIAS

So leiden junge Männer nicht wie wir,
die zarten Mädchen mit den weichen Herzen.
Sie *treffen ihre Freunde gleichen Alters*
und können ihnen unverhohlen beichten,
was sie für Schmerzen und für Sorgen drücken.
Sie können sich mit Scherz und Spielen trösten
und streifen nach Belieben durch die Straßen,
vorbei an bunten Bildern, die sie freun.
Wir *dürfen nicht einmal die Sonne sehen:*
man läßt uns in den Häusern eingesperrt,
und wir verzehren uns in dumpfem Brüten.

KURZBIOGRAPHIEN DER DICHTER

Agáthias aus Myrina (Ätolien), 2. Hälfte des 6. Jh., lebte in Konstantinopel und stellte einen sachlich geordneten Zyklus von Epigrammen in 7 Büchern zusammen.

Anákreon, Ionier, von Teos, 2. Hälfte des 6. Jh. v. u. Z., Sänger zur Laute am Hofe des Polykrates von Samos und der Peisistratiden in Athen. Trink- und Liebeslieder in anmutigen Versen, beim Gelage vorgetragen. Art und Ton wurden bis ins späte Altertum und darüber hinaus in spielerischer Manier nachgeahmt (sog. *Anakreonteia;* Vorbilder des Kreises um Gleim und Hagedorn im 18. Jh.).

Anakreontisch s. Anakreon.

Archílochos, Schöpfer der individuellen Lyrik, galt als Erfinder des Jambus. Streitbarer Verfasser von Spottgedichten, Elegien, trochäischen Langversen. Geboren auf Paros, ist er zeitlich bestimmt durch die von ihm erwähnte Sonnenfinsternis vom 6. 4. 648 v. u. Z. Weit umhergetrieben, führte er ein unstetes Landsknechtsleben.

Asklepiades aus Samos, nach seinem Vater Sikelidas genannt, um 300 v. u. Z., ein echter Dichter, Lehrer Theokrits, schrieb kurze Elegien, Epigramme und Lieder (letztere verschollen) zur Rezitation. Nach ihm ist der asklepiadeïsche Vers benannt.

Ausónius, Decimus Magnus, aus Burdigala (Bordeaux), etwa 310 bis 395, Rhetor und Prinzenerzieher, bekleidete hohe Staatsämter, verfaßte zahlreiche formgewandte Gedichte und einige Prosaschriften. Für uns am reizvollsten seine ›Mosella‹, die Beschreibung einer Rhein- und Moselreise aus der Gegend von Bingen bis Trier in epischem Stil.

Bion von Smyrna, um 100 v. u. Z., Bukoliker mit raffinierter

Technik, der es versteht, Stimmungen wiederzugeben und zu erzeugen.

Catull (Gaius Valerius Catullus) aus Verona, etwa 87–54 v. u. Z., aus wohlhabender Familie (Landgut auf Sirmio), lebte in Rom frei und unabhängig, Republikaner, genialer Vertreter einer neuen Richtung, der erste römische Lyriker, der seine Gefühle und Leidenschaften in seinen Gedichten verströmt. 7 große gelehrte Dichtungen im Anschluß an die Alexandriner; sein ›Haar der Berenike‹ ist eine Übersetzung des gleichnamigen Kallimacheïschen Gedichts.

Die Nachtfeier der Venus, von einem unbekannten Dichter der römischen Kaiserzeit (2.–4. Jh.), in barocker Manier und mit religiös universalistischem Einschlag. Venus wird mit Dione, zu deren Ehren in Unteritalien und auf Sizilien das Frühlingsfest der Dioneen gefeiert wird, identifiziert und erscheint als Erregerin allumfassender Liebe.

Die Verlassene, Bruchstück einer Arie von einem unbekannten Dichter, auf einem Papyrus der Ptolemäerzeit gefunden, etwa 200 v. u. Z. verfaßt. Für musikalischen Vortrag bestimmt und in responsionslosen Rhythmen gehalten, gehört sie zu der Gattung der sog. Hilarodien. Es ist das Lied eines verlassenen Mädchens, das nachts zur Tür des Feste feiernden Geliebten geht, ein Bild aus dem Alltag, leidenschaftlich bewegt, ›ganz Wahrheit und Natur‹.

Dionýsios, Epigrammatiker, Mitte des 3. Jh. v. u. Z.

Heróndas oder Herodas, von der Insel Kos, um 250 v. u. Z., schrieb Mimiamben in Dialogform. Es sind Bilder aus dem kleinbürgerlichen Leben seiner Zeit, realistisch, kräftig, derb. Ein Papyrusfund brachte 1891 sieben vollst. Stücke ans Licht.

Homerische Hymnen, Sammlung von Götterhymnen unter dem Namen Homers. Die großen Hymnen leiteten andere rhapsodische Vorträge ein (daher im Altertum auch Proömien genannt). Der Hymnus auf Aphrodite etwa 7. Jh. v. u. Z.

Horaz (Quintus Horatius Flaccus) aus Venusia (Apulien), 65–8 v. u. Z., Vater Freigelassener, der ein kleines Gut besaß, aber, um dem Sohn eine gute Erziehung zuteil werden zu lassen, mit ihm nach Rom ging. H. studierte dann in Athen, wurde nach der Ermordung Cäsars angeworben und machte als Offizier Schlacht und Flucht bei Philippi mit. Er verlor sein Gütchen und nahm in Rom eine kärglich bezahlte Stelle als Kanzleibeamter an, die ihn nicht befriedigte. Durch Fürsprache von Vergil gelangte er in den Kreis des Mäcenas, der seitdem in engster Freundschaft mit ihm lebte und ihm ein großes Gut in den Sabinerbergen schenkte. So konnte er sich sorglos seiner dichterischen Tätigkeit widmen. Werke: Epoden (Jamben) nach dem Vorbild des Archilochos, Oden (carmina) in der Weise Sapphos, Alkaios' und Anakreons, Satiren, Episteln. Ein Virtuos der Form, verpflanzt H. die griechischen Maße auf römischen Boden und durchsetzt griechische Lyrik mit römischem Wesen.

Íbykos aus Rhegion (Kalabrien), 2. Hälfte des 6. Jh. v. u. Z., am Hof des Tyrannen Polykrates von Samos, Chorlyriker (Schillers ›Kraniche des Ibykus‹).

Kallímachos, in Kyrene um 300 v. u. Z. als Sohn des Battos geboren, studierte in Athen, lebte in Alexandria, Gelehrter und Dichter zugleich. Als Bibliothekar stellte er den wissenschaftlichen Katalog der Bibliothek auf, der die Grundlage aller antiken Literaturforschung wurde. Der ›Fürst der Elegie‹ (4 Bücher Ursprungsgeschichten). Hofpoet der Ptolemäer (die ›Locke der Berenike‹). 6 Götterhymnen, Epigramme. Vorliebe für das Kleine, Intime, Besondere.

Markos Argentários, Epigrammatiker der Kaiserzeit; Näheres nicht bekannt.

Martial (Marcus Valerius Martialis) aus Bilbilis (Spanien), 1. Jh., lebte als bettelnder Poet und Klient vornehmer Herren in Rom, der Klassiker des Epigramms: 15 Bücher mit scharfgeschliffenen satirischen Versen, darunter die ›Xenien‹ (Gastgeschenke), deren Namen Goethe und Schiller entlehnten.

Meleágros von Gadara (Palästina), Kyniker, um 100 v. u. Z., gab als erster unter dem Titel ›Kranz‹ eine Sammlung von Epigrammen heraus, in der er seine eigenen und die von 47 anderen Dichtern vereinigte. Sie bilden den Grundstock aller späteren Anthologien.

Mimnérmos aus Kolophon (kleinasiatisches Ionien), ausgehendes 7. Jh. v. u. Z. Sänger der Jugend und der Liebe, Dichter von Elegien. Gelagepoesie.

Mos/chos, Bukoliker, um 150 v. u. Z.

Nossis aus dem italischen Lokris, um 300 v. u. Z., Dichterin von Epigrammen.

Ovid (Publius Ovidius Naso) aus Sulmo (Italien), 43 v. u. Z.–17 oder 18 u. Z., einer alten Ritterfamilie entstammend. Juristische und rhetorische Studien in Rom und Athen. Großstadtmensch, Lieblingsdichter der römischen Gesellschaft. Nach Bekleidung niedriger Ämter im Staatsdienst widmete er sich ganz der Dichtkunst. In eine Skandalgeschichte des Augusteischen Hauses verwickelt, wurde er im Jahre 8 u. Z. vom Kaiser nach Tomi (Konstanza am Schwarzen Meer) verbannt und verbrachte dort 10 einsame Jahre bis zu seinem Tode. Werke: Liebeselegien (Amores), Liebesbriefe von Heroinen (Heroides), die Liebeskunst (Ars amatoria), Verwandlungen (Metamorphosen), ein Festkalender (Fasti), elegische Klagelieder (Tristia) und Briefe aus dem Pontus. Der formgewandteste und glatteste der Elegiker, elegant, aber ohne Tiefe.

Paulus Silentiárius, hoher Beamter am Hofe Justinians, Mitte des 6. Jh., Freund des Dichters Agathias, schrieb außer erotischen Epigrammen lyrische und epische Gedichte, darunter eine Beschreibung der Hagia Sophia, die durch ein Erdbeben schwer beschädigt und wieder aufgebaut worden war (563 vor dem Hof vorgetragen).

Petrónius, Beiname Arbiter (Schiedsrichter des feinen Geschmacks), Hofmarschall Neros (54–68), Verfasser eines genialen Zeit- und Sittenromans (Satiricon), der nur unvollständig erhalten ist. Einige Epigramme unter seinem Namen.

Philódemos aus Gadara, epikureïscher Philosoph, um 60 v. u. Z. Bruchstücke einiger seiner Bücher sind in Herculanum in der Bibliothek eines Epikureers gefunden und entziffert worden. Von Cicero erwähnt.

Platon, der bekannte Philosoph, 427–347 v. u. Z., dichtete auch in seiner Frühzeit. Ob die unter seinem Namen überlieferten Epigramme alle von ihm stammen, ist fraglich; manches ist wahrscheinlich alexandrinisch.

Poseidíppos, Zeitgenosse und Freund des Asklepiades, feierte in seinen Epigrammen Liebe, Wein und berühmte Kunstwerke.

Properz (Sextus Propertius), aus angesehener Familie Umbriens, etwa 49–15 v. u. Z., Elegiker nach alexandrinischem Vorbild, ein Dichter glühendster Leidenschaft, zum Dichterkreis des Mäcenas gehörig. Seine Elegien sind nach hellenistischer Manier mit mythologischen Anspielungen verbrämt. Goethe dichtet nach ihm die ›Römischen Elegien‹.

Rufínus, nichts Näheres bekannt.

Sappho von der Insel Lesbos, um 600 v. u. Z., aus adligem Hause, verheiratet, sammelt in Mytilene einen Kreis junger Mädchen um sich, die in schwärmerischer Liebe mit ihr verbunden sind und die sie in Tanz, Gesang und Saitenspiel ausbildet. Ihre Liebe zu Phaon (Grillparzer) ist spätere Erfindung.

Séneca, Lucius Annaeus, aus Corduba (Spanien), 1. Jh. Erzieher Neros, der ihn wegen angeblicher Teilnahme an einer Verschwörung zum Selbstmord zwang, Verfasser moralphilosophischer Schriften und naturwissenschaftlicher Abhandlungen, Tragödiendichter und Satiriker. Ihm werden auch einige Epigramme der lateinischen Anthologie zugeschrieben; ihre Verfasserschaft ist aber sehr umstritten.

Sulpícia s. Tibull. Die Verse der Sulpicia sind das einzige, was uns von römischer Frauenpoesie erhalten ist.

Theógnis von Megara, Ende des 6. Jh. v. u. Z., Verfasser kurzer Gelagegedichte in elegischer Form, die zur Flöte vorgetragen wurden. Diese sind der Kern einer Sammlung von Gedichten, die den Namen des Theognis trägt und hauptsächlich ähnliche Liedchen von anderer Hand umfaßt. Sie geben Auffassung und Stimmung des untergehenden Adels wieder.

Theokrít, um 300 v. u. Z., Herkunft strittig; lebte lange an den Höfen Hierons in Syrakus und des Ptolemaios Philadelphos in Alexandria, schuf Werke hellenistischer Kleinkunst: Hymnen, kleine Epen, Gelegenheitsgedichte, Mimen, Hirtengedichte (Eidyllien), in einer dorisch-äolischen Kunstsprache. Seine frischen, natürlichen bukolischen Gedichte wurden das Vorbild für Vergils Eklogen; daraus entwickelte sich die Schäferpoesie des Barock und des Rokoko.

Tibull (Albius Tibullus), 54–19 v. u. Z., Dichter des Friedens und der Liebe, Elegiker, der mit besonderer Kunst das Auf- und Abwogen der Empfindungen schildert. In die Sammlung seiner Gedichte sind auch Elegien und Verse anderer aufgenommen, die zum Kreise seines Gönners und Förderers Messalla Corvinus gehörten, darunter die von wahrer Empfindung getragenen poetischen Briefchen einer Nichte Messallas, Sulpicias. Ihre Liebe zu Cerinthus feiert ein anderer Dichter, wahrscheinlich Tibull selbst, in 5 vorausgeschickten Elegien von größter Zartheit und höchster Vollendung.

Vergil (Publius Vergilius Maro), geb. in Andes bei Mantua, 70 bis 19 v. u. Z., der berühmteste Dichter der Augusteischen Zeit, verbrachte seine Jugend auf dem Gut seines Vaters, das er durch die Landverteilung an die Veteranen Octavians verlor, ging nach Rom und erregte durch seine Eklogen (Bucolica, Hirtengedichte) die Aufmerksamkeit des Octavian und des Mäcenas, zu dessen Kreis er fortan gehörte. Diesem widmete er auch sein Gedicht über den Landbau (Georgica). Sein berühmtestes Werk ist die ›Äneïs‹, das Nationalepos der Römer. Er starb auf der Rückfahrt von Griechenland nach Rom in Brundisium. – Die Bucolica, nach dem Vorbild von Theokrits Idyllen entstanden, enthalten viele Anspielungen auf Zeitgenossen oder zeigen diese in der Verkleidung sizilischer Schäfer.

ANMERKUNGEN

Acheron: Fluß der Unterwelt.

Adonis: schöner Jüngling, in den sich Aphrodite verliebt und der auf der Jagd von einem Eber zerfleischt wird. Adonisfest Ende Juni: orientalischer Kult, der von den Phöniziern Anfang des 6. Jh. v. u. Z. nach Griechenland kommt. Ursprünglich wohl einer der Götter, die sterben und wiederauferstehen.

Amathunt (grch. Amathūs): alte Stadt an der Südküste von Zypern mit berühmtem Venustempel.

Ammon: libyscher Beiname des Jupiter. Sein Orakel in der Oase Siwah.

Amphion: Sohn des Jupiter und der Antiope, riß mit seinem Zwillingsbruder Zethos die Herrschaft über Theben an sich. Unter seinen Zaubertönen fügten sich die Felsen des Kithäron von selbst zu einer Mauer. – Irrtümlich bringt Vergil Amphion mit dem Gebirge Aracynthus (Ätolien) in Verbindung.

Anchises: Troer, Herr von Dardanos am Ida; zeugte mit Aphrodite den Äneas.

Ancona: Stadt an der Adria in der Landschaft Picenum mit Tempel der Venus.

Andromeda: Tochter des äthiopischen Königs Kepheus, wurde als Beute für ein Ungeheuer, das das Land verwüstete, an einen Felsen gekettet und von Perseus bei seiner Rückkehr von dem Gorgonenabenteuer befreit.

Aphrodite (lat. Venus): Göttin der Liebe und der Schönheit, dem Schaum des Meeres entstiegen (nach anderen Tochter des Zeus und der Dione). Lieblingsinseln Kypros mit der Hauptkultstätte Paphos (daher auch Kypris, Kypria oder Paphia genannt) und Kythera (Beiname Kythereia). Myrte,

Rose, Apfel sind ihr heilig, an Tieren Widder, Bock, Taube, Sperling. Sohn Eros (Amor) s. d.

Apidanus: Fluß in Thessalien.

Ariadne: Tochter des Minos, die Theseus durch ein mitgegebenes Garnknäuel aus dem Labyrinth heraushalf, von diesem entführt und, auf Naxos schlafend, auf Geheiß des Dionysos verlassen.

Arretinisches Land: das Land um Arretium, eine der alten Zwölfstädte Etruriens.

Artemis (lat. Diana): Tochter des Zeus und der Leto, Schwester Apollons, jungfräuliche Göttin der Jagd, galt als Helferin bei Geburten (als Eileithyia).

Astér (grch. Stern): zugleich Name eines Jünglings.

Athos: auf der östlichen Landzunge der Chalkidike südlich von Mazedonien.

Atreus' Söhne (Atriden): Agamemnon und Menelaos. S. auch Briseïs.

Aurora: s. Eos.

Bajä: Luxus- und Modebad an der kampanischen Küste mit warmen Quellen.

Baktra: Hauptstadt der Landschaft Baktriana östlich vom Kaspischen Meer.

Battos: s. Cyrene.

Bellerophon: widerstand der Verführung durch das buhlerische Weib des Königs Proitos von Tiryns, bei dem er zu Besuch weilte. Darauf verleumdete sie B. bei ihrem Manne, der ihr Glauben schenkte und B. mit einem Uriasbrief zu dem König von Lykien schickte. Dieser gab ihm den Auftrag, die Chimära (s. d.) zu töten. – Nach einer anderen Sage wollte er mit dem Zauberroß Pegasus den Himmel stürmen, dieses aber warf ihn ab.

Bootes (Stiertreiber): Sternbild des nördlichen Himmels mit dem Arcturus.

Boreas: Nordwind, Sohn des Titanen Astraios und der Eos, raubte die attische Königstochter Oreithyia und machte sie zu seiner Gemahlin.

Briseïs: Tochter des Briseus, von Achill erbeutet, dem sie der Atride Agamemnon wegnahm.

Bukolische Poesie: Hirten-, Schäferpoesie (būs grch. Rind).

Byssos: feines Leinen- oder Baumwolltuch.

Chariten: Göttinnen der Anmut (Grazien), Dienerinnen Aphrodites.

Charybdis: Ungeheuer in der sizilischen Meerenge, das ganze Schiffe verschlingt.

Chimäre: feuerspeiendes Ungeheuer (vorn Löwe, in der Mitte Ziege, hinten Schlange).

Cnidus (grch. Knidos): Stadt in Kleinasien mit Tempel und dem von Praxiteles geschaffenen Standbild der Aphrodite.

Cupido = Amor grch. Eros (s. d.).

Cyrene: Hauptstadt der Cyrenaica. In ihrer Nähe wuchs das zu Arznei und als Gewürz verwandte Silphion, eine Pflanze, die im Handel mit Silber aufgewogen worden sein soll (heute völlig ausgestorben). Als Gründer der Stadt gilt Battos, den man als Halbgott verehrte.

Danaë: Zeus nahte sich der Königstochter D., die ihr Vater in einen Turm gesperrt hatte, in Gestalt eines goldenen Regens.

Daphnis: schöner Jüngling in Sizilien, Liebling des Pan, galt als Erfinder der Hirtenpoesie.

Daunien: Landschaft an der Küste Apuliens, benannt nach einem sagenhaften König Daunus.

Delierin = Artemis, weil auf der Insel Delos geboren.

Dido: Königin von Karthago, liebte Äneas und nahm sich, von diesem verlassen, das Leben.

Dione (lat. Djuno, Juno): urspr. Mutter der Aphrodite, später diese selbst (so in der ›Nachtfeier der Venus‹). Ihr zu Ehren wird das Frühlingsfest der Dioneen gefeiert.

Dionysos (Bakchos): Sohn des Zeus und der Semele, der Tochter des Kadmos; Gott der Fruchtbarkeit und des Weins. Orgiastischer Kult. In seinem Gefolge die Satyrn mit dem Silen, die Nymphen und der Schwarm der Bacchantinnen oder Mänaden.

Dorkas: Sklavinnenname.

Durrachium (grch. Dyrrhachion, heute Durrës): in Illyrien an der Adria (älterer Name Epidamnus), Landungsplatz von Brundisium her mit lebhaftem Verkehr und Handel.

Egeria: weissagende Quellnymphe, Gemahlin des römischen Königs Numa, den sie in Dingen der Religion beriet.

Enna: Stadt in der Mitte Siziliens mit berühmtem Tempel der Ceres. Ennas Fluren = Sizilien.

Eos (lat. Aurora): Göttin der Morgenröte, raubte den Tithonos und nahm ihn zum Gemahl. Sie bat Zeus um Unsterblichkeit für ihn, die dieser auch gewährte, vergaß aber, zugleich um ewige Jugend zu bitten. So alterte er, und seine Kräfte schwanden dahin. – Ihr Sohn Memnon, der ›schwarzfarbige‹ König von Äthiopien, fiel vor Troja. Seine Gefährten wurden in Vögel verwandelt und reißen sich, an seinem Grabe klagend, jedes Jahr aufs neue gegenseitig die Brust auf.

Eros (lat. Amor): Sohn der Aphrodite und des Ares, einer der ältesten Götter, gefährlicher junger Mann mit Flügeln, Köcher und Bogen, schießt Menschen und Götter mitten ins Herz, Gott des Liebesverlangens, besonders auch der Knabenliebe.

Eroten (lat. Amores): Liebesgötter, eine Vervielfachung des einen Eros in hellenistischer Zeit; in Pompeji, mit diesem oder jenem Handwerk beschäftigt, dargestellt.

Esquilin: einer der 7 Hügel Roms, Sammelplatz der Wasserleitungen, Wohnort des Properz.

Eurotas: Fluß in Lakonien.

Falerner: vorzüglicher Wein aus Kampanien (herbe und süße Sorte).

Flammengott (grch. Hephaistos, lat. Vulcanus): Sohn des Zeus und der Hera, Gott des Feuers, der Schmiede- und Handwerkskunst, schwächlich und häßlich, wurde von Zeus, nach einer andern Version von seiner Mutter, aus dem Olymp auf die Erde geworfen; daher hinkend.

Gades: Stadt im südlichen Spanien (Cadiz).

Ganymed: Sohn des Tros, Hirt seines Vaters auf dem Idagebirge in der Troas, wegen seiner Schönheit von Zeus nach dem Olymp entführt, sein Liebling und Mundschenk.

Gätuler: Völkerschaft im nordwestlichen Afrika (Mauretanien und Numidien).

Geschwistergötter: Ptolemaios Philadelphos, Herrscher von Ägypten (285–247 v. u. Z.), und seine Schwester und Gemahlin Arsinoë.

Hades (Pluto): Gott der Unterwelt, auch die Unterwelt selbst.

Hadria: das Adriatische Meer.

Hagia Sophia: die Sophienkirche in Konstantinopel, unter Kaiser Justinian (527–656 u. Z.) erbaut.

Hekate: chthonische Zaubergöttin, dreigestaltig (auf der Erde als Artemis, am Himmel als Selene, in der Unterwelt als Hekate), an Kreuzwegen verehrt.

Helena: Tochter der Leda und des Zeus, Gemahlin des Menelaos (Tochter Hermione), ließ sich von Paris entführen und wurde so der Anlaß zum Trojanischen Krieg.

Helikon: böotisches Gebirge; die helikonischen Schwestern: die Musen.

Helios: ein Titan, Sonnengott, der alles hört und sieht.

Hilarodie: Abart des Mimus; vorgetragen von einem Sprecher (Hilaroden) in weißer Männerkleidung mit goldenem Kranz, den ein Saitenspieler oder eine Saitenspielerin begleitet.

Hippolyte: Gattin des Akastos, suchte den Sohn des Aiakos Peleus zu verführen und verleumdete ihn bei ihrem Mann, als sie keinen Erfolg hatte. Nur mit Götterhilfe konnte er gerettet werden.

Hippomanes: in Arkadien wachsendes Kraut, das, wie es hieß, die Pferde toll machte.

Histia = Hestia (lat. Vesta): Göttin des Herdes, der Häuser und der Städte. Über ihre Geburt s. Kronos.

Hybla: Berg auf Sizilien in der Nähe von Syrakus, reich an Blumen und wohlriechenden Kräutern, berühmt durch seinen Honig; zugleich Städtename (heute Großhybla am Südabhang des Ätna).

Hydaspes: Fluß in Indien, an den sich Fabeln von Riesenschlangen, goldsuchenden Ameisen usw. knüpften.

Hymenaios: Gott der Hochzeit. Das Wort bezeichnet zunächst den Hochzeitsgesang, den die Begleiter der Braut bei ihrem Zug in das Haus des Bräutigams anstimmten.

Hyrkaner: Volksstamm am Kaspischen Meer, Nachbarn der Parther.

Idalium: Vorgebirge und Stadt auf Zypern mit Tempel und heiligem Hain der Venus.

Iden: Monatsmitte (13. oder 15. Tag) im römischen Kalender.

Ikarus: unbewohnte Felseninsel zwischen Samos und Naxos.

Ilia: Stammutter des Römervolks.

Io: Geliebte des Zeus, von Hera aus Eifersucht in eine Kuh verwandelt und dem hundertäugigen Riesen Argos (lat. Argus) zur Bewachung übergeben.

Iris: Nach der Sage soll aus dem Blut des von Apollon getöteten Hyakinthos eine Blume desselben Namens (wohl die Schwertlilie oder Iris) entsprossen sein, auf der man die Zeichen des Klagelauts AI zu finden glaubte.

Juba: König von Mauretanien (1. Jh. v. u. Z.).

Juventus: Göttin der Jugend.

Kadmos: Gründer von Theben, Erbauer der dortigen Burg, der Kadmeia.

Kanephore: Korbträgerin, Bezeichnung für die Mädchen, die bei Prozessionen die Opfergaben und heiligen Geräte trugen.

Kanobos: Stadt an der westlichen Mündung des Nils.

Karien: Landschaft im Südwesten Kleinasiens.

Kastor und Pollux: die sog. Dioskuren, raubten die mit andern verlobten Töchter des Leukippos Phöbe und Hilaeira.

Kephalos: attischer Heros, Sohn des Hermes, wurde durch Eos vom Gipfel des Hymettos entführt.

Komos: Festzug; Umzug junger Leute durch die Straßen unter Gesang und Tanz.

Kroisos: König von Lydien (um 560 v. u. Z.). Sein Reichtum war sprichwörtlich.

Kronion: Sohn des Kronos, Zeus.

Kronos: Sohn des Uranos und der Gaia, Beherrscher des Weltalls vor Zeus, Titan, verschlang seine von Rhea geborenen Kinder Hestia, Demeter, Hades und Poseidon, wurde aber von seinem jüngsten Sohn Zeus gezwungen, sie wieder auszuspeien. Da er Hestia als erste verschlang, spie er sie als letzte aus (daher: ›erzeugte sie zuerst und zuletzt‹). Er wurde von Zeus in den Tartaros gestürzt.

Kyklopen: ein Riesenvolk mit kreisrundem Auge auf der Stirn. Sie galten als Schmiede des Hephaistos im Ätna.

Kypria, Kypris: s. Aphrodite.

Kythereia: s. Aphrodite.

Laïs: zwei berühmte Hetären dieses Namens in Korinth. Gemeint ist wohl die ältere, die sich Diogenes und dem Philosophen Aristippos hingab.

Lanuvium: alte Stadt in der Nähe der Via Appia südöstlich von Rom mit dem uralten Heiligtum der Juno Sospita.

Laurentum: Stadt in Latium. – Mädchen aus Laurentum: Lavinia, Tochter des Königs Latinus, Gemahlin des Äneas.

Lesbia: Geliebte Catulls, von ihm so genannt nach der Lesbierin Sappho, an die sie ihn erinnerte; ihr eigentlicher Name Clodia, Schwester des Volkstribunen Publius Clodius Pulcher.

Lesbos: Insel im Ägäischen Meer; Hauptstadt Mytilene.

Lityerses: lydischer Schnitter der Urzeit, dem man alte Arbeitsgesänge zuschrieb.

Lukriner See: an der Küste Kampaniens mit Austernfischerei, von den Badegästen Bajäs gern besucht.

Luna: s. Selana.

Luzifer (grch. Phosphoros): der Morgenstern, der ›Lichtbringer‹ als Vorläufer der Morgenröte.

Mäcenas, Gajus Cilnius: Freund und Berater von Kaiser Augustus, der Gönner des Horaz, dem er das Landgut in den Sabinerbergen schenkte; Förderer eines literarischen Kreises, zu dem auch Vergil und Properz gehörten.

Messalla Corvinus, Marcus Valerius: bedeutender Feldherr und Redner unter Augustus, Mittelpunkt eines literarischen Kreises, zu dem auch Tibull gehörte; dessen Förderer und Gönner. Seine Nichte die Dichterin Sulpicia.

Mimiamben: Bilder des täglichen Lebens in Jamben.

Mimus: Literaturgattung; Schöpfer Sophron (um 430 v. u. Z.), in Sizilien heimisch; kleine realistische Bilder aus dem Volksleben; von Theokrit auf das Idyll übertragen.

Misenum: kampanisches Kap, berühmt durch das Grabmal des aus der Sage bekannten Trompeters des Äneas, Misenus.

Mises Niederfahrt: religiöses Fest zu Ehren der Göttin Mise. Hellenistischer Geheimkult, verwandt der Niederfahrt und Auffahrt der Korē (Persephone).

Moiren (= Parzen): die Schicksalsgöttinnen Klotho, Lachesis und Atropos.

Mutter im vollen Erntekranz = Demeter (lat. Ceres).

Myndos: Stadt an der kleinasiatischen Küste nordwestlich von Halikarnassos.

Nestor: König von Pylos, der älteste der Helden von Troja; weise und beredt.

Nireus: der schönste Grieche vor Troja nach Achill. Sprichwörtlich.

Opuntisch: Opūs Stadt in Lokris gegenüber von Euböa.

Orikum: Hafenplatz von Epirus.

Päan: urspr. Schlachtgesang; dann Sieges- und Freudenlied.

Pallas: Beiname der Athene. – Pallas' Baum: der Ölbaum.

Pan: Sohn des Hermes, Feld-, Wald- und Hirtengott. Besonders verehrt in Arkadien. Mit Ziegenhörnern und Bocksfüßen; spielt gern Flöte.

Paphia: s. Aphrodite.

Parther: iranisches Reitervolk, von den Römern gefürchtet.

Peitho: Göttin der Überredung.

Penaten: Schutzgötter der Familie und des Staates. Äneas brachte die Penaten Trojas nach Latium.

Penelope: Gemahlin des Odysseus, Musterbild der Keuschheit und Treue.

Phädra: liebte ihren Stiefsohn Hippolytos, der sie zurückwies. Darauf verleumdete sie ihn bei ihrem Mann und erhängte sich nach dem gewaltsamen Ende des Hippolytos.

Phaëton: Sohn des Sonnengottes Helios. Erhielt nach langem Bitten die Erlaubnis, den Sonnenwagen einen Tag zu lenken, konnte aber die feurigen Rosse nicht zügeln, so daß auf der Erde entweder alles verbrannte oder erstarrte. Zeus ließ ihn, von seinem Blitz versengt, in den Eridanus (Po) stürzen.

Phaidros: Liebling Platons, Freund des Lysias (vgl. den Platonischen Dialog desselben Namens).

Phoibos (lat. Phöbus) = der Strahlende; Beiname Apollons.

Phrygien: Hinterland von Troja und Küstenstrich am Hellespont.

Piërisch: nach der mazedonischen Landschaft Pieria an der Grenze Thessaliens nördlich des Olympos; Sitz der Musen.

Pisa: peloponnesische Landschaft, in der Olympia liegt.

Pittakos: einer der 7 Weisen, Herrscher in Mytilene auf Lesbos (s. d.), schlichtete auf den Wunsch von Adel und Volk deren Streit um die Macht (um 620 v. u. Z.). Unter ihm mußten wohl Sappho und Alkaios das Land verlassen.

Plejaden: die 7 Töchter des Atlas, von Zeus unter die Sterne versetzt (das Siebengestirn).

Polyphemus: ein Kyklop; Verehrer der Nymphe Galatea, einer Tochter des Meergottes Nereus; wurde von Odysseus seines Augenlichts beraubt.

Pythagoras: großer griech. Philosoph, Mathematiker und Physiker, um 580–500 v. u. Z.

Pythias: Sklavinnenname.

Pytho: alter Name für Delphi.

Quiriten: Bezeichnung der Römer als Staatsbürger.

Rhapsoden: Sänger, die zu Volksfesten epische Stücke vortrugen.

Saken: skythisches Nomadenvolk.

Sardes: Hauptstadt Lydiens (westl. Kleinasien) am Fluß Paktolos nördlich des Tmolosgebirges.

Säulengang des Pompejus: verbunden mit dem Theater, das er 55 v. u. Z. auf dem Marsfeld erbauen ließ.

Selana = Selene (lat. Luna): Mondgöttin, Schwester des Helios. Ihr Geliebter Endymion liegt in einer Grotte in ewigem Schlaf; jede Nacht steigt sie zu ihm hinab.

Semele: Mutter des Dionysos, Tochter des Kadmos.

Semiramis: sagenhafte Königin von Assyrien, Gemahlin des Ninos (hängende Gärten der S. in Babylon).

Sibyllen: Wahrsagerinnen und Priesterinnen des Apollo, am wichtigsten für die Römer die von Cumä.

Silen: Erzieher und Gefährte des Bakchos (Dionysos), berauschter Alter mit Glatze, Stumpfnase und Pferdefüßen, Führer der Satyrn. In älteren Zeiten verstand man unter Silenen wohl die bejahrten Satyrn.

Silphion: s. Cyrene.

Sithoner: die Bewohner des thrakischen Chersones.

Sorakte: Berg im Tibertal unweit von Rom.

Syrten: sandiger Küstenstrich in Nordafrika am Rande der Wüste.

Tarpeja: rupes Tarpeia, der Tarpejische Felsen; gemeint ist die sattelförmige Vertiefung zwischen Burg und Kapitol.

Tekmessa: Tochter des phrygischen Königs Teuthras, von Ajax auf einem Streifzug erbeutet.

Tereus: König in Thrazien, Gemahl der Prokne, die in eine Schwalbe verwandelt wurde (Terei puella).

Teuthras: Näheres unbekannt.

Thaïs: berühmte Hetäre des 4. Jh. v. u. Z.

Theseus: s. Ariadne.

Thesprotien: das Reich des Königs Thesprotus an der Küste von Epirus, wo man entsprechend der Homerischen Schilderung den Acherusischen See, die Unterweltflüsse Acheron und Kokytos und den Eingang zum Hades lokalisierte. Properz verlegt es nach dem Küstenland von Cumä, weil man auch dort einen Zugang zur Unterwelt annahm.

Thetis: Tochter des Nereus, Meernymphe, Gemahlin des Peleus, Mutter Achills.

Thynisch: Volk der Thynier, das die Küste Bithyniens am Schwarzen Meer besiedelte (Kyzikos).

Tithonos: Sohn des Laomedon, Gemahl der Eos (s. d.).

Triton: Meergottheit in Menschengestalt mit Fischschwanz.

Tuskisch = etrurisch.

Tyros: See- und Handelsstadt in Phönizien, berühmt wegen der Purpurherstellung und -verarbeitung.

Vertumnus: römischer Gott alles Wandels und Wechsels, so auch der Jahreszeiten.

Wendehals: urspr. ein spechtartiger Vogel, dem man Zauberkraft zur Erlangung verlorener oder verschmähter Liebe zuschrieb. Später das Rad, an das man den Vogel band und das man unter Zaubergesängen und Anrufung des geliebten Wesens in Bewegung setzte; Zauberkreisel.

Ziege = Kapella, Stern im Fuhrmann.

QUELLENNACHWEIS

A: Ausgabe – Ü: Übersetzung – AL: Anthologia Lyrica – ALG: Anthologia Lyrica Graeca – AP: Anthologia Graeca Epigrammatum Palatina.

Agathias: So leiden junge Männer nicht. A: Hugo Stadtmüller, AP. Leipzig, Teubner, 1894, I,V 296, S. 217. Ü: Horst Gasse.

Anakreon: An Dionysos. A: Ernestus Diehl, AL. Leipzig, Teubner, 1923, Vol. IV Poetae Melici, S. 447 (2). Ü: Horst Gasse.

– Eros der Schmied. A: Ernestus Diehl, AL. Leipzig, Teubner, 1923, Vol. IV Poetae Melici, S. 459 (45). Ü: Emanuel Geibel, Gesammelte Werke, Stuttgart, Cotta, 1883, V, S. 130.

– Wasser her, Wein her. A: Ernestus Diehl, AL. Leipzig, Teubner, 1923, Vol. IV Poetae Melici, S. 455 (27). Ü: Horst Gasse.

– An seinen Liebling. A: Ernestus Diehl, AL. Leipzig, Teubner, 1923, Vol. IV Poetae Melici, S. 448 (4). Ü: Emanuel Geibel, Gesammelte Werke, Stuttgart, Cotta, 1883, V, S. 129.

– Zum Frühstück brach ich mir. A: Ernestus Diehl, AL. Leipzig, Teubner, 1923, Vol. IV Poetae Melici, S. 465 (69). Ü: Horst Gasse.

– Du thrakisch Füllen, warum blickst du. A: Ernestus Diehl, AL. Leipzig, Teubner, 1923, Vol. IV Poetae Melici, S. 470 (88). Ü: Horst Gasse.

– Wieder wirft mit dem Purpurball. A: Ernestus Diehl, AL. Leipzig, Teubner, 1923, Vol IV Poetae Melici, S. 448 (23). Ü: Wolfgang Schadewaldt, Sappho. Potsdam 1950. Mit freundlicher Genehmigung des Verlags Stichnote GmbH, Darmstadt.

Anakreontisch: Die Laute. A: Eduard Hiller – Otto Crusius, AL. Leipzig, Teubner, 1913, S. 351 (Nr. 23). Ü: Horst Gasse.

Anakreontisch: Antwort. A: Eduard Hiller – Otto Crusius, AL. Leipzig, Teubner, 1913, S. 346 (Nr. 6). Ü: Horst Gasse.

– Nächtlicher Besuch (Besuch des Eros). A: Eduard Hiller – Otto Crusius, AL. Leipzig, Teubner, 1913, S. 354 (31). Ü: Eduard Mörike, Werke. Leipzig – Wien, Bibliographisches Institut, o. J., III, S. 488. – Mit kleinen Änderungen.

– Glut. A: Eduard Hiller – Otto Crusius, AL. Leipzig, Teubner, 1913, S. 350 (17). Ü: Horst Gasse.

– Rechnung. A: Eduard Hiller – Otto Crusius, AL. Leipzig, Teubner, 1913, S. 348 (13). Ü: Eduard Mörike, Werke. Leipzig – Wien, Bibliographisches Institut, o. J., III, S. 467.

– Waffen (Naturgaben). A: Eduard Hiller – Otto Crusius, AL. Leipzig, Teubner, 1913, S. 351 (24). Ü: Eduard Mörike, Werke. Leipzig – Wien, Bibliographisches Institut, o. J., III, S. 497.

– Weder Rat noch Trost. A: Eduard Hiller – Otto Crusius, AL. Leipzig, Teubner, 1913, S. 353 (27b,c). Ü: Eduard Mörike, Werke, Leipzig – Wien, Bibliographisches Institut, o. J., III, S. 469.

– An ein Mädchen. A: Eduard Hiller – Otto Crusius, AL. Leipzig, Teubner, 1913, S. 359 (49). Ü: Eduard Mörike, Werke. Leipzig – Wien, Bibliographisches Institut, o. J., III, S. 477.

Archilochos: Drei Fragmente. A: Ernestus Diehl – Beutler, ALG. Leipzig, Teubner, ^{4}1954, Vol. I fasc. 3;25. Ü: Walther Kranz, Geschichte der griechischen Literatur. Leipzig, Dieterich'sche Verlagsbuchhandlung, 1940.

Asklepiades: Schneie nur, hagle. A: Hugo Stadtmüller, AP. Leipzig, Teubner, 1894, I, V 63, S. 108. Ü: Alfred Körte, Die hellenistische Dichtung. Leipzig 1925. Mit freundlicher Genehmigung des Alfred Kröner Verlags, Stuttgart.

– Hier, ihr Kränze, hänget ihr. A: Hugo Stadtmüller, AP. Leipzig, Teubner, 1894, I, V 144, S. 138. Ü: Horst Gasse.

– Tausendmal mit heiligem Eide. A: Hugo Stadtmüller, AP. Leipzig, Teubner, 1894, I, V 149, S. 140. Ü: August Oehler, Der

Kranz des Meleagros von Gadara. Berlin 1920. Mit freundlicher Genehmigung des Propyläen Verlags, Darmstadt.

Asklepiades: Hatt ich doch meinen Spaß. A: Hugo Stadtmüller, AP. Leipzig, Teubner, 1894, I, V 157, S. 143. Ü: Horst Gasse.

– Auf den Markt, Demetrios. A: Hugo Stadtmüller, AP. Leipzig, Teubner, 1894, I, V 184, S. 158. Ü: Alfred Körte, Die hellenistische Dichtung. Leipzig 1925. Mit freundlicher Genehmigung des Alfred Kröner Verlags, Stuttgart.

– Süß ist in Sommersglut. A: Hugo Stadtmüller, AP. Leipzig, Teubner, 1894, I, V 168, S. 148. Ü: August Oehler, Der Kranz des Meleagros von Gadara. Berlin 1920. Mit freundlicher Genehmigung des Propyläen Verlags, Darmstadt.

– Kaum zähl ich zweiundzwanzig. A: Fred. Dübner, Epigrammatum Anthologia Palatina. Paris, Didot, 1872, Vol. II cap. XII 46, S. 401. Ü: Alfred Körte, Die hellenistische Dichtung. Leipzig 1925. Mit freundlicher Genehmigung des Alfred Kröner Verlags, Stuttgart.

Ausonius: Bissula: Ihre Heimat, ihr Schicksal. A: Rudolfus Peiper, D. Magni Ausonii opuscula. Leipzig, Teubner, 1886, S. 116 (III). Ü: M. W. Besser, Auson, Das Mosellied nebst den Gedichten an Bissula. Marburg 1936. Mit freundlicher Genehmigung der N. G. Elwert'schen Universitäts- und Verlagsbuchhandlung. – Die Lücke V. 6 hat Besser für seine Übersetzung durch die Worte domini nec iuga dira sui ergänzt.

– Nochmals Bissula. A: Rudolfus Peiper, D. Magni Ausonii opuscula. Leipzig, Teubner, 1886, S. 116 (IV). Ü: Horst Gasse.

– Bissulas Bild · An den Maler. A: Rudolfus Peiper, D. Magni Ausonii opuscula. Leipzig, Teubner, 1886, S. 117 (V). Ü: M. W. Besser, Auson, Das Mosellied nebst den Gedichten an Bissula. Marburg 1936. Mit freundlicher Genehmigung der N. G. Elwert'schen Universitäts- und Verlagsbuchhandlung.

– An meine Frau. A: Rudolfus Peiper, D. Magni Ausonii opuscula. Leipzig, Teubner, 1886, S. 327 (XL). Ü: Horst Gasse.

Ausonius: Wie ich mir meine Freundin denke. A: Rudolfus Peiper, D. Magni Ausonii opuscula. Leipzig, Teubner, 1886, S. 345 (LXXXVIII). Ü: Horst Gasse.

– Unglückliche Liebe. A: Rudolfus Peiper, D. Magni Ausonii opuscula. Leipzig, Teubner, 1886, S. 318 (XXIII). Ü: Josef Maria Stowasser, Römerlyrik. Heidelberg, Carl Winter, 1910. – V. 13 hat Stowasser unübersetzt gelassen.

Bion: Abendstern, sei mir gegrüßt. A: Ulrich v. Wilamowitz-Moellendorff, Bucolici Graeci. Oxford, H. Frowde, 1905, S. 142. Ü: Horst Gasse.

– Adonis. A: Ulrich v. Wilamowitz-Moellendorff, Bucolici Graeci. Oxford, H. Frowde, 1905, S. 122. Ü: Ulrich v. Wilamowitz-Moellendorff, in: Alfred Körte, Die hellenistische Dichtung. Leipzig 1925. Mit freundlicher Genehmigung des Alfred Kröner Verlags, Stuttgart.

Catull: Selig wie ein himmlischer Gott. A: Mauritius Schuster – Werner Eisenhut, Catulli Veronensis liber. Leipzig, Teubner, ^{3}1958, S. 33 (51). Ü: Otto Ribbeck, Geschichte der römischen Dichtung. Stuttgart, Cotta, 1887, I, S. 319.

– Auf Lesbias Sperling. A: Mauritius Schuster – Werner Eisenhut, Catulli Veronensis liber. Leipzig, Teubner, ^{3}1958, S. 2 (2). Ü: Paul Lewinsohn, Catullus. Berlin, Pantheonverlag, 1923.

– Laß uns leben, laß uns lieben. A: Mauritius Schuster – Werner Eisenhut, Catulli Veronensis liber. Leipzig, Teubner, ^{3}1958, S. 4 (5). Ü: Rudolf Westphal, Catulls Gedichte in ihrem geschichtlichen Zusammenhang. Breslau, Leuckart, 1870.

– Du fragst, wie viele deiner Küsse. A: Mauritius Schuster – Werner Eisenhut, Catulli Veronensis liber. Leipzig, Teubner, ^{3}1958, S. 6 (7). Ü: Horst Gasse.

– Weint, ihr Götter. A: Mauritius Schuster – Werner Eisenhut, Catulli Veronensis liber. Leipzig, Teubner, ^{3}1958, S. 2 (3). Ü: Horst Gasse.

– Herrliche Tage, mein Leben. A: Mauritius Schuster – Werner

Eisenhut, Catulli Veronensis liber. Leipzig, Teubner, ³1958, S. 97 (109). Ü: Horst Gasse.

Catull: Ihr belämmertes Zeug. A: Mauritius Schuster – Werner Eisenhut, Catulli Veronensis liber. Leipzig, Teubner, ³1958, S. 24 (36). Ü: Paul Mahn, Die Gedichte des Catull. Berlin 1925. Mit freundlicher Genehmigung des Dom Verlags, Essen.

– Quintia halten die Leute. A: Mauritius Schuster – Werner Eisenhut, Catulli Veronensis liber. Leipzig, Teubner, ³1958, S. 89 (86). Ü: Horst Gasse.

– Meine Lesbia, Cälius. A: Mauritius Schuster – Werner Eisenhut, Catulli Veronensis liber. Leipzig, Teubner, ³1958, S. 36 (58). Ü: Walter Amelung, Die Gedichte des Catullus. Jena 1911. Mit freundlicher Genehmigung des Eugen Diederichs Verlags, Düsseldorf-Köln.

– Furius und Aurel. A: Mauritius Schuster – Werner Eisenhut, Catulli Veronensis liber. Leipzig, Teubner, ³1958, S. 8 (11). Ü: Otto Weinreich, Die Distichen des Catull. Tübingen 1926. Mit freundlicher Genehmigung des Verlags J. C. B. Mohr (Paul Siebeck).

– Armer Catull, laß ab. A: Mauritius Schuster – Werner Eisenhut, Catulli Veronensis liber. Leipzig, Teubner, ³1958, S. 6 (8). Ü: Mauriz Schuster, Catulls sämtliche Dichtungen. Wien – Köln, A. Sexl, ³1950.

– Lesbia macht mich schlecht. A: Mauritius Schuster – Werner Eisenhut, Catulli Veronensis liber. Leipzig, Teubner, ³1958, S. 91 (92). Ü: Horst Gasse.

– Hassen muß ich und lieben zugleich. A: Mauritius Schuster – Werner Eisenhut, Catulli Veronensis liber. Leipzig, Teubner, ³1958, S. 89 (85). Ü: Horst Gasse.

– Vor ihrem Mann reißt Lesbia mich. A: Mauritius Schuster – Werner Eisenhut, Catulli Veronensis liber. Leipzig, Teubner, ³1958, S. 88 (83). Ü: Horst Gasse.

– Lesbia, sagtest mir einst. A: Mauritius Schuster – Werner

Eisenhut, Catulli Veronensis liber. Leipzig, Teubner, ^{3}1958, S. 83 (72). Ü: Horst Gasse.

Catull: Keinen wolle sie lieber. A: Mauritius Schuster – Werner Eisenhut, Catulli Veronensis liber. Leipzig, Teubner, ^{3}1958, S. 83 (70). Ü: Horst Gasse.

– Wenn es den Menschen mit Wonne erfüllt. A: Mauritius Schuster – Werner Eisenhut, Catulli Veronensis liber. Leipzig, Teubner, ^{3}1958, S. 84 (76). Ü: Mauriz Schuster, Catulls sämtliche Dichtungen. Wien – Köln, A. Sexl, ^{3}1950.

– Solch wahrer Liebe kann kein Weib. A: Mauritius Schuster – Werner Eisenhut, Catulli Veronensis liber. Leipzig, Teubner, ^{3}1958, S. 89 (87) und S. 84 (75). Ü: Horst Gasse.

– Wenn je das Unverhoffte sehnendem Verlangen. A: Mauritius Schuster – Werner Eisenhut, Catulli Veronensis liber. Leipzig, Teubner, ^{3}1958, S. 96 (107). Ü: Paul Mahn, Die Gedichte des Catull. Berlin 1925. Mit freundlicher Genehmigung des Dom Verlags, Essen.

– Auf seinem Schoß hielt die geliebte Acme. A: Mauritius Schuster – Werner Eisenhut, Catulli Veronensis liber. Leipzig, Teubner, ^{3}1958, S. 30 (45). Ü: Paul Mahn, Die Gedichte des Catull. Berlin 1925. Mit freundlicher Genehmigung des Dom Verlags, Essen.

Dionysios: Rosen hast du. A:Hugo Stadtmüller, AP. Leipzig, Teubner, 1894, I, V 80, S. 114. Ü: Horst Gasse.

Herondas: Die Verführerin oder Kupplerin. A und Ü: Otto Crusius – Rudolf Herzog, Die Mimiamben des Herondas. Leipzig, Dieterich'sche Verlagsbuchhandlung, ^{2}1926, S. 62.

Homerischer Hymnus: An Aphrodite. A: Anton Weiher, Homerische Hymnen. Nr. 5. München, Heimeran, 1951, nach Thomas W. Allen, Oxford 1912. Ü: Thassilo v. Scheffer, Die homerischen Götterhymnen. Leipzig, Dieterich'sche Verlagsbuchhandlung, 1948.

Horaz: Welch schlanker Junge. A: Fridericus Klingner, Horati

Flacci opera. Leipzig, Teubner, ³1959, carm. I 5, S. 7. Ü: Horst Gasse.

Horaz: Sieh, des Sorakte Felsengipfel. A: Fridericus Klingner, Horati Flacci opera. Leipzig, Teubner, ³1959, carm. I 9, S. 11. Ü: Emil Ermatinger, Antike Lyrik in modernem Gewande. Frauenfeld 1898. Mit freundlicher Genehmigung des Verlags Huber & Co.

- Forsche du nicht. A: Fridericus Klingner, Horati Flacci opera. Leipzig, Teubner, ³1959, carm. I 10, S. 13. Ü: Horst Gasse.
- Unschuld und ein gut Gewissen. A: Fridericus Klingner, Horati Flacci opera. Leipzig, Teubner, ³1959, carm. I 22, S. 25. Ü: Horst Gasse.
- Wenn du des Telephos rosigen Nacken. A: Fridericus Klingner, Horati Flacci opera. Leipzig, Teubner, ³1959, carm. I 13, S. 16. Ü: Horst Gasse.
- Neue Liebe. A: Fridericus Klingner, Horati Flacci opera. Leipzig, Teubner, ³1959, carm. I 19, S. 23. Ü: Emanuel Geibel, Gesammelte Werke. Stuttgart, Cotta, 1883, V, S. 189.
- An Cloë. A: Fridericus Klingner, Horati Flacci opera. Leipzig, Teubner, ³1959, carm. I 23, S. 26. Ü: Emanuel Geibel, Gesammelte Werke. Stuttgart, Cotta, 1883, V, S. 190.
- Mit Bechern fechten. A: Fridericus Klingner, Horati Flacci opera. Leipzig, Teubner, ³1959, carm. I 27, S. 29. Ü: Rudolf Alexander Schröder, Gesammelte Werke. Frankfurt a. Main 1952, V. Mit freundlicher Genehmigung des Suhrkamp Verlags.
- Die du Paphos' Klippe. A: Fridericus Klingner, Horati Flacci opera. Leipzig, Teubner, ³1959, carm. I 30, S. 32. Ü: Rudolf Alexander Schröder, Gesammelte Werke. Frankfurt a. Main 1952, V. Mit freundlicher Genehmigung des Suhrkamp Verlags.
- An Albius Tibullus. A: Fridericus Klingner, Horati Flacci opera. Leipzig, Teubner, ³1959, carm. I 33, S. 34. Ü: Emanuel Geibel, Gesammelte Werke. Stuttgart, Cotta, 1883, V, S. 194.

Horaz: Brauchst der Liebe. A: Fridericus Klingner, Horati Flacci opera. Leipzig, Teubner, ³1959, carm. II 4, S. 44. Ü: Horst Gasse.

– Barine. A und Ü: Hans Färber, Horaz. Neuausgabe: München 1957, carm. II 8, S. 78. Mit freundlicher Genehmigung des Ernst Heimeran Verlags.

– Der ferne Geliebte. A und Ü: Rudolf Helm, Die Gedichte des Horaz. Stuttgart 1954, carm. III 7, S. 65. Mit freundlicher Genehmigung des Alfred Kröner Verlags.

– Alte Liebe. A: Fridericus Klingner, Horati Flacci opera. Leipzig, Teubner, ³1959, carm. III 9, S. 81. Ü: Hermann Menge, Die Oden und Epoden des Horaz. Berlin ⁷1921. Mit freundlicher Genehmigung der Langenscheidt KG. Verlagsbuchhandlung, Rastatt.

– Und wärest eine Skythin du. A: Fridericus Klingner, Horati Flacci opera. Leipzig, Teubner, ³1959, carm. III 10, S. 82. Ü: Hans Draheim, Die Lieder des Horaz. Berlin 1913. Mit freundlicher Genehmigung der Grote'schen Verlagsbuchhandlung, Rastatt.

– Die Haustochter. A: Fridericus Klingner, Horati Flacci opera. Leipzig, Teubner, ³1959, carm. III 12, S. 85. Ü: Josef Tiefenbacher, Horaz. Hamburg 1952. Mit freundlicher Genehmigung des Verlags Heinrich Ellermann, München.

– Kampfesmüde. A und Ü: Hans Färber, Horaz. Neuausgabe. München 1957, carm. III 26, S. 164. Mit freundlicher Genehmigung des Ernst Heimeran Verlags.

– Mäcenas' Geburtstag. A und Ü: Rudolf Helm, Die Gedichte des Horaz. Stuttgart 1954, carm. IV 11, S. 102. Mit freundlicher Genehmigung des Alfred Kröner Verlags.

– Vergeltung. A und Ü: Rudolf Helm, Die Gedichte des Horaz. Stuttgart 1954, epod. XV, S. 127. Mit freundlicher Genehmigung des Alfred Kröner Verlags.

Ibykos: Frühling ist es. A: Ernestus Diehl, AL. Leipzig, Teubner, ²1942, II 5, S. 64. Ü: Horst Gasse.

Ibykos: Späte Liebe. A: Ernestus Diehl, AL. Leipzig, Teubner, [2]1942, II 5, S. 65. Ü: Emanuel Geibel, Gesammelte Werke. Stuttgart, Cotta, 1883, V, S. 128.

Kallimachos: Schwärmt ich vor deiner Türe. A: Ulrich v. Wilamowitz-Moellendorff, Callimachi hymni et epigrammata. Berlin, Weidmann, [4]1925, S. 57 (XLII). Ü: August Oehler, Der Kranz des Meleagros von Gadara. Berlin 1920. Mit freundlicher Genehmigung des Propyläen Verlags, Darmstadt.

– Der Gast litt insgeheim. A: Ulrich v. Wilamowitz-Moellendorff, Callimachi hymni et epigrammata. Berlin, Weidmann, [4]1925, S. 57 (XLIII). Ü: Horst Gasse.

– Den Herrn von Mytilene. A: Ulrich v. Wilamowitz-Moellendorff, Callimachi hymni et epigrammata. Berlin, Weidmann, [4]1925, S. 48 (Ep. I). Ü: Horst Gasse.

Markos Argentarios: Für die Alkippe war ich entbrannt. A: Hugo Stadtmüller, AP. Leipzig, Teubner, 1894, I, V 126, S. 131. Ü: Richard Nordhausen, Ars amandi I.

Martial: Alles ist Nävia. A: Wilhelm Heraeus, M. Valerii Martialis epigrammaton libri. Leipzig, Teubner, 1925, I 68, S. 27. Ü: Horst Gasse.

Meleagros: Du schläfst, o sänk ich jetzt. A: Hugo Stadtmüller, AP. Leipzig, Teubner, 1894, I, V 173, S. 150. Ü: August Oehler, Der Kranz des Meleagros von Gadara. Berlin 1920. Mit freundlicher Genehmigung des Propyläen Verlags, Darmstadt. – V. 1: Ζηνοφίλα, τρυφερὸν θάλος, hat Oehler ausgelassen.

– Dorkas, melde ihr das. A: Hugo Stadtmüller, AP. Leipzig, Teubner, 1894, I, V 181, S. 156. Ü: Horst Gasse.

– Bei dir, Myiskos. A: Fred. Dübner, Epigrammatum Anthologia Palatina. Paris, Didot, 1872, Vol. II cap. XII 159, S. 417. Ü: Horst Gasse.

Mimnermos: Was ist das Leben. A: Ernestus Diehl – Beutler, ALG. Leipzig, Teubner, [4]1954, I 1, Eleg. A, S. 48 (1). Ü: Horst Gasse.

Moschos: Der Ausreißer. A: Ulrich v. Wilamowitz-Moellendorff, Bucolici Graeci. Oxford, H. Frowde, 1905, S. 120. Ü: Horst Gasse.

Nossis: Süßer ist nichts als Liebe. A: Hugo Stadtmüller, AP. Leipzig, Teubner, 1894, I, V 169, S. 149. Ü: Horst Gasse.

Ovid: Sommer war es. A: Rudolfus Ehwald, P. Ovidius Naso. Leipzig, Teubner, 1916, I, Amores I 5, S. 6. Ü: Rudolph Schott, Ovidii Amores. München 1918. Mit freundlicher Genehmigung des Verlags R. Piper & Co.

– Pförtner, der du an der harten Kette. A: Rudolfus Ehwald, P. Ovidius Naso. Leipzig, Teubner, 1916, I, Amores I 6, S. 7. Ü: Rudolph Schott, Ovidii Amores. München 1918. Mit freundlicher Genehmigung des Verlags R. Piper & Co.

– Nape, die du so geschickt. A: Rudolfus Ehwald, P. Ovidius Naso. Leipzig, Teubner, 1916, I, Amores I 11, S. 17. Ü: Rudolph Schott, Ovidii Amores. München 1918. Mit freundlicher Genehmigung des Verlags R. Piper & Co.

– Morgenklage. A: Rudolfus Ehwald, P. Ovidius Naso. Leipzig, Teubner, 1916, I, Amores I 13, S. 18. Ü: Viktor v. Marnitz, Ovid, Die erotischen Dichtungen. Stuttgart 1958. Mit freundlicher Genehmigung des Alfred Kröner Verlags.

– Gabe und Gegengabe. A: Rudolfus Ehwald, P. Ovidius Naso. Leipzig, Teubner, 1916, I, Amores II 17, S. 41. Ü: Viktor v. Marnitz, Ovid, Die erotischen Dichtungen. Stuttgart 1958. Mit freundlicher Genehmigung des Alfred Kröner Verlags.

– Der Zirkus. A: Rudolfus Ehwald, P. Ovidius Naso. Leipzig, Teubner, 1916, I, Ara amatoria I 135–162, S. 186. Ü: Viktor v. Marnitz, Ovid, Die erotischen Dichtungen. Stuttgart 1958. Mit freundlicher Genehmigung des Alfred Kröner Verlags.

– Doch mit besonderer Scheu. A und Ü: Franz Burger nach W. Hertzberg, Ovid, Liebeskunst. München 1959, I 417–436, S. 34. Mit freundlicher Genehmigung des Ernst Heimeran Verlags.

Ovid: Vom Nähern. A: Rudolfus Ehwald, P. Ovidius Naso. Leipzig, Teubner, 1916, I, Ars amatoria I 603–646, S. 199. Ü: Viktor v. Marnitz, Ovid, Die erotischen Dichtungen. Stuttgart 1958. Mit freundlicher Genehmigung des Alfred Kröner Verlags.

– Vom Küssen und von der Gewalt. A: Rudolfus Ehwald, P. Ovidius Naso. Leipzig, Teubner, 1916, I, Ars amatoria I 663–680, S. 201. Ü: Viktor v. Marnitz, Ovid, Die erotischen Dichtungen. Stuttgart 1958. Mit freundlicher Genehmigung des Alfred Kröner Verlags.

– Grad als dieses ich sang. A und Ü: Franz Burger nach W. Hertzberg, Ovid, Liebeskunst. München 1959, II 493–534. Mit freundlicher Genehmigung des Ernst Heimeran Verlags.

– Anweisung für die Mädchen. A und Ü: Franz Burger nach W. Hertzberg, Ovid, Liebeskunst. München 1959, III 577–610. Mit freundlicher Genehmigung des Ernst Heimeran Verlags.

Paulus Silentiarius: Doris riß sich ein Haar. A: Hugo Stadtmüller, AP. Leipzig, Teubner, 1894, I, V 229, S. 180. Ü: Horst Gasse.

Petronius: Marcia, meine süße. A: Franciscus Buecheler, Petronii Saturae. Berlin, Weidmann, 1958, frgm. 43, S. 222. Ü: Horst Gasse.

– Geliebt bleib uns noch lange. A: Franciscus Buecheler, Petronii Saturae. Berlin, Weidmann, 1958, frgm. 49, S. 224. Ü: Horst Gasse.

– Welch eine Nacht. A: Franciscus Buecheler, Petronii Saturae. Berlin, Weidmann, 1958, fr. sat. 79, S. 93. Ü: Wilhelm Heinse, Petronius Arbiter Satyrikon. Verlagsgemeinschaft München 1909.

– Im Bette lag ich grade. A: Franciscus Buecheler, Petronii Saturae. Berlin, Weidmann, 1958, frgm. 48, S. 224. Ü: Rudolf v. Delius, Zur Psychologie der römischen Kaiserzeit. München – Leipzig, Georg Müller, 1911.

Philodemos: Sei mir gegrüßt. A: Hugo Stadtmüller, AP. Leipzig,

Teubner, 1894, I, V 45, S. 100. Ü: Alfred Körte, Die hellenistische Dichtung. Leipzig 1925. Mit freundlicher Genehmigung des Alfred Kröner Verlags, Stuttgart.

Philodemos: Warte auf mich, hübsches Kind. A: Hugo Stadtmüller, AP. Leipzig, Teubner, 1894, I, V 307, S. 222. Ü: Horst Gasse.

Platon: Jetzt, da ich nichts von Alexis gesagt. A: Ernestus Diehl – Beutler, ALG. Leipzig, Teubner, ^{4}1954, fasc. 1, S. 104. Ü: Alfred Körte, Die hellenistische Dichtung. Leipzig 1925. Mit freundlicher Genehmigung des Alfred Kröner Verlags, Stuttgart.

– In eines Haines Schatten. A: Ernestus Diehl – Beutler, ALG. Leipzig, Teubner, ^{4}1954, fasc. 1, S. 110. Ü: Horst Gasse.

– Zu den Sternen blickst du. A: Ernestus Diehl – Beutler, ALG. Leipzig, ^{4}1954, fasc. 1, S. 103. Ü: Karl Reinhard, Gedichte. Neue Ausgabe. Altona 1819.

Poseidippos: Nähmest du Flügel von Gold. A: Fred. Dübner, Epigrammatum Anthologia Palatina. Paris, Didot, 1872, Vol. II cap. XII Nr. 77, S. 405. Ü: Alfred Körte, Die hellenistische Dichtung. Leipzig 1925. Mit freundlicher Genehmigung des Alfred Kröner Verlags, Stuttgart.

– Pythias, ist einer drin. A: Hugo Stadtmüller, AP. Leipzig, Teubner, 1894, I, V 212, S. 172. Ü: Horst Gasse.

– Denke, Philainis, doch nicht. A: Hugo Stadtmüller, AP. Leipzig, Teubner, 1894, I, V 185, S. 158. Ü: Horst Gasse.

Properz: Nächtlicher Besuch. A: M. Schuster – Franz Dornseiff, Propertii elegiae. Leipzig, Teubner, ^{2}1958, I 3, S. 4. Ü: Horst Gasse.

– Brief ins Bad. A: M. Schuster – Franz Dornseiff, Propertii elegiae. Leipzig, Teubner, ^{2}1958, I 11, S. 16. Ü: Horst Gasse.

– Welteinsamkeit. A: M. Schuster – Franz Dornseiff, Propertii elegiae. Leipzig, Teubner, ^{2}1958, I 18, S. 26. Ü: Horst Gasse.

– Liebesgötter. A: M. Schuster – Franz Dornseiff, Propertii elegiae. Leipzig, Teubner, ²1958, II 29a, S. 76. Ü: Paul Lewinsohn, Propertius' Elegien. Leipzig, Klinkhardt, 1913, in: Antike Kultur XXXIV, S. 106. – Lewinsohn liest V. 1 extrema für hesterna.

Properz: Das Lanuvische Fest. A: M. Schuster – Franz Dornseiff, Propertii elegiae. Leipzig, Teubner, ²1958, IV 8, S. 159. Ü: Horst Gasse. – V. 41 liest der Übersetzer mit Max Rothstein nanus statt magnus.

Rufinus: Wer hat dich nackt an die Luft gesetzt. A: Hugo Stadtmüller, AP. Leipzig, Teubner, 1894, I, V 40, S. 98. Ü: Horst Gasse.

– Zu gegebener Zeit. A: Hugo Stadtmüller, AP. Leipzig, Teubner, 1894, I, V 65, S. 108. Ü: Horst Gasse.

– Kommst du nicht, Bringer des Feuers. A: Hugo Stadtmüller, AP. Leipzig, Teubner, 1894, I, V 87, S. 116. Ü: Horst Gasse.

Sappho: Auf buntem Thron. A: Emil Staiger, Sappho. Zürich, Die Arche, 1957, S. 6 (1 D). Ü: Wolfgang Schadewaldt, Sappho. Potsdam 1950. Mit freundlicher Genehmigung des Verlags Stichnote GmbH, Darmstadt.

– Mich bedünkt, es gleiche den Göttern. A und Ü: Emil Staiger, Sappho. Zürich 1957, S. 20 (2 D). Mit freundlicher Genehmigung des Verlags der Arche.

– Reiterscharen, sagen die einen. A und Ü: Emil Staiger, Sappho. Zürich 1957, S. 14 (27a D). Mit freundlicher Genehmigung des Verlags der Arche.

– Du kamst und … tatest wohl daran. A: Hans Rupé, Sappho. München, Heimeran, 1944, S. 34 (48 D). Ü: Wolfgang Schadewaldt, Sappho. Potsdam 1950. Mit freundlicher Genehmigung des Verlags Stichnote GmbH, Darmstadt.

– Geschüttelt hat Eros mir die Sinne. A: Hans Rupé, Sappho. München, Heimeran, 1944, S. 34 und 50. (50 D und 137 D). Ü: Wolfgang Schadewaldt, Sappho. Potsdam 1950. Mit freundlicher Genehmigung des Verlags Stichnote GmbH, Darmstadt.

Sappho: Ja, ich wünsche mir bloß den Tod. A: Hans Rupé, Sappho. München, Heimeran, 1944, S. 22 (96 D). Ü: Hans Rupé, Sappho. Berlin 1935. Mit freundlicher Genehmigung des Holle Verlags, Baden-Baden.

– Von Sardes aus denkt Arignota. A: Hans Rupé, Sappho. München, Heimeran, 1944, S. 26 (98 D). Ü: Hans Rupé, Sappho. Berlin 1935. Mit freundlicher Genehmigung des Holle Verlags, Baden-Baden.

– Schon flüchtet Selana. A: Hans Rupé, Sappho. München, Heimeran, 1944, S. 40 (94 D). Ü: August v. Platen, Sämtliche Werke. Leipzig, Hesse, o.J., VII, S. 39.

– Süße Mutter, ich kann ja nicht. A: Emil Staiger, Sappho. Zürich, Die Arche, 1957, S. 36 (114 D). Ü: Wolfgang Schadewaldt, Sappho. Potsdam 1950. Mit freundlicher Genehmigung des Verlags Stichnote GmbH, Darmstadt.

– Ich möchte dir etwas sagen. A: Emil Staiger, Sappho. Die Arche, Zürich 1957, S. 36 (149 D). Ü: Wolfgang Schadewaldt, Sappho. Potsdam 1950. Mit freundlicher Genehmigung des Verlags Stichnote GmbH, Darmstadt.

Seneca?: In allen Nächten klingt's mir. A: Alexander Riese, Anthologia latina. Leipzig, Teubner, 1869, S. 283 (452). Ü: Horst Gasse.

– Wieder liegen mir jetzt die Scherze. A: Alexander Riese, Anthologia latina. Leipzig, Teubner, 1869, S. 275 (429). Ü: Horst Gasse.

Sulpicia: Endlich ist die Liebe gekommen. A: Rudolf Helm, Tibull, Gedichte. Berlin, Akademie-Verlag, 1958, IV 7, S. 124. Ü: Horst Gasse.

– Krank. A: Rudolf Helm, Tibull, Gedichte. Berlin, Akademie-Verlag, 1958, IV 11, S. 122. Ü: Horst Gasse.

– Verhinderte Geburtstagsfeier. A und Ü: Rudolf Helm, Tibull, Gedichte. Berlin 1958, IV 8, S. 122. Mit freundlicher Genehmigung des Akademie-Verlags.

Sulpicia: Erlösung. A und Ü: Rudolf Helm, Tibull, Gedichte. Berlin 1958, IV 9, S. 122. Mit freundlicher Genehmigung des Akademie-Verlags.

– Geständnis. A: Rudolf Helm, Tibull, Gedichte. Berlin, Akademie-Verlag, 1958, IV 12, S. 122. Ü: Horst Gasse nach Georg Fischer, Elegien des A. Tibullus. Ulm, Kerler, 1882.

Theognis: Flügel, die über des Meers. A: Ernestus Diehl – Beutler, ALG. Leipzig, Teubner, ^{4}1954, I 2, S. 17. Ü: Jakob Mähly, Griechische Lyriker. Leipzig–Wien, Bibliographisches Institut, O.J. – V. 17/18, die Mähly mit Welcker gestrichen und unübersetzt gelassen hat, wurden in der Übersetzung ergänzt von Horst Gasse.

– An Kypris. A: Ernestus Diehl – Beutler, ALG. Leipzig, Teubner, ^{4}1954, I 2, S. 78. Ü: Emanuel Geibel, Gesammelte Werke. Stuttgart, Cotta, 1883, V, S. 112.

Theokrit: Der Kyklop. A: Ulrich v. Wilamowitz-Moellendorff, Bucolici Graeci. Oxford, H. Frowde, 1905, S. 32. Ü: J. G. Seume, Mein Leben. Berlin, Hempel, 1897, S. 141.

– Die Arbeiter oder Die Schnitter. A: Ulrich v. Wilamowitz-Moellendorff, Bucolici Graeci. Oxford, H. Frowde, 1905, S. 29. Ü: Horst Gasse.

– Die Zauberinnen. A: Ulrich v. Wilamowitz-Moellendorff, Bucolici Graeci. Oxford, H. Frowde, 1905, S. 42. Ü: Richard Wünsch, Hessische Blätter, VIII 1909, S. 111. Mit freundlicher Genehmigung der Hessischen Vereinigung für Volkskunde, Gießen.

– Liebesgespräch. A: Ulrich v. Wilamowitz-Moellendorff, Bucolici Graeci. Oxford, H. Frowde, 1905, S. 112. Ü: Horst Gasse.

– Der Honigdieb. A: Ulrich v. Wilamowitz-Moellendorff, Bucolici Graeci. Oxford, H. Frowde, 1905, S. 121. Ü: Horst Gasse.

Tibull: Trotzig war ich und prahlte. A und Ü: Wilhelm Willige, Tibull und sein Kreis. München 1960, Neuausgabe. I 5, S. 36. Mit freundlicher Genehmigung des Ernst Heimeran Verlags.

Tibull: Feier am 1. März. A und Ü: Rudolf Helm, Tibull, Gedichte. Berlin 1958, IV 2, S.124. Mit freundlicher Genehmigung des Akademie-Verlags.

– Geburtstag des Mädchens. A und Ü: Rudolf Helm, Tibull, Gedichte. Berlin 1958, IV 6, S.130. Mit freundlicher Genehmigung des Akademie-Verlags.

– Nie wird ein andres Weib. A: Rudolf Helm, Tibull, Gedichte. Berlin, Akademie-Verlag, 1958, IV 13, S.132. Ü: Horst Gasse.

Unbekannter Dichter: Die Nachtfeier der Venus. A: Sir Cecil Clementi, Pervigilium Veneris. Oxford 1935. – Die Reihenfolge der Verse wurde nach Ernst Robert Curtius umgestellt. Ü: Ernst Robert Curtius, Merkur, 2. Jahrgang, 1. Heft, Baden-Baden 1948. Mit freundlicher Genehmigung von Frau Ilse Curtius, Bonn, und dem Verlag der Zeitschrift Merkur, München. – Zwei unübersetzt gebliebene Zeilen sind auch im Text ausgelassen. Curtius liest Ernae statt Aetnae, vernis statt vernus, matrem statt patrem.

– Die Verlassene (wörtl. Die Ausgeschlossene). A: Otto Crusius, Herondae Mimiambi. Leipzig, Teubner, [5]1914. S.124. Ü: Felix Jacoby, Die griechische Moderne. Kieler Rektoratsrede. Berlin 1924. Mit freundlicher Genehmigung von Herrn Hans Jacoby, Berlin.

– Mag ich in dunklem Haar. A: Hugo Stadtmüller, AP. Leipzig, Teubner, 1894, I, V 25, S.92. Ü: Horst Gasse.

– Tag, mein Kind. A: Hugo Stadtmüller, AP. Leipzig, Teubner, 1894, I, V 100, S.120. Ü: Horst Gasse.

Vergil: Alexis. A: Johannes Götte, Vergil, Landleben. München, Heimeran, 1949, S.10 (II), nach W. Janell, P. Vergili Maronis opera. Leipzig, Teubner, 1930, und Jahn, Vergils Gedichte, I. Berlin, Weidmann, [9]1915. Ü: Rudolf Alexander Schröder, Vergil, Hirtengedichte. Leipzig, Dieterich'sche Verlagsbuchhandlung, 1939.

GRIECHISCHE GEDICHTÜBERSCHRIFTEN UND -ANFÄNGE

LATEINISCHE GEDICHTÜBERSCHRIFTEN UND -ANFÄNGE

DEUTSCHE GEDICHTÜBERSCHRIFTEN UND -ANFÄNGE

ALPHABETISCHES VERZEICHNIS DER DICHTER